JN064724

社会的臨死状態でした。

みみRyio《りいお》

文芸社

献辞

わたしに人生を与えてくださるすべての人とこの地球《ほし》に
人で在り続ける哀しみを和らげてくれる愛猫たちに
人生の手放しを思いとどまらせてくれた夫と天に捧げます

思い出がうつる鏡
それが縁というもの
ひとは思い出と生きている

思い出はいつも切ない
懐をみたすもの
懐をかきむしるもの
ひとつの物語には
陰と陽の抑揚がある

平凡な思い出にも
稀有な思い出にも
きらめきと陰がある
多彩な表情をのぞかせる
ひかりと影のダンスは
ふたつとない人生を織り上げる

ときにひとは
漆黒の闇にのまれ
ひかりを失うことがある

陽がささぬ長い旅路は
この胸を哀しみのすみかと化す

深い闇と霧のなかの孤独は耐え難く
僅かな光にもまどわされる

その出会いに身をあずけ
目覚めれば行きどまりの壁
自らの体温《ぬくもり》に
温められながら涙し
また歩き出す

どう生きたらいいのか

途方に暮れる声なき声は
思い出がうつる鏡をたぐりよせる

人生の終着駅はどこにあるのか

迷いと苦悩に疲れ
人生を諦めようとしたとき
人生が信じられなくなったとき
ひとは
思い出がうつる鏡と出逢う

想い出がうつる鏡
それが縁というもの
合わせ鏡は異次元の境界を超え
癒しの旅の扉をひらく

プロローグ

あれは、高2の秋の出来事だったと思います。わたしは、家のなかで怪我をした母をタクシーに乗せ、夜間救急当番の病院を訪れました。なんとも中途半端な心持ちでした。あえて表現するなら「心細さ」という単語以外に、あてはまる言葉が思い浮かびません。けれど、それは完全な後知恵で、そのときはまったく自覚していませんでした。大した怪我ではなかったものの、突然、支えてくれる母と支えられるわたしの立場が逆転したことに、ついていけませんでした。支える立場をつとめようとして、必死で状況にしがみついたのです。

心細さは、病院に到着してから生じました。あわただしく、数人の人が出迎えてくれ、自動的に事が運んでいきました。そのときに対応してくれたナース、事務員、そして、診察してくれた医師……みな、滞りなく必要なことをしてくれ、何も困りませんでした。けれど、彼らは心細さを運んできたのです。わたしは、音のない空気に包まれました。

胸に生まれた心細さを抱えながら待合に腰掛けていると、静寂の向こう側から静かな足音が近づいてきました。照明を落とした深い藍色の空間……明日の患者さんを待つ整然と並んだ座席たち……。その向こう岸に、足音の主が現れました。夜勤ナースでした。彼女はわたしたちをみとめ、ほんの少し軌道をはずれて、軽く会釈しました。そして、何ごともなかったようにもとの軌道に戻り、闇のなかに消えていきました。ほんの一瞬の出来事でした。

このとき、不思議なことがおこりました。暗いはずの空間に光のようなものが流れたのです。ふと気づくと、抱えていた心細さが消えていました。人のこころに生じたスキマは、人で満たされる……当時のわたしはそんなことを直感しました。では、なぜ、様々な対応をしてくれた「彼女以外の人たち」が、心細さを運んできたのか……。何もしてくれず会釈だけのナースと何が違うのか……。そのときのわたしにはわかりませんでした。

「あれは何だったの?」

この問いは、わたしのなかに根をおろし、のちに、人生の導き手となっていきました。

後日、わたしは、そのときのことを母に話しました。「あぁ、あの人でしょう?」とすぐに反応がかえってきました。母も、彼女の何かが他の人と違っていたことを感じ取っていたようでした。その後も、あの肉眼でとらえがたい光のようなものは、折に触れて胸の内に蘇り、些細なはずの出来事が、わたしの胸の内では、いつのまにか大きな出来事になっていきました。

わたしが生まれてきた目的は、あの光の正体を掴むことだったのかもしれません。紆余曲折の選択を重ねて迎えた22歳の春、わたしはナースとして社会人の一歩を踏み出し、以来、「人と人の間に流れる眼に見えないもの」を追う探究の旅路を歩き続けました。探究のための「問うこころ」は、いつも、わたしの胸のなかに在りつづけ、いつしか探究それ自体がわたしの人生になったのです。

ナースになった頃、追い求めていた光に巡りあう機会は、あまり訪れませんでした。けれど、その後、保健師として着任した職場で、追い求めていた光を生み出す先輩たちに恵まれました。あの光は、時折、予告《サイン》もなく現れては消え、近づいて掬おうとすれば逃げ水のようにいなくなってしまいました。

「時間を止めて、光をとらえる魔法がほしい……」

悩んだとき、わたしは、決まって雄大な山と畑を見に出かけました。そして、夕陽に照らされて輝く虫たちを眺めながら、夢中で昆虫を追いかけていた無垢なこころをよみがえらせました。生きたまま虫を捉えるために必要な捕虫網と虫かご……手に取れる物質の世界で「目に見えないもの」を再現するためには道具が必要です。

「そうだ……言葉だ……」

わたしは「言語化する力が欲しい」と切実に願うようになりました。そして、あの光が飛び交う生活支援の現場に強い想いを遺しながら学問を志し、知の世界へと歩を進めていきました。「あなたは研究に向いている、論文を書きなさい」という恩師の言葉に震えたのは29歳の春……あの光をみてから12年の歳月が流れていました。

32歳を迎える頃、わたしは郷里から離れ、関東の大学で教育研究職としてのキャリアを積み重ねはじめていました。

「知識は決して裏切らない」

ものごとが流れゆく現場で、良質なケアの糧になる「確かな知識」がほしい……誠実に生み出された知識は、人に対して誠実な貢献をするはずだ……まだ青かったわたしは、そう信じて疑いませんでした。愛した知識からの裏切りに遭遇することなど夢にも思わず、わたしは、多くの時間を探究に投じました。苦難の連続でしたが、山の頂にたどり着けばあの光を手にできる……その信念だけで前に進むことができたのです。

ところが、あの光は、想像以上に手ごわい相手でした。大学で仕事を始めた頃は、教育や研究活動のなかで、あの光に出会うことがありました。それなのに、摑むことも掬うこともできずじまい……。わたしは自分の力量に未熟さを感じ、データを集める力や、観察力、そして、書く力を磨くことに必死になりました。そうこうしているうちにときが経ち、研究業績や教育実績が積み重なり、それなりに力量も高められました。けれど、それとは裏腹に、あの光に出会えなくなってしまったのです。やはり、核心に近づこうとすればするほど、光は逃げていくのでしょうか……。

大学での職業生活も8年目に入り、日夜、与えられる役割に追われ続けていたわたしの意識は、職務として与えられる課題で埋め尽くされつつありました。生命線だった研究も、こなすべき業務の一つになってしまっていたのです。気づいたときは、手遅れでした。わたしは、あの光を見失い、絶望と憂鬱の暗みに包まれてしまいました。何も摑んでいないのに、40歳になろうとしていたのです。

出張先で暮れかけたビル街を歩きながら、ふと、前かがみに歩くヨレた中年女性が目にとまりました。向こうもこちらを見ました。それは、よく磨かれたウィンドウに映り込むわたしでした。そのとき、異次元との境界に立たされたような歪みとともに、都会の喧騒が遠のいていく感覚を覚えたのです。そして、声が聞こえてきました。

「このまま人生が終わってしまうのだろうか……」

それならそれでもいい……いや、そうじゃなかったはずだ……。葛藤を抱えつつ、わたしは、内なる声に背を向けようとしました。そして、諦めるしかないと思いはじめた頃、思いがけず、あの光が生み出される場に出会いました。それは、過酷な経験からの癒えぬ傷みを抱えた人たちと支援者が囲む場……そこには確かにあの光がありました。けれど、やはり、支援者は何もしていないように見えるのです。高2のときに出遭った、あの夜勤ナースと同じように……。

あの光と再会してからというもの、わたしは、「今度こそ見失うものか」と、あの光を意識のなかに置き続けました。それが、離職や開業、哲学転向など、予想もしなかった変化を招き、わたしはありがちなキャリアの軌道から見事に外れていきました。けれど、探究の歩みは確実に進んでいきました。そうして迎えた51歳の春、とうとう、あの光の正体を摑む瞬間《とき》を迎えたのです。

それは想像もしなかった崩壊劇の始まりでした。光の正体を手にしたとき、青年期以降のわたしの人生は、ゆっくりと蒸発するように霧散してしまったのです。わたしのなかに流れる時間は、高2の秋、つまり、振り出しに戻ってしまいました。

結局、何もなかったのです。何故なら、はじめてみた不思議な光の正体は、あの夜勤ナースに照り返された自分だったのですから……。人のこころに生じた隙間や穴に注がれる光の正体を追い求め、様々なキャリアを積んだ人生の軌跡は、一体何のためにあったのでしょう。生きることが無意味に思えました。

わたしは、長年の探究の過程で、いつのまにか、「あのときに見た光のようなものを与えられたら人を癒せる」と勘違いしていたのです。人間が人間をどうにかするために何かを与えることなどできないのだということくらい、少し考えれば自明のこと……人間が人間を超えることなどできるはずがありません。同じ人間である自分にできることは、どんな状況にあっても、相手の生きる力を信じて、まっすぐに照り返すこと、それだけなのです。

「わたしは何のために生きてきたの？」

がんばって生きてきたのに、何も悪いことなどしていないのに……涙があふれて止まりませんでした。

「人生に見放された……もう終わりにしたい……」

歩んできたキャリアが色褪せ、ゆっくりと風化していきました。まるで、重さを失った外壁が剝がれて、風に舞いながら去っていくような感触でした。しばらくすると、こんどは、自己像までもが、はらはらと音もなく崩れはじめ、記憶の堆積物が、互いの結びつきを緩ませながらバランスを失っていきました。すると、暗闇に幽閉されていた様々な自分が解放され、わたしに語りかけてくるようになりました。

わたしの内側で起きた一連の変化は、何日もかけてゆっくりと進む「無音の崩壊」でした。それは、傷心をはるかに超えていました。わたしは、カオスのような記憶の山を抱えてうずくまるしかなかったのです。

どのくらい時間が経過したのでしょうか。生きることも死ぬこともままならぬ停止状態のわたしの内側から、ふわりとヒトダマのようなものが出てきて、こう言いました。

二度目の誕生、おめでとう！

軽やかに生まれ変わりを祝う内なる声に、結局のところ、わたしは、残りの人生を委ねることにしました。新たな自分を「宇宙人」と呼ぶことにして、人生再構築の旅に出ることにしたのです。

目次

第1章　宇宙人誕生

1．象《かたど》られた自分との別れ

二度目の誕生を祝う内なる声が、ほんとうの自分の声だということを知ったのは、崩壊から数か月経ってからだと思います。はじめの頃は、二人の自分が取っ組みあいのケンカをしているような葛藤を抱えて過ごしました。あとから出てきた「ヒトダマ」に根こそぎ存在を否定され乗っ取られてしまうような恐怖を感じて、抵抗せずにいられなかったのです。秩序を失ったかのように崩れてしまった「自分」という記憶の産物は、それまでに関わった人、環境、そして、わたし自身の感情を伴った「感覚」を纏っています。それは、良い悪いにかかわらず、わたしが生きてきた確かな証でもあるのです。それを、得体の知れないヒトダマなんかに渡してたまるか！　……わたしは戦闘態勢で抗いました。

「このままだと精神科に入院だな……」

以前のわたしの専門は、精神保健とケアでした。ある程度は、心理学や精神医学の知識も持っています。自分がどの程度危機的な状態なのかは、わかりました。

「誰かの支えが必要だ……誰がいい……？」

　頼ることのできる人は一人もいませんでした。皆、それぞれに自分の人生を生きていて、わたしの個人的な危機につきあえる人などいるはずがありません。それどころか、そもそも、わたしに関与しようとする人すらいませんでした。ちょうど、新型コロナウィルスの蔓延で仕事がなくなり、わたしは、他人から求められない立場に押し出されていたのです。

　人生をやめたいと思う気持ちがピークに達したとき、わたしは独りの時間を過ごしていました。もしも、そのとき、誰ともつながりがなかったら、本当に死を選んでいたかもしれません。積み上げてきたものが何もかも無意味で、摑むべき確かなものが何一つないという現実を知ったとき、人は人生に絶望するのだと思います。

「疲れた……もう明日はいらない……」

　死の準備をはじめようと思ったとき、夫との約束があることを思い出しました。翌日は結婚記念日でした。

「わたしが死んだら……」

　これまで出会ってきた遺族たちの語りが蘇り、夫の笑顔を掻き消していきました。

「……」

　わたしは、冷静さを取り戻しました。

それでも、これ以上生きたいとは思えませんでした。が、不意に、その日の朝のことが蘇りました。

「きみはストレスなのかい？」

そう言いながら、夫は、右手をわたしの頭の上に置き、のぞき込むようにじっと目を合わせました。そうして、いつものように微笑んで自宅をあとにしました。あのとき、眼に見えない何かが差し出されていたのだということに気づいたのです。[1]

「わたしには、まだ摑まれるものがあったんだ」

このとき、死を選ぼうとする衝動的なエネルギーは鎮火しました。生きることを選択した瞬間でした。

「……あれは、本当だったんだ……」

30年余りも前のこと……夫は、わたしが全世界から見放されたときの「たった一人の隣人」になると言いました。冗談だと思って忘れていましたが、彼は、わたしの傍らで、約束どおりに生きていたのです。

「精神科なんかに助けを求めるよりも、ここにいたほうが安全だ」

その後、わたしは冷静に分析をはじめました。考えてみれば、夫は、わたしに対して、わたしらしく生きること以外の何かを要求する人ではありませんでした。

「わたし、リカバリー[2]の環境に恵まれているんだ……」

自分の幸運に気づいたわたしは、与えられているものだけで自分を再構築できるのではないかと思いはじめました。

幸いなことに、わたしは「人間の自己」つまり「自分」がどのように創られるのかを学んでいました。そして「身体だけ生きていて精神が死にかけている状態（後述の社会的臨死状態）」についても、研究を通して熟知していました。

「知識は……裏切らない……」

これまでも、研究で得た知識は、他人に提供するだけでなく、自らに対して使いながら生きてきました。だからこそ、その不備や限界に突きあたり、新たな発見もしてきました。

「もう一度だけ知識を信じてみてもいいかもしれない……」

発見の感覚が蘇り、わたしは息を吹き返しました。わたしという人間は、どんなに元気がなくても、何かを解き明かそうとする精神だけはあるのです。

１）後に、夫はこのときの背景をわたしに話してくれました。彼は、わたしの異変に気づいていて「もしかしたら自殺するのではないか」と予感しつつも「そんなことをする人ではないと思った」のだそうです。そうした言葉にならない思いとわたしへの信頼が、このような一瞬の関わりになって表れたのでしょう。それが、何よりの救いになりました。

２）とくに精神保健福祉領域では、障碍を持つ当事者が自らの人生を創造するように回復していくことを「リカバリー」と表現します。もともとウェルネスの視点を大切にして健康支援を捉えてきたので、この言葉に遭遇したときは、新たな用語（概念）があてられていることに驚きました。わたしは、カタナ・ブラウン編、坂本明子監訳『リカバリー　希望をもたらすエンパワーメントモデル』（金剛出版、２０１２）を参照しました。少々古くなりましたが、良書だと思います。

「そうだ……自分で得た知識を自分のために使ってみよう」

わたしは、再生のための自己治療というものを思いついてしまったのです。しょせん死んで終わりにしようと思った人生……もう何でもありです。もしも、自分らしく生きられる状態に近づくことを治療というのなら、自分らしさを知っている人、つまり、自分がもっともよい治療者になり得るわけです。


「まだ……わたしにも、できることがある……」

すこし元気が出てきました。

「わたしの人生は、これからが本番なのかもしれない……」

こうして、わたしは、出生してからこれまでの人生をみなおし、新しい人生を歩む準備をはじめました。


社会からひきこもり、秩序を失ったかのように思い出される様々な記憶とつきあった時間を、わたしは**サナギの時間**と呼んでいます。外側からみるとほとんど動きはありませんが、内側では、次の活動にむけて日々変化しているのです。昆虫がサナギを経て姿かたちを変えることを「完全変態」というのにちなんで、わたしは、自ら経験した変化・変容に**こころの完全変態**と名前をつけました。そして、完全変態したあとの自分を「宇宙人」と呼んでいます。

サナギになる前のわたしは、社会からの無言の要求に応えながら様々な選択を重ねて創りあげた自分でした。本当の意味でオリジナルな自分ではないのです。そんな自分自身を、わたしは、**象《かたど》られた**

自分と呼んでいます。象られた自分は、わたしの身体を維持することにとてもよく貢献してくれました。けれど、それは厚く重たくなりすぎて、着ぐるみのように自由を妨げるのです。気づけば、生きることが大儀になっていました。

わたしは、いつのまにか、精神が呼吸困難で死にかけた状態に陥っていたのです。この、精神が死にかけているのに身体は生きて活動している状態が**社会的臨死状態**です。社会的臨死状態に陥る経過には、いつのまにか（慢性的に）進行するパターンと、何らかの原因によって自己が頽《くずお》れるパターンがあります。わたしはそれらの両方を経験しました。そんなわたしにとって、サナギの時間は象られた自分を見送る時間で、こころの完全変態は生まれ変わることでした。それは、ほんとうの《アプリオリな》わたしの復活でもあったのです。

2. サナギの時間——ちぎれて幽閉された自分を回収するこころの作業

「完全変態する昆虫は……」

子ども向けの絵本[3]には、蝶をはじめ、カブトムシ、テントウムシなど、いろいろな昆虫が紹介されています。強く飛び回る雄のカブトムシはなんとなく自分らしくて親しみが……

3）三輪一雄著、大谷剛監修『サナギのひみつ』（ポプラ社、２０１８）

「カブトムシかぁ……いいなぁ……」

最近、カブトムシが夜行性だという常識が覆されたのだと知りました。常識を覆した科学論文が、小学生の研究をもとにまとめられたのだというから驚きです。

「子どもはジョーシキに囚われないから最強だよねぇ……」

大人がよく持ち出す「常識」という不確かな概念は都合がよく便利ですが、本来の姿をゆがめたり、新たな発見を妨げたりするフィルタになることがあるのです。

「お〜、めんどくさい！　あなたの常識は、わたしの非常識！」

わたしが経験した社会関係のなかで「常識」が持ち出されたときは、大概、相手をたたみかけるときでした。使い方によっては人間性の否定にもなりかねない「常識による暴力」に気づいて以来、わたしは「常識」という概念の手放しを意識してきました。

「普通でいいんだよ、普通で」

なぜ「常識」はダメで、「普通」は受け容れられるのでしょう……？「普通じゃない！」という指摘も時に差別的ではありませんか。[4] わたしのなかの自分は、時々わからないことを言うのです。わたしにとって**最大の死角は自分**でした。

本格的に自己治療を始める前に、わたしは、自分を客観視することからはじめました。自分自身がどのようにつくられてきたのか、出生から約50年の歴史をみつめなおしたのです。自分をつくる上で大切なのは獲得と喪失に関わる出来事なので、自分の考え方や行動パターンに強く影響したライフイベントを中心に、時系列に書きだしました。

「１９６８年12月出生……3歳前にお風呂に転落……あぁ……幼稚園で折り紙ができなくて怖い園長さんに居残りさせられたよな……小１のときは引き算でつまずいて2年生になれないって言われて……」

就学以降は成績などの評価との闘いでした。言われたとおりに動けるタイプではなかったため、学校生活では何かと苦戦しがちでした。

「中2……いじめ……あれは、**生きてるのに消される経験**だったな……」

人間は自分を守るために簡単に態度を変える……いじめられた経験は、**人の存在や価値が社会によって簡単に書き換えられてしまうことに気づかされる経験**でした。社会関係を観察するときの距離感や角度は、このときに創られたように思います。

「……26歳で結婚……ブルーだったよなぁ、あの頃は……」

既に歩んできた人生の物語を味わいなおすような時間が流れていきました。

「それで……48歳で博士になって……あぁ、思い出したくない……」

研究者生命の死を予感した学位の取得から、わずか3年半で崩壊へ……。

「よし、できた」

4）誉め言葉の場合もあります。要は**使われる文脈によって意味が変わる**わけです。

わたしは、完成した年表のようなものに、人生に対する大雑把な評価を書き入れ、グラフのような曲線で表現してみました。[5] そして、少し目を離し、全体を眺めてみました。

意外にも、それは他人のように見えました。そして、人生に対する「よかった」「よくなかった」という極めて漠然とした評価が一体何に基づいているのか、そんなものが、いつ自分のなかに入ってきたのか……不思議な心持ちでした。自分のことを知っているようで、実は知らなかったのです。

自分の歴史を俯瞰すると、確かな感触でとらえることのできる獲得エピソードは、結婚くらいでした。あとは、土地と家を購入したことや、愛猫たちと暮らし始めたことくらいでしょうか。獲得する対象が少ないと、眼に見えるかたちの喪失エピソード（別離など）も少なく、一見、シンプルかつ身軽で、平坦な苦労のない人生を歩んできたように見えるのです。

実際「あなたは子どもがいないから苦労を知らない」と言われることの多い人生でした。本当に「出産・子育て＝苦労」なのであれば、わたしは人間としての苦労を知らないと言われても仕方がないと思ってきました。そして、人間としての苦労を知らない自分には、人間としての値打ちが無いということなのだな……と、なんとなく社会における自分の立場を理解してきました。が、同時に、出産や子育ての苦労ばなしを語る人たちのことを黙って受けとめながら、「この人たちとわたしの間に、人間としての価値の差があるのだろうか？」と自問自答してきました。

あらためて自分の人生を見つめなおすと、苦労を知らないわけではなかったのだと気づかされます。目に見えない慢性的な喪失が多い人生だったのです。もちろん、仕事でたくさんの経験をして、知識を獲得して、学位も取得して……と、他人から**表面をみれば獲得の歴史**に見えるのだと思います。けれど、書き出して俯瞰したわたしの人生は、成長・成熟とともに**慢性的に進行する絶望のストーリー**だったのです。

「獲得と喪失ってみごとに対になってるんだな……」

じっくりと自分の人生の軌跡を眺める時間は、他人と対面するように自分を受け取る過程でした。そのときは、ただ受け取るだけで、受け容れるという感じではありませんでしたが、結果的に、これが受容にむけての第一歩になりました。

「もしも、自分が、本当に二度目の誕生をしたのなら、いま、自分が受け取った自分の人生の軌跡は何なのだろう?」

わたしは「人生の記録」を眺めながら、ふと、自分がどのような思いで生きてきたのか、本当はどうしたかったのか、**自分と対話してみたい**と思うようになりました。他人からみれば、一見、欲しいものを獲得してきただけのように見える人生が、自分自身の目でみると喪失と絶望の生活史だったと思えるのは何故か……その矛盾のなかに、これからの人生に必要な何かが隠れているのではない

5）ロスライン（喪失エピソードを記述する方法）を応用しています。喪失は獲得と対になっているので、それを応用し、自分をつくる方向にフォーカスして、獲得エピソードを中心に書きました。獲得エピソードにフォーカスしても、同時に喪失エピソードをみることになります。両方のバランスをとりながらみていくことが大切です。

か……そう気づいたからです。

　それからというもの、わたしは、生活の維持に必要な時間以外のほとんどを、**自分の声を聴く時間**にあてました[付録2-0、1、3、4、5)]。それは実に骨の折れる作業でした。生身の人間の語りを聴くのと同じように、相手から口をひらかないことには、どうしようもないからです。自分自身という存在は他人よりも厄介です。いちど表に出すことを禁止した無垢な心情は、相手が自分であっても見せようとしないものなのです。たぶん、それを認めると、今まで生きてきた自分が壊れてしまうという無条件の恐怖があるからなのでしょう。

　抑圧して自分をごまかしたり理屈で合理化したりする癖をつけてしまうと、厳重に鍵がかかってしまったかのように、なかなか本音の格納庫がひらかなくなってしまうのです。それは、完全なる無視と似ています。本音の格納庫もなければ、鍵をかけているつもりもないと言ったほうが正確かもしれません。わたしは、これを**無条件の拒絶**だと思っています。無条件の拒絶は、「無条件の受容」と対局にあるものなのです。

　そんなことに気づきはじめるうちに、置き去りにしてきた自分が何人もいることに気づきはじめました。実際には、生来の《アプリオリな》自分《わたし》はひとりなので「何人もいるように見える」ということなのですが……。たぶん、生来性のエネルギーが表に出てくるたびに、出てこられると不都合な部分が引きちぎられ、鍵のかかる部屋に幽閉されたのでしょう。それゆえに、部屋の数だけ自分がいるように見えるのです。つまり、生来の《アプリオリな》自分の意識が、社会のなかで生きる術を身につけた表層の自分によってねじ伏せられ、亡き者にされてきたのです。

さらに、表層の自分はとても器用だということもわかりました。生来《アプリオリな》の自分を幽閉したあと、社会のなかで合理的に生きるために都合のよい自己像を生み出し、何食わぬ顔をして社会のなかで生き続けてきたのです。どうやら、生来《アプリオリな》の自分をねじ伏せると、かりそめの自分が作られ、いつのまにかそちらの自分が市民権を得るようです。すると、表層の自分は、苦労して獲得した我こそが自分自身だと信じ、ますます、もともといた自分に眼を向けなくなるのです。表層の自分は、いくつもの顔を器用に使い分けながら、賢い社会人を演じ続けてきたのです。

「こりゃ大変だ……何度も殺人しているのと同じだよ……」

わたし自身を殺すわたしとは、一体、いつどのようにして生まれたのか……なぜ、わたしは自分を殺しながら生きることを選択したのか……。

「**あのヒトダマ**は、**殺されたアプリオリなわたし**なんだ……」

あのヒトダマに人生を預けて、次の人生を歩むには、その時々幽閉してきたヒトダマのかけらを解放し、一つひとつ回収しなければならないようです。

「まいったな……めんどくさい……」

一体、幽閉してきた部屋がいくつあるのかわかりません。

「これじゃ、罰ゲームを通り越して、無期懲役って感じだな……」

けれど、救いもありました。こちらから出かけていかなくても、今のわたしに「思い出させる」というかたちで語り掛けてくる声があったのです。崩壊のおかげで部屋の扉があきかかっていたり、部屋自体が崩れてしまったりしたところがいくつもあったのでしょう。確たる方法論を持たなかったわたしは、自然のなりゆきに任せ、語りかけてくる声と対話しながら、これまで生きてきた自分がどのように作られてきたのかを紐解き始めました。

　こうして、完全変態にむけたサナギの時間が本格的に始まったのです。

　ところで、あなたは、昆虫のサナギのなかで何が起こっているか、ご存じでしょうか？　サナギのなかでは、それまで生きてきたイモムシボディが、神経系統や呼吸器などの必要な器官を残して、ドロドロにとけてしまうのです。そして、イモムシ時代から隠し持っていた成虫原基なるものが急速に発達し、翅、脚など、成虫ボディに特有の器官を構成して、変態後の生活に適応できる姿になるのだとか。ドロドロにとけてしまったボディのその他の部分は、すべて成虫ボディを創るための養分になるのだそうです。[6]

　人間のこころの完全変態に欠かせない「サナギの時間」で起こっていることは、サナギ中の人を直接観察しても見えません。けれど、経験した立場でいうと、精神世界的にはリアルなサナギのなかみとよく似ていると思います。成虫原基に対応しているのは、生まれながらにして備わった自分（生来の《アプリオリな》自分《わたし》）、つまり、進みたがる方向性（志向性）を持つエネルギーで、純粋な意識とも言えます。それ以外の、経験的な記憶や、記憶の産物である思考や価値観などの総体、つまり、それまで生成されてきた自分がイモムシボディに対応するわけです。サナギになったあと、イモムシボディは自己融解し、これからの自分に必要なものをのこします。同時に、これからの自分には不要だと思われる部分を養分に変換し、自分のボディ全体になじませます。そんな作業をしていくうちに、純粋意識が表現型となり、イモムシだった自分が内在化されて、「無垢で自由なこころ」に生まれ変わるのです。

昆虫は、羽化のときに外側の皮《サナギ》を脱ぎ捨てますが、人間のこころは、それも自分の栄養にして新しい自分になじませます。何も捨てずに、すべてを、これからの人生の糧にして生まれ変われます。否定するものも捨てるものも、何一つありません。これからの人生の選択を妨げたり重たくしたりするものは、切って捨てるのではなく、人生を構築するための叡知にしていくのです[7]。

いま、わたしがサナギの時間について話せるのは、それを終えて経過を俯瞰する余裕が生まれたからです。サナギの時間を経験するということは、その過程に身を置くことなので、遠くから振り返って説明するのとは違います。サナギの時間中の「ドロドロ状態」は、具体的に言えば、様々な未解決のエピソードが思い出されて感情的再体験がおこりやすい状態です。

こころの奥底に幽閉されていたヒトダマのかけらは、そこに至るまでの様々なエピソードとともに

6）前掲書（傍注3）成虫原基については、生物学系の比較的平易な雑誌記事（論文等）を複数参照しました。

7）人生を進めるための選択（意思決定）に伴う重たさは、感情（身体反応）的な記憶を伴う「あぁでもないこうでもない」といった思考によって生じます。意識して切って捨てようとすると、かえってそれに執着してしまう結果になってしまいます。対処については、第5章で触れています。

記憶されています。その記憶がよみがえるときに抑圧していた感情が息をふきかえすのです。わたしの場合、蘇ってきたのは、ほぼ１００％ネガティブな感情でした。[8] **感情は身体反応**なので、強い影響を受けた未解決の記憶ほど、身体がそのときの状態に戻ってしまい、一時的に（あるいは長い時間）それに囚われることもあります。そのため、そのとき取り組まなければならないことに集中できなくなることもあり、体調が悪くなる、ひどく疲れる、あるいは、眠れなくなるといった不調も経験しました。

　再体験のときは、ヒトダマのかけらを幽閉してしまった自分も一緒に思い出されます。幽閉されてしまった自分と幽閉してしまった自分の両者が和解できるような再体験になれば、ヒトダマのかけらが解放され、今の自分に戻ってきてくれるのです。うまくいくときもあれば、うまくいかずに何度も同じことを思い出すということもあります。なので、口で言うほど簡単なことではありませんでした。

　それでも、逃げずに自分を理解していくと、一つ解決するたびに、じめじめと水っぽかった感情も、水分が蒸発したように軽くなっていきます。わたしは、これを**成仏**と言っています。[付録2-0、1] 古い感情が昇華し成仏することで、思い出が軽くさらっとしたものになり、一歩また一歩と楽になっていきました。

　経過には、個人差があるのでしょうが、わたしの場合は一進一退で、進んでいることが実感できないまま数か月過ぎていきました。半年以上過ぎた頃でしょうか……いつのまにか、こころが軽くなっている自分に気づきはじめました。入ってきた刺激に対する反応や、何かに取り組むときの姿勢が違ってきたことを自覚するのです。新たに出会ったことに対して自由なこころで関わり続けると、本当に翅がはえたように少しずつこころが軽くなっていきます。それは、生来《アプリオリな》の自分が現実の社会関係のなかで照り返され、生かされるようになってきた証拠です。これまでの人生で経験してきたことは叡知として遺り、きちんと生かされつつ、過去の経験に囚われなくなってくるのです。

総じていえば、わたしにとって、サナギの時間は、数多の「置き去りにしてきた自分」とつきあいなおす時間でした。それは、ちぎれてバラバラになってしまった生来《アプリオリな》の自分を統合し、人生に唯一無二の流れ[9]を与える時間だったのです。

8）ネガティブなことの方が記憶に定着しやすいのは、生物学的に備わった安全に生きるための能力なのでしょう。人間にも、生き延びるために、生死に関わるような強いストレスに対処する身体的しくみが備わっていると言われています。そのため、不都合な症候（急性ストレス障害、ＰＴＳＤなど）に悩まされることも少なくありません。が、トラウマティックなエピソードに伴って多様な心身の反応が出現する状態は、乗り越えるための通過点と捉えることもできるようです。非常に強いネガティブエピソードを再体験する場合は、自らをふたたび生命の危機に直面させることですから、独りで無理をしないほうがよいと思います。きちんと心得のある専門家とともに乗り越えるなど、最後まで引き受けてくれる信頼関係のある人とともに「克服する物語」を紡いでいくとよいでしょう（参考書：ピーター・Ａ・ラヴィーン著、池島良子ほか訳『身体に閉じ込められたトラウマ　ソマティック・エクスペリエンシングによる最新のトラウマ・ケア』星和書店、２０１６年）。

9）わたしはこれを「一流」と呼んでいます。一流とは、単に他人から「あのひとは一流だ！」と評価されたり一流だと言われているものを身につけたりしていることではなく、生来《アプリオリな》の自らを生かし、それぞれの生きる場で、他には無い唯一の流れを具現化することを意味しているのだと思います。

3. なぜ宇宙人？　――おかしなタイトルの深すぎる含意

わたしが宇宙人だと言うたびに、いろんな反応が返ってきます。目を輝かせて「カッコいい！」と言ってくれるのは若い人たち。いわゆる大人の皆さんは、大概、人生をかけたジョークだと思って適当につきあってくれるか、「ついにおかしくなったんじゃないか？」「アヤシイ何かにハマったんじゃないか？」と引いてしまうか、あるいは、「わたしも宇宙人です」と急に大接近してしまうかのいずれかでした。

わたし自身のこころの世界に何が起こったのかを知らない人たちの反応は、ある程度想定していました。わたしは、これらの反応に触れるうちに、自分が「宇宙人」を標ぼうしている以上、その意味くらいは説明しておこうと思うようになったのです。それくらい、一見おかしな「宇宙人」というタイトルは大切なものなのです。

「宇宙人」には、二つの意味があります。一つは「純粋意識で生きる人」という意味です。詩的な表現をすれば、**この地球に降りたときの無垢なエネルギー体のままで生きる人**……よく知られたイメージでいうなら、星の王子さまのようなこころを取り戻して生きる人です。もう少し詳しく説明するなら、人生の様々な経験的記憶やそこからの叡知、さらに獲得した知性や技能が保持されたままで出生時の意識に戻った（限りなく近づいた）状態で生きる人のことです。それが、完全変態後の「宇宙人」です。

「宇宙人」には、もう一つ、**人間の存在に対する相対評価を放棄した人**という意味があります。つまり、わたしは、他者の存在価値に対する「何かを基準にした判断」や「それを強いられる立場」を放棄したのです。言い換えれば、人間個々の絶対的な価値を大切にするということです。社会関係のなかで、宇宙人がすることは一つだけ……。それは、その人の前で、何者かの価値づけに拠らないありのままの《アプリオリな》自分で在ること、純粋無垢な意識を持つ一つの存在（個性をもつ人間）であり続けることです[10]。ここが「宇宙人」の一つ目の意味と重なっています。そして、これからのわたしの生き方（志事《しごと》[11]）と重なっているのです。

　これら二つの「宇宙人」の意味は、分かちがたく一つにまとまっています。こころの完全変態を遂げて、精神が翅をもつと、人間を俯瞰する余裕が生まれます。地球に生きている人間も、地球の外側からみれば宇宙人……茫洋とはてしない気持ちになれて、様々な現実があることをありのまま認められるのです。皆、この地球に降りてきて人間として生き延びている仲間《ピア》……それが、人間を分類せずに、ただ人間として関わる世界観なのです。宇宙には、地球のような上下も左右もなく、良いも悪いもないのですから、見たまま感じたままを「ああ、あなたはそうなんだね。地球にはあなたのような

10）本書でお話ししていく「自律」の関係性を築くということです。
11）自らとして生きることを目的としたライフワークを意味しています。身体を維持する（食べる）ことを目的とした仕事（ライスワーク）と区別しています。

人もいるんだね」と純粋に認めます。これが、宇宙人の生き方の基本姿勢です。「宇宙人」は、純粋意識にナビゲートされて生来性の自分を創り続けて生きるのです。

「どうやら、わたしは、他人をまっすぐ照り返す[12]ために生まれてきたらしいな……あの崩壊は、天命を摑んだときに落ちてきた雷だったのか……？」

まっすぐ照り返しあうことで、あの光は生まれ続け、それぞれが自分らしく生きられる……そんな世界を本気で創るのなら、わたし自身が生来の《アプリオリな》自らでありのままに生きることが必要なのです。まず自ら、人間をとりまく価値づけの枠から自由になること（価値自由：value-free）。そして、無垢なわたしで、他者のありのままを、まっすぐに照り返していくこと……。わたしが死なずに生かされ、宇宙人化したのは、社会から受け取った価値の呪縛からのこころの解放を促すケアを実践するためだったようなのです。

「宇宙人」という一見おかしなタイトルで価値自由《value-free》に生きることは、実は、深くて大きく、チャレンジングな、わたしの人生の目的でもありテーマでもあるのです。

12）本書では、「**照り返す**」という表現が多数使われています。意味は、そのまま「反射」と捉えて構いません。人間は、単独で自分自身を捉えることが難しく、自分自身から発せされた情報をキャッチした他者から返される情報によって、自分自身を捉えます。そのため、経験される社会関係は、その人の自分自身に対する認識にとても大きな影響を及ぼします。わたしに自己崩壊をもたらした「ただまっすぐ照り返すこと、ただそれだけ」という答えは、実は、そんなに簡単なことではないのだということが、後からわかりました。

第2章　わたしは何のために生きているの？

1．ごめんなさい——身体の維持と野生との別れ

　サナギの時間が本格化する前に、わたしは、表層に現れている自分が、生来《アプリオリな》の自分を何度も殺していることに気づきました。何故、いつから、そんなことをする自分が生まれたのか……？　単純に、そんな関心から入り、生来《アプリオリな》の自分を救出する作業がはじまりました。が、その前に、そのような**内的作業を既に経験していた**ことに触れたいと思います。

　わたしは、以前から、**自分の内側に顔のない不思議な子どもがいる**ことを自覚していました。白いセーターを着て、黒っぽい感じのズボンをはいて、膝を抱えている小さな子どものイメージです。顔がないというのは、のっぺらぼうということではなく、**顔を見せない子ども**なのです。ちょうど、サナギの時間に入る1年以上前に、自分の研究活動を振り返る時間があり、その後にずっと忘れていたその子のイメージが浮上しました。これをきっかけに、わたしは、その子が出てこないようにするための自己治療を試みたのです。

顔のないその子は、**瞼の裏に映し出されるこころのなかのイメージ**で、今までに二度、現れたことがありました。一度目はいつだったか忘れてしまいましたが、不気味だったのでそのイメージだけはとてもよく覚えていました。二度目が、研究活動の振り返り直後でした。その不気味さは一度目と同じで、出てきた瞬間は、そのイメージとつきあうのを避けました。けれど、二度目が研究活動の振り返りだったこともあり、その子と対話してみること、つまり、**その子の顔を描くことが、わたしが探している答えの重要なカギを握っているのではないか**と気になって仕方がなかったのです。

そこで、その頃、研究データの分析・解釈でお世話になっていた精神科医に、そのような状態を訴える人に何と助言するのかたずねてみました。すると、「無理に解決しようとしないほうがいい」と伝えるのだと教えてくれました。素直に解釈すれば、これは「やめなさい、そんなことは」という意味だと思います。が、わたしという人間は、一度知的好奇心のスイッチが入ると、つきものが落ちるまでとりついてしまう性質があるのです。おまけに、サナギ前は素直でもありませんでした。もちろん、やめるはずがありません。無理せずに解決することにしたのです。

わたしは、無理をしない方法を考えました。自分なら、膝を抱えてかたまっている子どもにどうやって対応する……？

「根競べだな……**話しかけてじっと待つ**しかない……」

わたしは、二度目のきっかけとなった「研究の振り返り」の資料をひろげながら、何度も、その子を呼び出そうとしました。はじめはうまくいきませんでしたが、しばらくすると、イメージが出てきてくれるようになりました。が、相変わらず顔は見せてくれません。もしかしたら本当に顔が無い（のっぺらぼう）のか？　と不安になるほどに……。

けれど、何度目だったでしょうか……突然、顔をあげたのです。その子は大きな目をした女の子でした。ずっと泣いていたようで、大きな目が涙でぬれていました。瞬きもせず、じーっとこちらを見ているのです。それ以来、話しかけて関わろうとしては消え、消えてはまた顔を見せるようになりました。まるで、**一定の距離でついてくる猫**のようでした。仕方がないので、わたしはとりあえず、その子に名前をつけ、その子が出てきたときに対話して育てることにしたのです。その子は当時3歳でした。3歳の子は自分のことなど話せません。だから、育てることにした……自分で書いていてまことに変なはなしだと思うのですが、これは本当です。**その子が自分のなかに棲んでいることを意識**して、できるだけ、**その子も喜んでくれるような行動を選択**しました。

内なる3歳児は、泣きながら頑張れ頑張れと自分を叱咤激励する子どもでした。応援ありがとう、もう大丈夫、などと声をかけているうちに、少しずつ反応が出るようになり、それを言葉に置換すると詩が出てくるようになりました。

お胸がいたい
お胸につけるおくすりちょうだい

そんな言葉が出てきたこともありました。理屈っぽいわたしとは違い、感情の火の玉のような子でした。けれど、一緒にうたう時間をとることで、**少しずつ落ち着き**ました。いつのまにかその子は成長して、少女になり、大人になって、あまり出てこなくなりました。育てることに成功したのか失敗したのかはわからないのですが、この頃のわたしは、**これで解決**だと思っていました。ところが、**これはほんの序の口**だったのです。

　サナギになるときをむかえて自分の人生を振り返ったとき、人生の記憶が3歳の誕生日を迎える数か月前、家のなかで起きた軽い事故の直前からはじまっていることに気づきました。**大きな目をした内なる3歳児は事故後のわたしだった**のです。三つ子の魂の半分は、抑圧され、フリーズした状態で、ずっとわたしのなかに眠っていたのです。彼女を抑圧したのは何だったのか、そこに、**生来《アプリオリな》の自分を殺す自分をつくってしまったきっかけ**がありました。

　2歳児も終盤の頃、野生児で活発すぎたわたしは、大好きな虫を捕まえようとして、残り湯が入ったままのお風呂に転落し溺れました。まだ2歳の子どもには、わずかな残り湯でも溺れるのに十分でした。発見されたとき、わたしは手足をバタバタさせてもがいていたのだそうです。

　わたしの人生が、**助かった直後の静止画像のような記憶**からはじまっていることは、以前から自覚していました。が、本当に事故後からはじまっているのか、確かめたくなり、試しに、**事故前の記憶**

を呼び出してみました。経験したエピソードは、時系列に連なって記憶されるしくみがあるので[13]、定着している記憶との関連で何か思い出せるかもしれないと考えたのです。

幸い、直前の1シーンだけ思い出せました。**水面に浮かんだ虫に向かってのばしている自分の指先が記憶に残っていた**のです。虫が何なのかは判別できませんでした。蘇るわずかな感覚から、虫を手にすることしか考えていない無邪気な状態だったと思われます。そして、あともう少しというところでぶつっと記憶が途切れました。たぶん、そのときに転落したのでしょう。

事故後の記憶は、浴室にいる自分の胸から下だけで、そのとき着ていた服と身に着けていた虫かごが鮮明に思い出されます（前節の内なる3歳児は、転落時と同じ服を着ていました。虫かごは身に着けていませんでしたが……）。そのシーンで思い出される身体感覚などの全体的な印象を、いまのわたしが一言で表すとすれば、「ごめんなさい」……そんな言葉がしっくりきます。してはいけないことをしてしまった、という**自己否定の感覚**が強く残っているのです。

そのときの精神状態やその後の人生（パーソナリティ形成）への影響について、どのように分析したのかはさておき、わたしは、サナギの時間をむかえるまでに自分が持ち続けてきた**「自らの在り方」**や**「意思決定や行動の傾向」の原点**がここにあることを理解しました。自らの在り方で重視してきたことは、**迷惑をかけずに生きる**ということなのです。はやく自立し、他人に迷惑や心配をかけずに生きることは、その後の生活史によって強化され、いつのまにか、わたしの**人生を括る容れ物**になっていました。

また、無意識に、自分の自由を制限する癖があることにも気づきました。**認識の幅を狭くする癖**です。無駄なことには関心を持たない性質があるのです。この「無駄なこと」というのは、立派な**価値判断**です。人生の重要事項は、生命維持に必要なことを真面目にやり続けることで、それ以外のことは必要がない……そんな価値判断をしてしまうのです。遊ぶのは子どもの仕事で、子ども時代を卒業したら、自分の子どもと遊んであげること以外に遊ぶことなど必要がない……そんな捉え方もしてしまっていました。

そのためか、成人するまでのほとんどの期間、**遊びはムダで、時に危険で、罪つくりなもの**だと思っていました。何故なら、役に立たないことだと思っていたからです。そして、**人生に必要なことは努力と忍耐**で、**人生ですべきことは、人の道から外れることなくまじめに生きること**でした。

わたしは、そんな人生を、いつのまにか面白くないと思うようになっていました。あの光を見た高校生の頃には、既に、**人生という物語にかかる陰鬱な暗み**を感じていました。中東方面の紛争のニュースを聞きながら、もしも突然空爆に遭ったら、まっさきに着弾地点めがけて走っていこう……そう思っていました。あるとき、そんなわたしの世界観と同様のことを、共有したこともない妹が言い、驚きました。そして、二人とも「死ねる機会がきたら死にたい」と思っていることに衝撃を受けたのは、他の誰でもない両親でした。

13）アントニオ・ダマシオ著、田中三彦訳『意識と自己』（講談社学術文庫、２０１８）

けれど、10代最後の年に、わたしは現夫と出会い、世界観を変えていくことになりました。遊び、楽しむ経験を持つことが、生活を明るくしてくれることを知ったのです。それでも「迷惑をかけずに生きる」という枠があったために、わたしは、ものごとの価値判断の軸を、自分ではなく社会に置いてきました。そして、いつも、自由奔放に生きたい自分に手を焼き、自分を嫌って生きてきました。**自分のために生きることは罪**だ、自分は**社会に求められてこそ価値がある**、**社会のなかで生きていく自分を大切にしたいのなら忍耐すること**だ……わたしは、自分にそう言い聞かせてきたのです。

サナギを迎えるまで、わたしは「自分を大切にする」ということの本当の意味を知りませんでした。まだ与えるものを何も持っていない時分から、与えることしか考えられない、そんな認識で**自分の人生を縛り上げていた**のです。それはまるで、自由にのびていこうとする植物を、人間の思い通りに整形する「盆栽」のようなものです。人は、誰のために生まれ、何のために生きているのでしょうか。人生は、何のためにあるのでしょうか。

2.「あの光」との再会と生来の《アプリオリな》自分

大学に勤務し始めて5年が経過した頃、わたしは、教育実務との接点がきっかけで、刑事事件を含む暴力加害者を対象としたケアに関心を持ちはじめました。実務経験のないわたしには入りにくい領域でしたが、その後、2年ほどかけて、司法精神医療という、あまり公にできない領域に踏み込んでいきました。そこで、偶然「あの光」を生み出す場に遭遇したのです。以来、**惹かれてやまず傍らから去りがたく**、最後の研究で答えを掴むまでの約13年にわたってその場に関心を寄せてきました。場を囲む人たちは、重大な事件を起こしてしまった精神障碍者の家族と法務省の職員（精神保健福祉士）でした。

その場の傍らに立ちながら、わたしは一つ、**発見**をしていました。それは、その場を囲んでいたご家族の状態でした。背景を知っているだけに、わたしの認知機能に何かのバイアスがかかっていたのかもしれませんが、はじめてお会いしたときは、一見、何の問題もなさそうに見えました。身なりも他者との関わり方も、これといって気になるところがなかったからです。そして、わたしはこう思いました。

「事件から1年2年と時を経ているから、もう回復されているのかもしれない」

けれど、ほどなくして、内側の深刻な状態に気づかされました。ご家族は、「自分」というものが崩れたり潰れたりしてしまい「失ってしまった」「人生がかわってしまった」という、どうすることもできない喪失感を抱えていました。そして、他者と決して共有できない、共有してはならないとする経験的世界とともに在り、それを抱え続けることを自らに課しながら日々を過ごしていたのです。予期しなかった惨事によって、生き続けることも、人生をやめることもままならず、**放心状態の自分を抱えたまま身体的存在が維持されている**と表現したらいいでしょうか……。簡単に言葉をあてることなどできない、どんなに想像しても捉えられない状態で、軽々しく理解しようとすること自体が人間としての礼を逸した行為だと思われる状態だということがわかってきたのです。それは、**傍らに居続けなければ捉えられないもの**で、いくら説明されてもわからないものだと思います。ただ純粋な人間として傍らに居られる存在、つまり、**自分が無力であることをわかっていてもなお、去らずに傍らに居てみようと思う人間でなければ捉えられないもの**なのです。

わたしが遭遇したご家族の状態を、むりやり既存の言葉で表現しようとすれば、心的外傷後の抑うつ状態などという言葉があてられたのかもしれません。けれど、それでは現実とズレてしまい、その現象に対して真摯ではないと思える不都合さがありました。当時のわたしには、精神医学的な病名がそぐわないという確たる信念があったのです。そのため、ご家族の状態に「**社会的臨死状態**」という名前をつけました。これは、何年も前の仕事（講演会）で、ご家族の自死リスクが高いことを伝えるために思いついた仮の名称です。その頃は、「社会的臨死状態」について深く解明しようなどとは思っていませんでした。何故なら、同じエピソードに見舞われたこともなく、そのような人を支援する立場にもないわたしにとって、「社会的臨死状態」は**別世界のものだと思っていた**からです。無意識に境界線をひいていたのだと思います……「わたしは研究者であって、その世界の住人とは違うのだ」と……。

けれど、それから数年が経過し、状況が変わりました。わたしも少しは成長したのでしょう。自らを、自己崩壊と「こころの完全変態」に導いた最後の研究のなかで、**「社会的臨死状態」に生命を吹き込むこと**を決意したのです。「社会的臨死状態」が、多かれ少なかれ、どのような人にでもみられる現象なのだと気づき、普遍的でとても大切なことを教えてくれているのだと直観したからです。とはいえ、当初は、課題の大きさに途方に暮れ、取り組んでは暗礁にのりあげて嫌になるだけでなく、ひどく逃げ腰でした。

「まいったなぁ……人間の精神のなかみを議論[14]するなんて……」

憂鬱以外の何ものでもありませんでした。研究課題のロジックから言って、そこは避けて通れないわけです。個人の内側、しかも精神医学の基礎に触ってしまう内容で、確たる証拠を持たない哲学的議論など、自分としては手を出したくありませんでした。臨床的な知識は多少持っていても、基礎はお手あげだったのです。

＊

「どう考えても力量不足。赤子が巨人に挑むレベル……」

——でも、必要なんでしょ？　逃げるの？

「いや、必要でも、触りたくないものには触らないほうが賢明……」

14）考察（discussion）とほぼ同義です。科学領域では調査等で収集した証拠（結果）をもとに考察で新たな知識を抽出しますが、哲学領域では問いの答えを、観察事実ではなく、論理的思考による議論で導き出していきます。

経験に基づいたこの判断は正解でした。深く掘る能力がないのですから、やめておいたほうがい
い……これは、博士課程で学んだサバイバルテクニック[15]です。非力でも逃げずに、戦わずして目的に到達するには、誰も思いつかないような道筋と方法で進むのが一番なのです（それにしても、バックグラウンドの声は誰？）。

＊

わたしは、どこからどうやって議論を展開するか、どんな知識を扱えば答えにたどり着けそうか、それまで扱っていたデータ（多くはグループインタビューの記録）を眺めながら何か月も考えました。答えにたどり着けない空白の時間が流れていきました。

＊

「特定の学問領域を基礎にしないなら、議論の基礎は、素朴に、出会った対象に置くしかないな……」

――じゃ、研究対象は？

「人間……人間とは何か？　それ、哲学者何人分の議論よ……」

――その発想はおかしいでしょ！　議論したい内容は？

「生と死の境界……しかも心理社会的レベルの……」

――では、基礎は？

「人間が生きているという状態を定義することだ」

――どうやって定義する？　もともと何が専門だっけ？

「看護学……」

――……ったくもう……科学哲学で学位もらったんでしょ？　まだ看護学のなかにいるわけ？

「それは違う……でも、この展開は看護理論みたいだと……」

――まだ枠のなかにおさまろうとするわけ？　博士論文を書きあげたときの勢いを思い出して。提出間際の土壇場で教授に啖呵きったのわすれたの？

「いや、あれは窮鼠猫を噛むっていうか……」

――他人の理論で括るんじゃないんだ、自分の認識で世界を描くんだって言ってたよね？

「G・ベイトソン的[16]世界観……？」

15）わたしは、看護学領域を対象とした科学基礎論（科学哲学）研究で、博士（理学）の学位をいただきました。日本ではマイナーな領域で、正直、よく理解せずに（「これだ！」という直観だけで）入門しました（研究できるところならどこでもよかったわけです）。おまけに哲学を深く学んだこともなかったので、最後の最後まで哲学の知識は不十分だったのです。けれど、わたしには実践との往復で鍛えた思考力がありました。それだけは他の誰にも負けなかったのです。自分の強みを徹底的に生かすことは、異世界で生き残る**サバイバルテクニック**なのです。

16）あえて「的」をつけているのは、わたしが、学問を志して学部編入した頃（20代の頃）に、ベイトソンの思想に基

——そう。彼は何が専門だった?

「そうか！　生物学だ」

——そうそう、生物学なら、精神医学に触ってる最近の理論があるでしょう!?

「わかった、生物システム理論、オートポイエーシス！」

——そのとおり！

＊

一体、バックグラウンドの「導き手」のような声は誰……?　実は、これが、生来《アプリオリ》なわたしの声なのです。以前から、難局に直面して思考停止状態になっているときや、大きな選択をしなければならないときに姿を現しました。葛藤のタネになることもありましたが、総じて、人を育てる活動と探究して答えをみつける活動では、この声に助けられてきました。何故なら、自然の力を借りられて、最小限の努力で済むような、効果絶大なアイディアをつぶやくからなのです。

他方、表層にいるわたしの頭のなかで流れる声（思考）[17]は、基本的にネガティブでした。このときもそうです。「自己とは何か?」などという大きな問いの答えは、歴史に名を遺すような偉人や学者が何人束になっても得られないようなものなのです。仮に、こんな議論をどこかの学問領域でやろうとすればとんでもないことになるのがオチ……そんな問いに、挑むほうが間違っている……無理、ムダ、闘い損！　そんな考えしか浮かびませんでした。それが、**研究者としての常識的な判断**なのです。何故って、それまでわたしが出会ってきたその業界の権威を持つ人たちがそう言うから。つまり、わたしの考えのようで、わたしの考えではない……**他人との関わりで象られた自分であり他人の意図を反映した考え**なのです。

「無理だよ……凡人には……」けれど、生来の《アプリオリな》わたしの声は、つとめて攻撃的でした。凡人がやることに意味がある！　やってみなくちゃわからない！　もう研究職じゃないんだから自由でいいでしょ！　……などなど、ものすごい勢いなのです。そのたびに、表層のわたしは言い返すのですが、最後にトドメをさされてしまいました。

＊

——誰が議論しても確かな答えが出ない問いなんて、誰が答えを考えたって害がないってこと！　もしかし何言っても仮説の域を出ないってことなんだから、自分のやりかたでやってみたらいい！

礎づけられた精神療法の影響を受けていたからです。臨床を大切にする恩師からベイトソンの名前は聞いて知っていましたが、著作（思想）を読みだしたのは博士課程に入学してからでした。

17）思考は内言によって実践されます。言語と思考はとても密接な関連があり、言語の意味と経験の間にも、とても密接な関連があります。発達心理学の知識を紐解くと、それがある程度理解できます。わたしは、教科書的な発達の知識に加え、L・ヴィゴーツキー著、柴田義松訳『思考と言語』（新読書社、２００１）や、ヴィゴーツキー研究者の著書（中村和夫著『ヴィゴーツキー心理学』新読書社、２００４）を参照しています。

て、やるのが怖いの？

＊

生来《アプリオリな》の自分は、それまでとは打って変わって強気でした。それもそのはずです。「あの光」は、生来《アプリオリな》の自分自身だったのですから。こうして、わたしは、生来《アプリオリな》の自分の声のおかげで、「自己」がどのように構成されていくのかを考察することになり、臨床的にある程度納得できる答えを得たわけです。といっても、たった独りで解答を掘り当てたわけではありません。この章のはじめのほうで登場した精神科医のつぶやきのような助言がなかったら、鉱脈を当てるためのガイドも、難題を乗り越える触媒もなく、途中で挫折していたことでしょう。

それにしても、既に与えられている資源と社会関係だけで答えにたどり着けたのは、ラッキーを超えて**ちょっとした奇跡**でした。いや、その直後に心的な崩壊が起きて、人生が変わってしまったのですから、ひょっとしたら、生来《アプリオリな》の自分の策略に「はめられた」のかもしれない……。いやいや、生来《アプリオリな》の自分自身の策略にまんまとはまることを奇跡というのかもしれません。

3. りぃお――生来《アプリオリな》のわたし

ここで、生来《アプリオリな》のわたしの声について、きちんと紹介しておこうと思います。前節の二つの声は、どちらもわたしの声です。「　」のなかの声は、サナギ前の経験で構成されてきたパーソナリティ（象られた自分）の声で、**知識や経験を使った思考の声**とも言えます。[18] 他方、――から始まる地の文に現れている声の主は、生来《アプリオリな》のわたし（生まれたときからある純粋意識[19]）で、サナギ前は、たまにしか自覚されませんでした。完全変態を終えて宇宙人になってしまった現在は、自分の意識として自覚できています。

生来《アプリオリな》のわたしの声は、現実には、音声として聞こえるわけではありません。他人に説明するためにあえて文字におこすと、あたかも二つの声が話しているように思えるでしょうが、実際には、地の文のセリフは、音声（言語）ではなく、イメージなのです。「　」と地の文のセリフのかけあいは、わたしの世界では次のように展開されています。知識を使った自分の思考（「　」のセリフ）に対して、

18）これは、象られることを手放し、生来《アプリオリな》の自分が自律的に自らを象る人生に転じていくことで、しだいに「生来《アプリオリな》の自らが象る自分」の思考（理性）の声に近づいていきます。この作品では、３年の時間が経過しています。発言の微妙な変化をお楽しみください。

19）本書では、**純粋意識と生来《アプリオリな》の自分をほぼ同義に扱っています**。が、もしも、より厳密に表現するなら、「自分（自己、パーソナリティ）」は記憶によって構成されるので、純粋意識で素直に生きた記憶によって生来《アプリオリな》の自分が構成される……という考え方をするのが妥当だと思います。言い換えれば、生来《アプリオリな》の自分の意識は純粋意識であるという捉え方になると思います。とはいえ、本書では、象られた自分と、生来《アプリオリな》の自分が、しだいに統合され、人生の主役が入れ替わっていく様子を描いていますので、あえてすっきり分けず曖昧にしておいたほうが現実に即していると思われます。**変化**を楽しんでいただけたら幸いです。

働きかけてくるイメージ（――から始まる地の文のセリフの非言語版）が浮かび、また、浮かんだイメージに対して、一生懸命、知識と思考が応答（サナギ前の場合、多くは邪魔）をする……そんな状態なのです。

この状態について、もしかしたら、あなたは、感情と理性と思われるかもしれません。そう捉えるとわかりやすいのですが、それとはまったく違っているのです。感情も理性も身体という具現化装置にくっついている機能で、イメージは、感情や理性が発生する寸前にあるのです。厳密に言うと、純粋意識が、言葉ではなく直感的なイメージで肉体に語り掛けてくるという感じです。特別な理由もなくピンとくるという感じに近いと思います。[20]

サナギ前、生来《アプリオリな》のわたしの声はあまり発言力がありませんでした。スケジュールがたてこんでいるときや、時間に追われながら論文を書いているとき、他者のニーズ対応をしているときなどは、出てきたためしがありません。そのため、組織のなかで忙しい生活を送っているときは、生来《アプリオリな》のわたしの声は出てこられなかったのです。たまに出てくるときといえば、頭が空っぽになったときや、手詰まりで思考停止のときくらいでした。

けれど、完全変態を終えた今は、浮かんだイメージどおりに身体を動かすという状態に変わってきています。[21]この状態を様々な社会関係のなかで続け、新しいパターンの自分が生活世界[22]の大部分を占めるようになると、サナギ前の象られた自分は、しだいに従たる存在になってくるのです。

だからといって、直感的なイメージに重きを置いて、知識や経験に基づく思考を軽んじてよいというわけではありません。それはよくある誤解というもの。知識や経験はとても大切で、思考も使います。けれど、それは、純粋意識が描いているイメージを具現化するために使うだけなのです。違う言い方をすれば、**人生における「成功」の評価尺度が変わること**。サナギ前のわたしは、周囲の要求に応え、周囲に認められて自分の足場をかため、社会の歯車の一つになって安定することが成功だと考えていました。けれど、完全変態後は、生来《アプリオリな》の自分が生きようとする（純粋意識が進みたがる）方向で人生を構築し、それが完成されていくことが成功と考えるようになりました。

わたしはこれまで以上に、自らが創造を願う世界について「自然に浮かんでくるイメージ」を大切

20）「意識」については、現在のところ科学では確かめようのないものですが、わたしはA・ダマシオ（神経科医の脳科学者）の考え方を参照していて、それが「現実の自分の感覚に近いな」と思っています。いろんな論者がいますが、どれも仮説です。しっくり来る論者の知識を、自己理解の「鏡」にするといいと思います。

21）記憶のなかにサナギ前の自分があるので、過去の自分がゼロになるわけではありません。過去と類似の経験をしたときに、過去の習慣が戻ってきて、かつての自分が表に出てくることがあります。完全変態するといっても精神だけのはなしですから、環境がこれまで培われたパーソナリティを引き出す関係性で構成されていれば、以前のパターンに戻る可能性が高いのです。

22）ここでは、生まれ落ちてから連続的に経験する環境（養育者をはじめとする社会も環境に含まれます）とのやりとりで構築されていく「その人を中心に捉えられるこの世界」という意味で使っています。哲学発祥の言葉ですが、現象学に基礎づけられた看護の理論知に浸透している概念です。もともとは、E・フッサールの現象学で説かれた概念で、生活世界という言葉は、原語Lebensweltにあてられた訳語です。

にするようになりました。浮かんでくるイメージがどのようなパターン（法則性）でつくられているのかを掴み、そのパターンと同じ構造をもつ小さなことをやってみることから具現化のストーリーを動かします。出生時に既に持っていた無限の夢（エネルギーパターンが創造する世界）をかなえるために、大人になった経験豊富なわたしが支える……そんな、純粋意識とのパートナーシップで生きていく状態に入ったのです。

この文章も、純粋意識とのパートナーシップで書いています。このあとも、時々、二つのわたしの対話をはさんでみたいと思います。どちらもわたしだとややこしいので、純粋意識に、直感的に降ってきた音（ryio）をあてて、「りぃお」という名前をつけました。余談ですが、わたしの「美美《みみ》」という名前（本名）も、父の頭の上に降ってきた音（mimi）に、女児っぽい漢字をあてたものなのです。カエルの子はカエルで、わたしは父に似ているのかもしれません。

4．社会的臨死状態——人生と社会の課題

わたしが発見した「社会的臨死状態」は、一言で単純に言えば、**生来《アプリオリな》の自分の存在が現実の社会関係のなかに現れなくなってしまっている状態**です。ここでの存在は、その人の人間としての価値を伴うもので、物理的な存在だけを意味しているのではありません。存在は、人間と人間の間で起こる相互の照り返しあいの経過から創られるので、あえて「社会的」という言葉を使っています。

　この、価値を伴った存在は、いまの社会が支持している科学の知識ではなく、それ以外の分野（哲学、文学、芸術など）で扱ってきたもので、それ自体について、証拠を見せながら説明することはできません。肉眼では観察できないので、こころの眼で捉えるものと表現してもいいかもしれません。そして、捉えるには、個々の状態や関係性に適切なだけの時間経過も必要です。ここでわたしが使っている「時間」という言葉は、人間が主観的に「変化」を捉えたときに感じられる**内なる時間**のことで、時計で計測する公共の時間ではありません。そのような事情から、わたしがここで存在と表現しているものについて説明しだすと、ひどく難解になってしまいます。そこで、ここでは、ごく大雑把なおはなしにとどめておこうと思います。

＊

――社会的臨死状態に陥る典型的な事例とかないの？

「わかりやすいのは、広い意味での暴力の被害に遭うことかなぁ……」

――広い意味の暴力ってことは、偏見・差別やハラスメント（いじめ）なんかも含まれる？

「もちろん含まれるんだけど……それでわかった気になって安心しちゃダメなの」

――どういうこと??

「残念なことに、支援やケアも、社会的臨死状態に陥るきっかけになり得るわけ」

――社会的臨死状態は、一見わかりやすい枠組みを使って判別できるものじゃないってこと？

「そう。個人の内側と、社会関係の両方に光をあてて、人間が生きるってことを深く見つめなおすと見えてくるものだと思う」

――生きることの本質に関わってるってことか……。

＊

社会的臨死状態は、**その人が経験した社会関係の質によってもたらされる「内的な傷みの世界」**[23]**に生きている状態**と表現してもいいと思います。身体的には問題がないように見え、誰がみても合理的な活動ができているので、**客観的評価では「死にかけていることがわからない」**わけです[24]。社会的臨死状態を理解するには、現象に対する光の当て方や切り口をすこし変える必要があるのです。

その唯一と思われる方法は、**客観的評価の視座からおりること**。そして、感性をひらいて相手と対面すること。何かしようとか、何かしなくてはならないとか、そのような役割意識のスイッチもオフにすること。**ただ素朴に人間として対面し、対面の際のこころの拠り所を、能力や資格や役割などの社会的立場にしないこと**なのです。知識をもって相手を解釈しようとするこころも邪魔になることがあります。人が社会的臨死状態に陥るしくみと回復のしくみを腑に落としておけば、社会的臨死状態を感じ取る感性が少し高まると[25]思います。それを使って**感性で気づく**、それが社会的臨死状態が見えるという状態なのです。では、これを書いているわたしは、何故、何も知らない状態で、社会的臨死状態を発見できたのでしょうか。

かつてのわたしは、研究者的な石頭で、何でも解釈しなければ気が済まない**分析病**でした。**社会的臨死状態が見える状態ではなかった**わけです。そのわたしが、社会的臨死状態を発見できたのは、わたし自身にそのセンスがあったからです。つまり、わたし自身が社会的臨死状態だったから、「この人たちの状態は、精神医学の言葉で語ると何かが違う」と気づいたのです。とはいえ、この説明が、完全なる後付けだということをお話ししなければフェアじゃありません。

わたしは前の節で、「**惹かれてやまず傍らから去りがたく**」と表現しました。まさにこの感覚、人間が特定の対象に対して覚える「**惹かれる**」という感覚で発見したのです。「感性」が引き合う、そ

23）傷みは、いわゆる傷つきと言ってもいいのですが、自覚できていないことも多々あります。大切な道具でも、愛用していれば小傷や変色が生じるように、わたしたちは、生きるという当たり前の経過によって傷のようなものを負ってしまうものなのです。それは、養育者をはじめとする他者との関わり、生のエネルギーの摩擦のなかで負うものです。生のエネルギーの摩擦をどのように乗り越えていくかで、摩擦から受けるダメージが大きくなったり気にならない程度に小さくなったりするのだと思われます。いずれにせよ、その過程から学ぶ生の本質が大切なのだと思います。

24）契約関係のなかでは合理的とみられる関係性が、しばしば不健康な状態に陥ることがあります。例えば、制度のなかでは、支援者が実質的な権限を持っているため、支援される側が自らを抑圧して支援者に合わせ、生きていくための共依存的な関係性をつくる場合などです。これは不健康ですが、支援―被支援の**契約関係の維持**を目的とすれば合理的（その社会関係の外側から客観的にみて理に適っている）と言えます。

25）第4章で登場する「価値の器」が開いていることを意味しています。相手を思考で理解するのではなく、自らの経験と感性にてらして「あぁ、そういうことか」と肚で理解する状態に近いと思います。

して、なんとなくそこに居て「違和感が無い」……そのような違和感のない感覚がある……それが「こころの眼で捉える」ということなのです。**無条件で意識の射程に入る、意識の中心に入ってくる**と言ってもいいかもしれません。同じ経験をしていなくても、同じ境遇でなくてもよいのだと思います。相手のはなしに共感できるとは限りません。けれど、傍らで相手と共有している時間を**開いて**[26]生きられる（居られる）、自分の内側にある「何か」が共鳴している感じがする……それは、平素の自分が意識していないような深い部分に、**その現象で揺さぶられる課題（知りたいこと、問い）を持っている**ということなのです。

　社会的臨死状態は、同質のものが共鳴しあうときに、関係性のなかで浮かび上がります。うまくいけば、互いに、より生きやすい関係性を創り、それぞれの心理社会的な健康度を高めていけるでしょう。けれど、単に共鳴するだけなら、社会的臨死状態に陥ったまま共依存的に生きることになるかもしれません。社会的臨死状態から離脱するには、社会的臨死状態に陥る対人関係のパターンから離脱して生きられる健康的な社会関係が必要です。そのため、**社会的臨死状態に陥るパターン**を知っておいたほうがよいのですが、それは、ほとんどの場合、あまりに日常的で気づかないほど、あらゆる社会関係のなかにあります。**一般的に「普通」で「当たり前」だと思っている大人の社会関係が、社会的臨死状態に陥る人を生み出してしまう**のですから……。

　あくまで比喩ですが、社会的臨死状態は、社会関係の間で起こる生のエネルギーの収支バランスが崩れたり、互いの生のエネルギーが注がれる方向性がズレたりして、その関係性から創造される価値が変質してしまうことによって生じると言えます。**人間が成す生態的なシステム**[27]**の不具合**で起こってしまう問題なのです。けれど、収支バランスやシステムときいて、お金や機械や社会制度などの、眼に見えるしくみを単純に重ねて理解すると、事の本質をはき違えてしまうので注意が必要です。

社会的臨死状態は、それ自体、病気でも、障碍でも、問題でもなく、**「人生の課題」と「社会の課題」の表現型**と言えるのです。社会的臨死状態は、人間が社会関係のなかで健康的かつ喜びを感じて生きていくために乗り越える価値のある課題です。そして、身体死や精神の不調（メンタルヘルス不全）と無縁ではありません。

実際、社会的臨死状態から身体死（自死）を選択しようとする人がいます。そのような人は、人生の課題のうち、もっとも根底にある**「生き続けること」を諦めて死を選ぼうとする**のです。その背景には、想像を絶するような極度の孤立や孤独感があります。この社会のなかに、自らが人間としてありのままで生きられる場がなく、それを、この社会のなかでつくることも極めて困難であるがゆえに絶望し、生き続けることを諦めて死を選ぼうとするのです。人間として生きられる場は、物理的なも

26）ありのままで、生来の《アプリオリな》自分で、あるいは、「素」で、と言い換えることができます。

27）学問的に言えば、オートポイエーシスという生物のシステムです。ここでのオートポイエーシスは、人間の「生」に適用されるので、眼で見える物理的なレベル（生物のボディのレベル）にとどまらず、視覚的に捉えることのできない認知機能のレベルにまでおよんでいます。

のではなく、[28] **生来《アプリオリな》の自分で居られる社会関係によってリアルタイムで醸し出される空気のようなもの（質）**なのです。これ以上生きていても、生きる喜び（生来《アプリオリな》の自分の実質的な存在価値）が感じられる社会関係など決して得られないと確信したとき、人は人生を根底から諦めます。

当然のことですが、たとえそのような状態を抱えていても、身体死に至らずに生き延びることは可能です。慢性的に死なず生きずのまま暮らし続けても、人生の物語はそれなりに展開していくものなのです。低酸素状態で慣れてしまう身体があるように、精神的に窒息しかかっていても気づかない人があるようなものです。けれど、それで問題が無いというわけではありません。社会的臨死状態は、生きる喜びを遠ざけるような社会関係を伝承してしまうのです。誰が悪いというわけでもなく、世代を超えて受け継がれていく精神性のようなもので、それは、日常的な行為やコミュニケーション（とくに非言語的な）の連鎖によって波及していきます。

社会的臨死状態に陥り、それが日常的な社会関係のなかで維持されていくと、成熟的変化が得られにくくなってしまいます。生きる喜びを伴った健康的な社会関係には、共同創造的な変化を許容する関係性が成立しますが、**社会的臨死状態に陥ると未来に開かれた変化を退けるようになる**のです。言わば、膠着したような安定的関係性が続き、それぞれの成熟的変化が阻まれてしまうという事態が容易に起こります。そのような関係性のなかに子どもが巻き込まれてしまうと、子どももまた成熟的変化を阻むような社会関係のパターンに順応します。子どもの場合は、自分が生き延びるために、無条件で養育者と調和しようとするため、自動的に社会的臨死状態に陥りやすい関わりのパターンを選択してしまうのだと思います。**生き延びるために生きないことを選択する**ため、素直で無垢な自分自身を解放できない生きにくさを抱えてしまうのだと考えられます。こうした「関係性における伝承」は、養育者と子どもの関係のみならず、教師と児童・生徒、上司と部下などでもみられますが、人生の基盤となる幼少期に経験すると、無条件で生きにくさを抱えてしまうため、もっとも深刻だと思われます。

　生来《アプリオリな》の自分を解放して生きることを諦めて、周りにある社会関係に象られながら生き続ける人には、様々なパターンがあると思います。「このまま、自然に寿命がくるまで流されて生きるしかない」と人生の舵取りを放棄してしまう人、生来《アプリオリな》の自分が願う生き方と周囲からの期待との間で葛藤しながら自らを抑圧し傷めてしまう人……。生きにくさゆえの深刻な状態に陥ってから悩む人、それでもまだ気づかない人……。**人の数だけストーリーがあり、同じケースは無い**のだと思います。人生の課題なのですから、人生の数だけストーリーがあるのが自然です。

　そして、人生は社会関係なしで成立しないため、人生の数と社会関係の数だけ社会の課題も浮上します。浮上した課題が多くの人の共感をもって認知されれば、人生の課題は単に個人のものではなく、社会に共通の課題になります。例えば、わたしがまだ20代後半の頃に注目された「アダルトチルドレン」という概念は、個々人に認識される生きにくさの一つでしたが、それに名称と説明が与えられた

28）当然のことながら、物理的な身の置き場所（住居など）は必要です。が、それは、人間として生きる上での前提だと捉えられます。人間は、前提だけ与えられても、人間として存在できないのだと、わたしは思います。

ことで、社会的に解決すべき課題として認識されました。

本来、人生の課題にどのように取り組み、どのような生き方を選択するのかは個人の問題で、他人が操作できるものでも、操作すべきものでもありません。けれど、社会的臨死状態は、**個人のこころのなかにある「記憶のなかの社会関係」の影響によって生きるエネルギーが蝕まれる現象**とも言えるので、単に「個人の問題だ」と切り捨てるのは人の倫に反しているように思われます。同様に、単に「社会（まわり）が悪い」と言って済まされる問題でもありません。何故なら、わたしたちは、自分と他者を分けられないかたちで、人生をスタートさせるからなのです。このような理由から、社会的臨死状態を知るためには、「自己（自分）」がどのように構成されているのかをみつめる必要があるのです。

第3章　人の生

1．こころの世界を描く冒険の旅へ

言葉を失うような崩壊のあとサナギの時間を迎えてから、わたしは、一進一退しながらも数か月単位で少しずつ楽になり、前向きになっていきました。そして、1年が経過した頃には、自分の内側で起こったことを冷静に言葉にできるようになっていました。サナギの大半は身からはずれたようでしたが、身を包むタガを失ったおかげでうすら寒く、自由というより孤独でした。そのためか、自分の姿を早く形にしたくて、なんとなく焦っていたように思います。

その頃のわたしは、まだ、週の大半を自宅で暮らしていました。他者と接点があっても、そのほとんどが、一往復で十分なテキストメッセージのやりとり……。そんなわたしの意識の中心に居座っているのは、自分が脱いだサナギという経験世界でした。通り過ぎたものは当たり前に見送りたかった……それなのに、サナギはどんどん大きくなり、人のこころを抱えた巨大なダンジョンになって、わたしの前にそびえたちました。

「あ～ぁ……サナギを出たら終わりだと思ってたのに、サナギを消化する仕事が残ってたか……（悩）丸腰の宇宙人に何ができるんだよ……せめて装備くらいなくっちゃ……」

――あるよん！　コトノハ～♪

「なんでそんなに楽しそうなわけよ……」

――ヒマなんだから、ためしに言葉使ってみてよ♪

＊

サナギ前のわたしにとって、言葉は、観察したことをできる限りそのまま伝えたり、抽象的な概念をロジカルに説明したりするための、道具でした。そして、サナギから出たばかりのわたしにとって、崩壊とサナギの経験は、まだ、生々しく心身に残る苦の記憶でした。この二つを組み合わせるということは、つまり……「いじめか……？」わたしは、しぶしぶサナギダンジョンの入り口に進みました。するると、象られた自分との別れの物語がイメージとなって現れ、イメージに吸い寄せられるように、遠ざかっていた知識が呼び戻されたのです。まるで無影灯で照らされたように、経験世界の裏側が目に飛び込んできました。

「なにこれ⁉」
——面白いでしょ♪　これが本当の〝腑に落とす〟ってやつなのよ～♪

＊

経験世界の裏側が明るく照らされ、内奥の痛みを慈しむように、言葉がじわじわとにじみ出てきました。一つの歌を歌い終えると、その周辺にあったことが明るく照らされ、少しずつ、視界がひらけます。言葉は、まるで意志をもったエネルギーのように、眼となり、手となり、歌声となって、こころのからくりを見せてくれようとしました。「おもしろい……」経験と知識が一つになるシーンに見惚れているうちに、わたしは、一歩また一歩とダンジョンのなかに入りこんでいました。振り返ると、入ってきたはずの扉はすっかり消えていました。

＊

「やられた……」
——冒険、冒険♪　書かないと出られない～♪

りぃおは、常に陽気でした。それは、時に心強い相棒のようでもあり、葛藤や悩みのタネをこしらえる浮世離れした居候のようでもありました。若干途方に暮れているわたしを気遣ってか、りぃおが切り出しました。

＊

――美美さんは、こころの遺伝子を遺すために研究してきたんでしょ？　どうやって遺すの？

＊

りぃおの声とともに、突然、真夏の日差しを照り返す海の輝きが蘇りました。26歳の夏、短大卒だったわたしは、学部編入をめざして受験勉強に励んでいました。結婚に始まったジェンダーの憂鬱を振り切り、夫の出張にくっついて訪れた北の町……。海が見える広い場所に車を停め、苦手だった生理学と輸液の本を開きました。

１時間くらい経った頃でしょうか……集中力がきれて顔をあげたとき、自宅に置いてきたはずの憂鬱が舞い戻ってきました。疲れた頭で、ボーッと海のキラキラを眺めながら、わたしは自分が生まれてきた目的を宙に問いました。

「わたしの人生は、何のためにあるのかな……」すると、どこからともなく、「ココロノイデンシヲ　ノコスタメ」という声がかえってきたのです。ハッとなって、意識を周囲に向けましたが、辺りには誰もいませんでした。わたしは、急に冷静になり、妙に納得して「声」を受け取りました。高２のあの日以来の不思議な出来事でした。

以来、長い間、ジェンダーの呪縛による葛藤を繰り返しながらも、生物学的な親になる人生（物理的遺伝子を遺す人生）を手放し、「探究」に多くの時間を捧げてきたのです。

＊

――ねぇ、どうやって遺すの？

「どうやってって……？　それは、書くしか……」

――このダンジョンの向こう側に出ることって、サナギのなかで歩んだ完全変態の物語を捉えなおすことだよね。

「あ、そうか！　それを書くと、こころの遺伝子配列みたいなものが遺せる？」

――そうだよ、たぶん♪　信じて進もうよ。

「いや……こころのなかを自分で整理してみてはじめて、とんでもない世界だと思ったよ。こころの遺伝子を書き遺すなんて、とてもできないな……」

――どうして？

「人のこころって、社会関係とその歴史なんだなって思った。マジで小説の世界」

――小説は一つの物語として完成したものだけど、物語《ナラティブ》と、美美さんが得意な知識《ロジック》が、合体したやつはあまり見かけないよね……？

「見かけないってことは〝無理だ〟ってことなんだよ。あ、小説と言えばさ、主な登場人物って、主人公の延長だね！」

――延長って？

「主人公に〝自分〟をくれる人って感じかな……？」

――それって、人間の自己がどうやって生まれるかってはなしだ！

「そうそう。人間って、相手に照り返されないと自分を認識できないから。照り返しの相手が、生身の人間ばかりじゃないところが面白いけどね」

――どういうこと？

「動物とか、モノとかね……抽象的な信仰の対象なんかも、自分を照り返してくれる相手。そういう意味では、亡くなった人とか、別れてもう会えない人とか、そういう人たちも、自分を照り返す相手だよね……」

――そうか、人間って、いろんな相手と、自分の内側にある世界のなかで対話するもんね……。

＊

わたしたちは、自分を描いてくれる社会関係を通して自らを理解し、自分が存在している意味や価値をはかっているのだと気づかされます。そんな日々の出来事を、記憶のなかにおさめて、自らの連続性なるもの、つまり「自己」を認識し、保っているのです。

＊

――りぃおが胎内にいたときから、美美さんの歴史が始まっていたんだってこと、サナギの経験でわかってくれたんじゃない？

「いまいちわからないわ。ほとんどの人が実感持てる自分史は、記憶が始まってる3歳くらいからじゃない？」

――それじゃ、せっかく勉強してきたんだから、記憶にない時代のことも知識で補って描いてみようよ。

「オッケー、人生始まりの物語ね……」

＊

人生の始まりで、人間は何を経験するのでしょうか？　人間には、生まれ落ちたときから、快・不快の両方を感じ取る能力が備わっています。快・不快を全身で感じ取り、それに対処することが「生」というものだと捉えられます。かつて、母体のなかにいたわたしたちは、誕生の潮時をむかえ、様々な分娩の経過をたどって、胎外に脱出……。その際に、生命維持装置としての母体から切り離され、外気に曝され、物理的に劇的な環境変化を経験しました。現在生きているこの物理的な環境に適応することができなければ、生きられなかったのです。このように考えると、**人生の始まりは、死の恐怖を伴う不快**なのではないかと思われます。

不快があるから快が嬉しい、それが人生へのイニシエーションなのです。つまり、生きているということは、**快を求めること**。人生の課題の基礎は、欲求が満たされた状態を維持し続けることと、欲求を満たすことのできる社会とのつながり（関係性）を信頼することだと考えられます。

世の中を見渡してみると、たしかに、人は、心地よさを欲しがって（求めて）います。わたし自身もそうです。いくつになっても、それは変わりません。これは、生きているからこその現象なのでしょう。それゆえに、わたしたちは、自らの経験や、その物語に出てくる登場人物についても、好悪、快・不快、損得など、様々な価値づけ（評価・審判）をしてしまうのだと思われます。

＊

「他人の生を支えるって難儀だと思うわ……生きてることは快を求めること……つまり、生かすってことは心地よい状態にしてあげるってことになる……」

――そう考えたらそうだね。

「いつも満足させてあげるなんて、無理なはなし。支え手も普通に生きてるわけだから、快を求めてるわけでしょ？　生かされるほうは、支え手が元気をなくすと不利益なわけだから、支え手が生きられないほどエネルギーをもらうわけにいかない。満足の閾値と、満足させようとするエネルギーが釣り合うレベルを、低めに設定しておかないとさ……」

――何が言いたい？

「世の中の生きづらさって、そこらへんから発生してる気がして……。個性を認めない、社会の都合で人間を規格品みたいに整形しようとする……それって、なんか、快を求めあう関係性のなかで生まれてきた痛いヤツって感じがする」

――そういえば、美美さんって、**自分嫌い**だったよね。

「親も、親戚も、身内はみんなわたしを大事にしてくれたと思うけど、大事にしてくれたおかげで、無難な規格品に近づけない自分が嫌いになったよね」

――大事にしてくれたおかげで嫌いになったの⁉

「そうさ。社会に受け容れられて、社会に役立てる一人前の人間になることが大事なことなんだから。それが生きていく前提だもの。わたしがわたしでいることなんて、一人前になってから言うことで、二の次、三の次ってことなんだよ」

――それやってたら一生終わるね。

「だから〝二度目の誕生おめでとう〟なんでしょ？　最悪だよね、あれ」

――どうして最悪？　一生終わるループから抜けたんだから、おめでたいじゃん⁉　そのネガティブ、もうやめたらどぉ??

*

ネガティブなのは、無理からぬことなのです。人生のイニシエーションは不快の極み。最悪にネガティブな状態から人生が始まったのですから。少しでも早く不快をキャッチして解決することが、生き延びることにつながるので、人間は、快よりも不快の感覚に敏感なのだと思われてなりません。わたしがネガティブ人間に遭遇すると、つい「人間らしいな」と思ってしまうのは、それが人間という動物の自然だと感じるからなのだと思います。

人は、生まれ落ちたときから、身を委ねる社会関係に対しても快・不快の感覚を抱き、価値判断につながる経験を積み重ねているのだと思います。ただし、生まれた瞬間が生命の危機であり不快の極なので、不快の許容範囲は極めて広く、**かなり過酷な環境でも無条件に受け容れて生き延びようとする**のだと思われます。実際、人間の環境適応能力はとても高く、生まれ落ちた社会が、自らの生命を脅かす不快な関係性に満ちていたとしても、生き延びるためにそれに慣れ、その関係性のなかで調和的に生き延びる術を身につけていきます。[29]

29）自らを生かしてくれた環境から受け取ってきた感覚は、理性を超える強い証拠になるのだと思います。とくに、恋愛や結婚といった、身体接触を伴う（身の近い）パートナーシップの対象に関しては、幼少期に自分を生かしてくれ生きるということは、本来、とても主観的な営みですが、生活世界を構築する際に、自らを生かす他者が密接に関わるのです。人間の生は、社会に属することを前提に成り立っている……それは、**社会が自分をくれる**のだということを物語っています。これは、**きわめて主観的な内的世界に他者が入り込んでいる**ことを意味しています。

社会が自分をくれるということは、社会関係のなかで自分の価値を感じとるようになり、自分もまた、自分を中心として他者を価値づけるようになることを意味しています。もっとも根源的な価値は、愛にまつわるものだと思われます。「**自分がどれだけ愛されるに値する存在か**」という問いは、人生の基盤となるとても大切な価値の問いです。このような、自分の存在に対する価値の問いに解答を与えていくことは、わたしたちに共通の「人生の課題」なのかもしれません。

自分を理解するために他者の照り返しを必要とする人間にとって、自分自身に対する評価も、他者に対する評価も、分かちがたいものです。かつてのわたしが自分嫌いだったのは、結局のところ、人が嫌いだったということです。人は、自分のことを、ありのまま認めることができれば、他人の在りようも、ゆるすことができます。そして、自分を好きになりたいから、他人を好きになります。

わたしたちは、自分自身を肯定できる「快」の体験をより多く経験したいがために活動し、そのような自分をくれる出会いを求めて動き、社会のなかを渡り歩いていきます。その過程で傷つくことも多々ありますが、冒険の旅をやめずに自分自身を肯定できる場を求め続け、自らの世界を社会関係のなかで構築していくことが、**自らの人生に応える**ということなのだと思われます。それは、たぶん、

自らの人生を愛することなのです。

ところが、わたしたちは、生後、自分を照り返してくれる他者を内的世界に取り込んでいくことによって、肝心の「生来の自分《アプリオリな》」を忘れてしまうのです。

2．人生は生来《アプリオリな》の自分を忘れる過程から始まる

自らの人生に応え、自らの人生を愛することは、A・マズロー流に言えば「自己実現の欲求」を満たすことなのだと思われます。マズローは、欲求階層説を説いた心理学者で、日本でも広く知られています。「自己実現の欲求」は、欲求の階層を示したピラミッドモデルの最高峰に位置しています。

＊

「昔、授業で習ったときは、欲求が階層的に現れる[30]っていう説明がわかりやすいと思ったけど、だった養育者と、結果的に似た人（後述の〝生のエネルギー〟的に同質で**調和**のとれる人）を選択してしまう**傾向**があるように思います。

30）より下位の欲求（例えば、最下層の生理的欲求）が満たされなければ、それよりも上位の階層に位置している欲求（生理的欲求よりも上位の欲求の下から順に、安全の欲求、帰属と愛の欲求、承認欲求、自己実現の欲求）が自覚されにくく、より下位の欲求を充足することが優先されるという説明が一般的です。これは、わかりやすいのですが、

んだん、疑わしいと思うようになったな」

——どうして？

「生理的欲求が満たされていないときも、四六時中、自己実現に悩んでいた気がするし……」

——ウソつき！　トイレ行きたいときは頭のなかが120%トイレのくせに!!（笑）

「もちろん、意識の中心に入ってくることの強弱は変わるよ（笑）。でも、自己実現は、それが気になったときから、自分自身の人生のBGMみたいだったなと思うわけ」

——そういうことね。それなら確かにそうだったかも。

＊

欲求は、生物が生きるために必要なもので、**生そのもの**です。日常生活と密接な欲求といえば、食欲、睡眠欲、性欲（いわゆる三大欲求）でしょうか。これらは、マズローのモデルで言えば生理的欲求に該当しますが、現代人にとっては、どれもコントロールの対象です。生きていくために必要な、排泄も生理的な欲求の一つですが、これも、コントロールできるようになることが求められます。トイレットトレーニングは、養育者にとっても大きな課題でしょうが、それ以上に、子どもにとって大きな試練なのかもしれません。さらに、わたしたちは、物欲、所有欲など、いろいろなものに「欲」をつけては、歓迎されない文脈で使いがちです。欲求はスマートにコントロールすべきものだと捉えられているのです。

歴史的にも、禁欲主義が尊ばれる時代がありました。J・S・ミルの言に由来する「満足な豚よりも不満足なソクラテスのほうがよい」というフレーズには、とくに肉体的（物理的）な欲求が精神的な欲求よりも劣るものだという捉え方がみてとれます。それほど、肉体的（物理的）な欲求は、人間にとって非常に強いもの、支配的なものなのだと言えそうです。

では、**欲求のコントロール**とは何でしょうか？　答えは、**出すべきときに出し、それ以外のときは出さないようにする**ことです。欲求は、適正であれば歓迎され、過剰は我慢したり昇華させたりして調整することを求められるわけです。もちろん、欲求が不足しているのも困りもので、悩みのタネになることもあります。こんなことは、多くの人があまりに当たり前だと思っていることなのですが……問題なのは、一体、誰が、出すべきか否かを判断するのか、あるいは、適正・過剰・不足を判断するのか、その基準をどうやって決めるのか、なのです。

＊

現実はそれほど単純なはなしでもなく、例外の報告もあるようです。あくまで、表層しか学んでいない個人の印象ですが、マズローは、自身が提唱したモデルの階層自体には、あまりこだわっていなかったのではないかと思われます。何故なら、マズローの著書からは、人間の全体性や一つ一つの欲求の関連性を重んじる姿勢が読み取れるからです。（参考図書：A・H・マズロー著、小口忠彦訳『人間性の心理学　モチベーションとパーソナリティ』産能大学出版部、2000）

「誰が決めるか……？　自分しかいないよね……」

――ほんと？　自分のなかに他人がいるのに？

「え？」

――最初はしつけに始まる……ということは、養育者が決めるんだよ。じゃ、養育者はどうやって決めてるのか……。養育者のなかにも、たぶん、他人が入ってるよね。

「まぁね。いまどきは、育児情報も豊富だし、いわゆる専門家がこう言ったとか、適正さを判断する基準は、ちょっとネットで調べたらたくさん出てくるけど……」

――それにしたって、眼に見えない大勢の誰かの経験とか、観察だの実験だのがもとになってつくられた知識でしょ？

「厳密に言ったら、判断基準は自分じゃないね」

――他人と生きていくために、社会がコントロールを求めるの。その基盤が、養育される体験にあるわけ。

「当たり前のことだよ」

――そう？　マズローを上から見て！

「は？」

――マズローのモデルって、自己実現の欲求が最高峰に見えるでしょ？　でも、あれって、大人を対象にした研究がもとになってできた知識じゃない？

「なに当たり前のこと言ってんの……？」

──大人の自己だよ。とりあえず、自分のこと考えてみて。サナギ前の……。

「あ！　わかった!!　社会に象られた自分と生来の《アプリオリな》自分は、どっちも自分だけど、自己実現の欲求の自己はどっちなのかってはなし？」

──そう。マズローを上から観てよ！

＊

わたしが知っているマズロー氏は紙の上に描かれた二次元のピラミッド（三角形）です。それを上から観るために、二次元を三次元に変換し、五層の色分けを施した紙のピラミッドをつくりました。それを上から観ると……（図１）……軽く衝撃が走りました。自己実現に向かう心的エネルギーが中心にあり、それが、承認欲求、帰属と愛の欲求、安全の欲求で、社会関係に対して開かれているように見えます。けれど、心的エネルギーは、身体という物理的な境界に閉ざされているため、肉体的な欲求から自由になりがたい（囚われてしまう）……そんな人間の性質が現れているように見えるのです。

＊

「人生が始まったときにあるのは……生理的欲求だけじゃないね。全部だ、これ……」

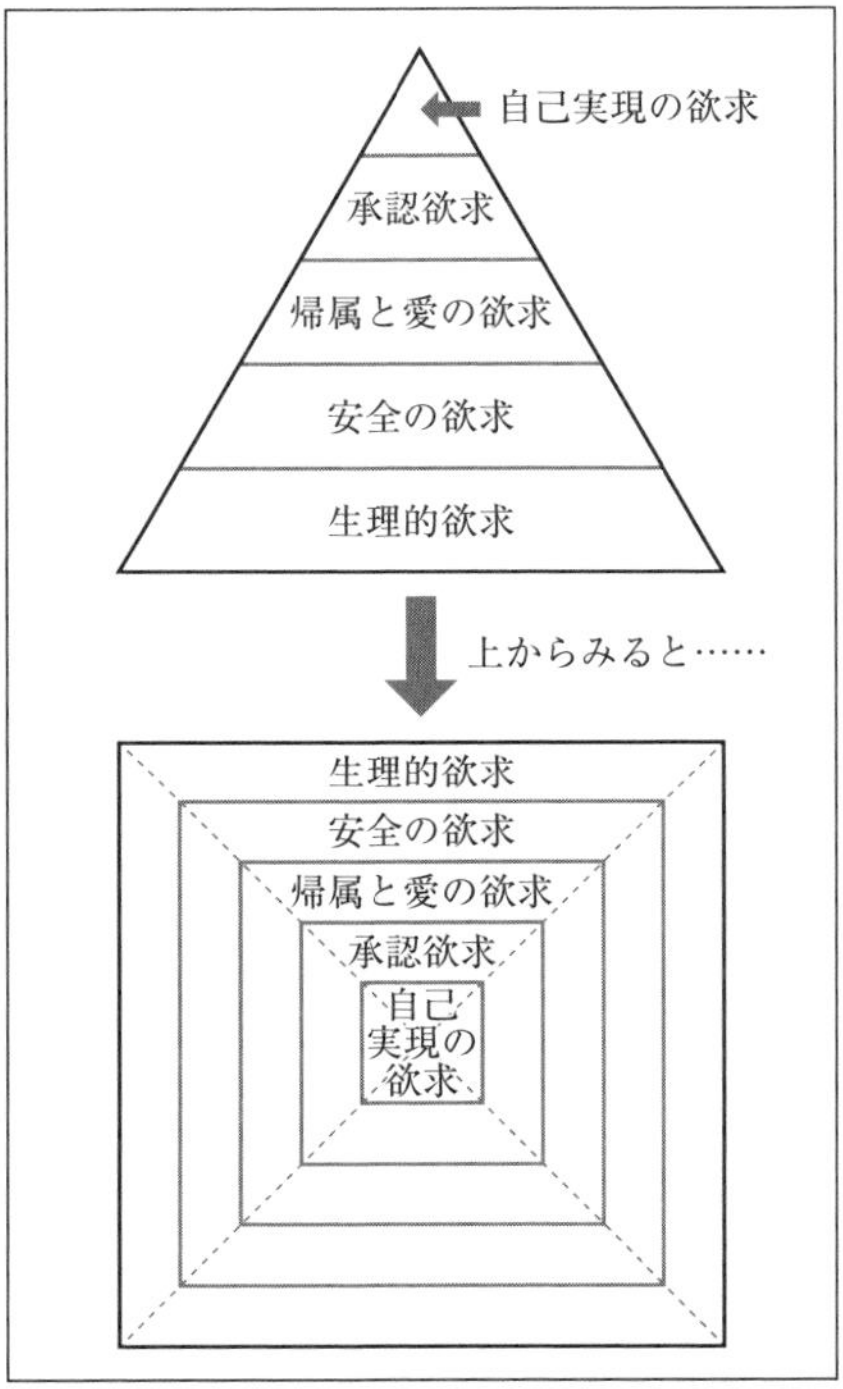

図1：マズローが提唱した欲求の階層

作図にあたり、F.ゴーブル著，小口忠彦監訳，『マズローの心理学』．産能大学出版部，1997．を参照しました。本図で「承認欲求」とした部分に、ゴーブルの解説書では「承認の欲求（原書ではThe Esteem Needs）」という訳語があてられています。本文中に繰り返し登場するため、本書では助詞を省き「承認欲求」という四文字熟語で表記しました。なお、ゴーブルは、承認の欲求に、自尊心と他者からの承認（Self esteen，Esteem by others）の二つの欲求が含まれていると解説しています（p.67）。

――楽しいでしょ？　上からみたら！

「分娩で胎外に出ていく前は、全部一体化してて、自己実現の欲求だけがある……たぶん……」

――どうしてそう思う？

「胎児は勝手に動くからね。母体の意識や意思とはまったく別次元の独自エネルギーのようなものを持っていると思う。だから既に自己の核になるものを持っているということになるよ」

――それで？

「自己実現以外の欲求は、胎内にいたら生じえないというか……。胎児は母体と一体化していて、物理的なシステムとして独立した身体を持たないわけだから、子宮のなかに居る限り生きるに困らないよね。もし欲求があるとしても、それは自覚する以前に満たされてるよ……変な言い方だけど、自分を成すこと以外は、叶えたいことも欲しいものもない状態というか……」

——うん、胎児には、はやく外に出て自分を創りたい、自由になりたいっていう欲求があるかもね。

「仮にそうだと考えると、人間の生きるエネルギーが向けられている方向性は、胎内にいたときに既にあった自分をこの世に現すことただ一つ……だけど、生まれて自由になった瞬間に、それまで供給されていたものが全部断たれて、生理的欲求全開になるでしょ？」

——安全から承認までの3段階は？

「まず、生まれ落ちた瞬間にどこかには帰属してるよね？　だからそれは生き延びる前提レベル。そのほかの安全・愛・承認は、未分化の状態で自覚もできないだろうけど、人間として受け取られて生かされたい欲求みたいな感じで、社会に向けられる……これって、**社会的欲求**って言っていいと思う。社会的欲求は、生理的欲求が全開になったときに、**啼泣することで表現されている**んだと思う」

——おもしろい！　大人のそれとは性質が違うかもしれないけど、根っこのほうで一体化してるっていうのはなんかわかる。

「なので、自己実現以外の四つの欲求は、胎外に出た瞬間に未分化のまま全部開くんだよ。すると、自分をこの世に現すことは、しばらくおあずけの状態になる。**生き延びることが先決**だから、身体的な欲求とそれを満たしてくれる社会関係への欲求（社会的欲求）に囚われざるを得なくなるってことだね」

＊

たぶん、宇宙人になったいまのわたしをナビゲートする**純粋意識**（りぃお）は、**わたしが胎内にいたときから既にいた**のです。生まれた瞬間、環境の激変に直面し、重要な生命維持装置である肺の機能がスタート……同時に、生理的欲求が全開になり、周囲に求めるという形で社会関係への欲求も全開になった……このエピソード以降、純粋意識（りぃお）は、生命維持活動を必要とする肉体に囚われると同時に、人間として生き延びるために与えられた社会関係にも囚われてしまったのです。囚われながら生きてきたことで、社会関係のなかで象られた自分（パーソナリティ＝美美さん）というものができてしまった……と理解できるのです。

たぶん、人間は、胎内にいたときに既にあった唯一無二の自分（個性をもったエネルギー）の具現化を後回しにしなければ生き延びることができないのです。そして、誰かに関わってもらわないと生きられない状態であるがゆえに、生理的欲求に強く結びついた啼泣や、外からの刺激に対する反応で、**他者（環境）を動かして自分を生かすことから人生を始める**わけです。

生後、人間は、思い通りに動かしたくてもままならない世界のなかで懸命に生き、めざましい成長・発達を遂げます。そして、発達とともに、自分と他者が違うことを理解し、生き続けるために養育者に囚われながら育ちます。**囚われるのは生きたいから**であって、囚われたいわけではありません。思い通りに生きたいと自由を欲するからこそ、周囲を思い通りに動かしたくて囚われるのです。そして、**周囲からの制限を受け容れることで自由を獲得するという矛盾（取り引き）を受け容れて成長**していきます。

社会のなかで生きるがゆえの欲求コントロールという営みは、生きるために欲求を満たそうとするエネルギーと常に葛藤します。この相反するエネルギーが、人間を前進させる変化変容の流れをつくるのだとわたしは考えています。人間のこころの成長・発達（成熟）は、人間が出生前から備えていた純粋な「生きるエネルギー」と、生まれ落ちた社会から受け取る「生かす（生かしてくれる）エネルギー」との、**違和感や摩擦や衝突によって生まれる変化の軌跡**だと捉えることができます。

これは、主な養育者との間に生じる相互作用が、人生の基盤に強く影響することを意味しています。**人生が思い通りにならないのは養育者にとっても同じ**で、養育者の生と子どもの生との間で摩擦が繰り返されます。養育者自身が、子どもの「生きるエネルギー」と、自らが与え得る「生かすエネルギー」とのアンバランスや葛藤を、子どもとともにどのように乗り越えていくのか、**こころの在り方と対処の軌跡（パターン）が養育行動をとおして子どもに浸透していく**のだと考えられます。

このように、人は、自らの内にある生きるエネルギーと、周囲から発せられる生かすエネルギーとのバランスのとり方を、養育者はじめ社会との関わりあいのなかで学びながら、自らをとりまく他者と環境全体を理解していきます。人間としての成長発達が著しい時期は、意欲的に様々な経験をしていきます。それは、初めて遭遇することと関わりながら、世界を自らの内に取り込んでいくことでもあるのです。

＊

「人間のこころの成長発達を昆虫の生に喩えて言うなら、人生のスタートはイモムシ」

――五感から入ってくる経験（情報）を良いも悪いもなく貪食するもんね。

「1令幼虫、2令幼虫と、発達にしたがって何度か脱皮。そのたびに大きくなって新たな経験を貪食する……」

――脱皮すると食べるものが少しずつ変わるってイメージだね。

「そう。サナギ前は、人生経験のステージを変化させながら、イモムシとして経験を貪食し続ける……人のこころのサダメのようなものだよ……」

――貪食したことがたまって内的な世界がどんどん膨らんでいくんだよね……人間って……。

3. 愛は生のエネルギー、そして創造の源泉

人のこころを内側から解き明かしていくなかで、実に扱いにくいのが「愛」でした。わたしにとって「愛」は、知識が照らしてくれない部分でもありました。

「自分は愛されるに値する存在か、という問いは何故生まれるんだろう……」わたしが出会ってきた人たちのなかには、両親から愛されなかったという人、逆に、愛されて育ったという人……なかには、親の愛が重かったという人までいました……一体、それらの「愛」の自覚はどこから来たのでしょうか。

社会関係のなかで経験を貪食して育つ、人間のイモムシなこころ……そこには、生き延びる経験と学習によって認識してきた「愛」が大量に含まれているはずです。愛に関する知識は持っていませんでしたが、信仰によって愛の意味が変わることは知っていた[31]ので、特定の教義に対する信仰を持たないわたし自身が[付録1-3]、「愛」をどのように捉えるのか、立場をしっかりさせる必要性を感じずにはいられませんでした。

わたし自身の歴史を振り返ると、「自分は愛されて育った」という自覚で生きてこられました。けれど、サナギのなかで経験した、象られた自分との別れの物語には、いつも**「傷」との対話**がありました。わたしは、自らの声を聴きながら、よく、愛されなかった傷みの記憶と和解できずにいる人達のことを思い出しました。

31）修士課程の指導教授が、ユダヤ系のルーツを持つ米国人だったので、loveという言葉について、神との関連から軽々しく使えない言葉であることを知っていました。また、看護学の理論には、キリスト教的な神の愛を重視した理論がたくさんあります。近代看護をひらいたF・ナイチンゲールの思想も深く学んでいたので、愛を説くことは非常に難しいものだという認識がありました。

「人間として生きることは、傷を負うことから始まるんじゃないか……」わたしの内には、そんな一種の確信のようなものが芽生えていました。そのため、愛の考察の出発点を、「傷」にしたのです。この社会に生まれ落ちた「生きるエネルギー」と、それを受け取った社会（他者）による「生かしてくれるエネルギー」の摩擦や衝突を自然史的に捉えると、「愛」が情緒（例えば愛情）や信仰（例えばアガペー）とは少し違ったものとして見えました。

＊

「生まれたあと、育ててくれる人や接点のある人たちとの間で、エネルギーの摩擦を経験するでしょ？　それが、快・不快のいろんな身体感覚を伴った、他者との照り返しあいとして記憶されるよね……」

――象られながら社会から自分をもらうってはなしね？

「そうそう。できるだけ快を得たいわけだから、生き延びる戦略は、快を獲得するための戦略……ということは、生まれたときには純粋なエネルギーでも、周囲と関わることで、**どんどん純度を下げていくことになるよね**」

――純粋だったものに、経験的な学習や対処がくっつくってことね？

「そういうこと。生来性のエネルギーは、ありのままの形では表出されにくくなるんだよ」

――その子が大人になって、他人を生かすエネルギーを出力するようになるのをどう考える？

「養育者や周囲の大人をモデルにしているから、自然にそういう役割をとろうとするのだと思う。[32] 加えて、成長発達の過程で、第二次性徴が始まって、生物学的な次世代づくりの準備が進んでいくよね。この変化は、**有無を言わさず暴力的に訪れる**」

――ちょうど、「自分」を認識し始めるのもその頃でしょ？

「いわゆる思春期[33]ね。生殖能力が備わると、**生きるエネルギーは、生殖に関わるホルモン動態（内**

32）子どもの遊びのなかに「ごっこ遊び」があるように、大人が構成する社会からの役割期待を内側に取り込む作業は、既に幼少期から始まっています。

33）わたしが基礎教育を受けた頃（30年余り前）は、思春期は大体中学校就学頃から（12～13歳頃から）とされていました。が、近年は、女児の初潮が早まっていることから、思春期を10歳からとする考え方があるようです。日本産婦人科医会（https://www.jaog.or.jp/）では、２０２３年現在、８歳からと定義しています。思春期を、第二次性徴がみられる頃からと定義するなら、身体的な発育に伴ってしだいに低年齢化しているという見方ができます。が、精神保健や心理学の観点からとらえると、「自分は何者か」を自分なりに捉えだす時期（いわゆる人格形成期）が、単純に低年齢化しているとは言えないようにも思われます。ちなみに、わたし自身が初潮を迎えたのは9歳でした。こころが身体的変化についていけなかったというのが正直なところです。長年抱えてきた「女として生まれた憂鬱」の記憶をたどっていくと、大体その頃（9～10歳頃）から始まっています。第二次性徴の発来が、自分自身を成していく上で強く影響していたことは間違いないと思います。身体的な変化を迎えたわたし自身と、周囲との間に生じた、様々な社会関係を通して受け取り続けた性にまつわる社会の価値観が、「憂鬱」となってわたしの人生に棲みついたのだと思われます。思春期がいつからなのか、という知識に囚われずに、次世代を照り返す大人たち一人ひとりが、まず、自らの生物学的・心理社会的な性の捉え方を成熟させていくこと（自らの性と向き合うこと）がとても大切だと思います。

分泌系のしくみ）に伴う生理的欲求に強く影響されるようになる」

――どうやって、生きるエネルギーを生かすエネルギーとして分け与えるようになるの？

「身体的変化に影響を受けた自分自身をもって、社会のなかで照り返される経験を積むでしょ？ 社会関係のなかで現れる自分というものに出会い、知識を獲得し、自分自身の力を他に与えることの意味とか価値とかを学んでいくんだと思う。引き続き、自分が快を求めて生き延びていくための利得のようなものも含めて、**現実的な学習**をしていくよね……。単純に動物としての本能というだけじゃ説明できないな、人間の場合は」

――何をよしとするか……価値判断に関する学習の影響が大きいから**象られる**ってことか……。

＊

出生時に純粋だった生きるエネルギーから、やがて他を生かそうとするエネルギーが出力されるよう変化する自然を考えたとき、**他を生かそうとするエネルギーの複雑さ**を痛感します。何故なら、他を生かそうとするエネルギーには、既に、その人の、象られた生活史や、内に抱える欲求というものが強く反映されているからです。たぶん、人間は、生き・生かされる過程から、他者自身が引き受けた（象られた）生活史の影響をも引き受け、少しずつ生きるエネルギーの純度を下げていくのです。この、純度の低下が、たぶん「傷」の正体なのです。

このような考えから、わたしは、生きるエネルギーの純度を、生まれたときのエネルギー状態とまったく同じ水準まで高めることは難しい（たぶん不可能）と認めつつ、自らが「生きるエネルギー」と他を「生かすエネルギー」をまとめて**「生のエネルギー」**と呼ぶことにしました[34]。つまり、わたしが言う「生のエネルギー」には、この世に生を受けてから経験したエネルギーの衝突や摩擦に由来する「傷」が含まれています。実は、これが、**人間の「愛」と同義**だったのです。さらにそれは、社会的臨死状態に陥ったり回復したりするしくみとも関連していました。わたしは、自分自身の崩壊と再生を捉えなおしてはじめて、生き・生かし・生かされるエネルギーの分かちがたい交流が、ヒトという生物の「人間としての生命現象」や「創造性」にとって、とても重要なものだと実感したのです。

生のエネルギーは、人間の欲求でもある[35]ので、ここで、再度、ピラミッド（立体化したマズロー

34）生のエネルギーのうち、生かすエネルギーは、他者との関係性に結びついた社会的欲求や感情（身体反応）の**影響**があります。わたし自身は、身体を得る前のエネルギー状態に近い（生来性の生のエネルギー１００％に近い）ほど、良好な状態とみなしています。つまり、感情的（身体的）反応の影響が少ないほどよいとみなしています。しかし、他者を生かそうとする際（たとえば養育や傷病者のケアなど）は、情（身体反応）を伴った行為によって、相手の満足度（安心）を高められることがあります。そのため、一般的に、プラスの意味で「愛情」と言われるものは、人間にとって影響力のある重要なものなのだと理解しています。生のエネルギーを純度の高い生来性のエネルギーに近づけるには、後天的《アポステリオリ》に獲得した自己実現の欲求以外の欲求や感情（身体反応）と折り合いをつける必要がありますが、これについては、第5章のなかでお話ししています。

35）生来性の純粋なエネルギーに**完全に**戻れたとしたら（１００％純度の高い状態に戻れたとしたら）自己実現の欲求のみの状態になりますが、それでは身体が無くなってしまうので、人間としてこの地上に生存している以上、そのよ

のモデル）を上から観た図（図1）を思い出してみます。前の節で、安全・所属と愛・承認という未分化な欲求のまとまりを社会的欲求としました。これを「生のエネルギー」という言葉で表現するなら、社会的欲求は「社会関係によって自らを生かしてくれるエネルギーを、受け取ろうとする生のエネルギー」[36]と言え、強固に生理的欲求（肉体の欲求）と結びついています。ごく単純に捉えるなら、生理的欲求が満たされることで、社会的欲求が満たされてしまうようにも見え、したがって、物理的な欲求が満たされれば社会的欲求のなかに含まれる「愛」に関する欲求も満たされるように見えてしまいます。「愛」はそのようなものなのでしょうか……。

＊

「乳幼児レベルで考えると、身体的、つまり、物理的な欲求が満たされると、大部分が満たされたって感じるかもしれないけど、発達するとそうじゃなくなってくるからな……」

——ねぇ、どうして、生のエネルギー（生きるエネルギー＋生かすエネルギー）が、愛だって気づいたの？　マズローで言えば、愛はその他の要素と区別して記述されてるじゃない？

「実はマズローから出発してるの」

——へ～！　そうだったんだ!!　どうやって？

「ひどく単純なはなし。生まれた時点を考えると、既にどっかに属してるわけだから、帰属の欲求は満たされているよね。安全も、承認も、似たようなものだよ。生命の危機状態から人生がはじまるわけだから、安全だの承認だの言っていられないというか、どんな類の社会関係が与えられたって生きるためにすがるしかない。だから、**生き延びたなら、生き延びる分だけは満たされた**っていうはなしになる、それがよかったかどうか（与えられたエネルギーの性質に対する価値判断）は別にしてね……赤ちゃんの立場では判断の基準がないから……」

――そうね、確かに。で、愛は？

「愛だけは、そもそも人間の判断基準を超えた概念だよね……マズローは英米文化圏の人だし……だから、この概念だけ特殊って感じがする」

――でも、マズローの思想を研究して言葉の選び方の背景を探る以外の解決をしたんでしょ？

「そう。単純にモデルと言葉の当て方から、現実から離れない程度に掘り下げただけ」

――これだけの情報で？

「そう。あのモデルのなかで、愛って言葉は、所属と一緒になってるでしょ？　どうして愛の欲求ってしなかったのか、それが興味深いよね。このカテゴリーだけ、一つのカテゴリーのなかで、二つの

うな状態はあり得ません。が、身体を得たことで生じた四つの欲求を自ら満たすことができ、自己実現の欲求を満たすべく自らの人生をクリエイトできる状態になっていくことによって、生のエネルギーの純度は限りなく高まっていくことになります。

36）養育する側は、これを要求（ニーズ）や期待と受け取ります。

ことを言ってるよ。偶然かもしれないけど、5段階の真ん中に位置しているし、所属と組み合わせられているところをみると、かなり前提的で当然なものとみなされているんじゃないかな？　って思ったの。それで、もしかしたら、**社会的欲求の本質は愛なんじゃないか？　って着想したわけ**」

――なるほど。でもそれじゃ、生のエネルギーの一部だけで、全体と同義とは言えないよね？

「そう。それで、**愛とは何かを考えた**わけよ」

――それ、美美さんがよく言う「哲学者何人分の議論よ!?」ってやつじゃない？

「前から、気がかりだったんだよね。宗教的な教義と関係のない捉え方で、日本人の感覚を大切にして愛を考えたらどうなるか……」

――ふ～ん。

＊

考察は、思ったよりシンプルに進んでいきました。まず、言葉の意味を確認。わたしは日本人として生きているわけですから、国語辞典にたよりました。生まれてはじめて「愛」の意味をひきました。複数の意味があるので、もっとも一般的で広い意味を参照すると、「**人間や生物への思いやり**[37]」とありました。想定外にあっさりした意味があてられていました。それで、一瞬わかったような気がしましたが、結局、わかりませんでした。なぜなら、思いやり自体が、わかるようでわからないものだからです。

そこで、さらに、辞書の助けを借りました。すると、思いやることは、「**思いをはせ、想像すること**」だとわかったのです。これは、生物システム理論オートポイエーシスで説明される**ヒトの認知的営み**[38]そのものでした。知的機能を含めた生、つまり、人間が生きていることそのものだと言ってよいのです。幸い科学系の理論知と合流できたので、わたしは、「日本語」という枠もはずすことにしました。その結果、**愛は動的な生そのもの**、つまり、わたしが捉えていた「生のエネルギー」と同義だと考えられたのです。

こうして手にした「愛」に対するわたしの答えは、この地上の生物学的な観方をベースにしたもので、その性質に関しては**中立的**です。つまり、どのように生きるエネルギーで、どのように生かすエネルギーなのかは、わたしが表現する「愛」には含まれていません。**愛の性質については何も言わない構え**[39]なのです。それも、愛について審判しない「**価値自由（value - free）**」の態度です。これは、

37）広辞苑第7版参照。同書によれば、思いやりは「思いやること・想像」、思いやることは「思いをはせること」とあります。

38）H・マトゥラーナ、F・バレーラ著、河本英夫訳『オートポイエーシス―生命システムとはなにか』（国文社、1991）参照。人間は、認知機能を使って、意識に入ってきた相手がどのような存在なのかを想像し、照り返される情報を次々と加えながらシミュレーションして対象をよりリアルに捉える……というプロセスを繰り返し、その情報を自らの行動に反映させていくと考えられています。

39）わたしは、愛の純度の高さ、即ち、より生来性の純粋なエネルギーに近づけることに価値を置いています。それに

人として人に相対するときに、とても大切な在り方だと思います。何故なら、「生のエネルギー」即ち**「愛」は、人生を創造するちからであり生そのもの**だと言えるからなのです。

けれど、そのような表現では、抽象的すぎて現実が見えてきません。そこで、少し切り口を変えて、人生を創造する観点から、「愛」を捉えなおしていこうと思います。そうすることで、現実の生活や多くの人の人生と重なって見えてきます。「愛」という表現だとぼんやりとしてわかりにくくなってしまうので、「生のエネルギー」という表現を用いて、一歩一歩考えてみます。

まず、個人（成人）の生きざまに流れる「生のエネルギー」は、一見、三つあるようにみえます。その人の内にある「生きるエネルギー」、そして、「（他を）生かすエネルギー」、さらに、「（他から入ってくる）自らを生かしてくれるエネルギー」です。三つ目の「自らを生かしてくれるエネルギー」は、誰かから発せられる「（他を）生かすエネルギー」ですから、生のエネルギーのルートは、**社会関係において他者と重複**していることがわかります。同様に、二つ目の「（他を）生かすエネルギー」は、他者からみれば三つ目の「自らを生かしてくれるエネルギー」です。このように、生のエネルギーが流れる場は社会関係のなかでの重複を免れず、重複する部分でエネルギーを授受し、摩擦や衝突も避けられません。[40] 寝食（生活の場）を共にする相手との愛着関係のみならず、労使関係等の利害が絡む関係でも、エネルギーの重複と交換は生じています。[41]

人が構成する社会は、個々の生のエネルギーが分かちがたく関わりあう生のエネルギーの集合体と言えます。社会を肉眼で捉えると、個々の人間が肉体という物理的境界を持っているように見えますが、生のエネルギーに焦点をあてれば、個々の境界は、**エネルギーが重複するように行き交う人と人の間で重なりあっています**。生のエネルギーの境界は、社会関係のなかで曖昧さや危うさをはらみながら生じ続けている動的なものなのです。人間が生きるということは、多様な生のエネルギーが循環する世界のなかで、自らの存在を創造し続けることだと捉えられます。

人の生に伴う生のエネルギーの循環は、大気の循環のように、捉えどころがありませんが、人間は文明を発展させることによって、これを可視化し、**目に見える形で交換する術**を持ちました。生のエネルギーは、眼に見えるものや手に取れるものに変換されると、価値（どのように生かされ得るもの

は、生来《アプリオリな》の自分の声を聴いて進みたがる方向（生の志向性、コンパス）を捉え［付録2－4］、欲求と折り合いをつけ、執着の問題を解決する、といった課題があります。詳細は第5章でお話ししています。

40）与えあい受け取りあうバランスが崩れると、どちらか一方が相手の生のエネルギーを奪っていく形になり、奪われる側（要求に応えて与え続ける側）は自らの生きるエネルギーまで枯渇させてしまうのです。**有形無形の暴力の根源**は、この、エネルギー授受の一方的なアンバランス（パワーバランスの偏りが支配と服従の構造になってしまった状態）だと、わたしは考えています。

41）人間は、社会的契約（個人間の約束を含みます）の種類で、生のエネルギーの性質を分けて捉えがちですが、生のエネルギー（愛）にそもそも性質はありません。家庭（民法による婚姻という契約を交わしたものが構成する生活運営の事業所、または、それに類する個人間の約束によって成立する生活運営の事業所）のなかでも、いわゆる職場という事業所（会社法等の法的根拠に基づいて、一定の社会機能を担うために構成・設立された機能集団）のなかでも、生のエネルギーの循環のレベルで捉えると同じなのです。そのため、私生活が主な原因であっても、それ以外の公的活動が主な原因であっても、同じように社会的臨死状態に陥ります。

なのか）が捉えやすくなるだけでなく、一時的に所有することも可能になります（例：食べ物、お金など）。それは、活用されることによって、再び形のない生のエネルギーになって、絶えず、この社会を循環しています。

これは、人間の生のエネルギーの生態系的な表現であって、現実の日常のなかにいると、ひどく当たり前のことです。これを「当たり前だ」と思わずに曇りのない目でみつめ、全体を俯瞰すると、この社会を構成しているものは、その性質にかかわらず、ほとんどすべてのものが人間の生のエネルギーから生み出されたものだと気づかされるのです。

＊

――この社会は愛の塊だね。それに愛にもいろんな性質のものがあるってことだ……。

「人間に生まれてくるって、そもそも過酷なことだよ」

――生まれた瞬間に、誰かにしがみつかないと生きられないからね。

「エネルギーのレベルでみたら、出生は生のエネルギー循環の渦中に落とされる経験だな……大なり小なり、エネルギーの摩擦や衝突で傷ついたり汚れてしまったりするのは避けられないよ」

――そうだね。エネルギーの渦にのまれないように、どんな人でもいいから必死でしがみつく……って状態なのかもしれない。どんな環境に生まれた人も、その点は同じだ、きっと。

＊

自己実現に向かおうとするだけだった純粋意識は、出生で独立した身体を得ることによって、死の恐怖（不快）にみまわれ、以来、生物学的な死に向かって、生き延びるための連続的な時間の流れをスタートさせます。それは、出生前の純粋な状態だった生きるエネルギーの志向性からすれば、とても**暴力的**なこと。なぜなら、自己実現の志向性という「人生の指針」を忘れるほどの強い刺激が、身体の内側からも外側からも次々と押し寄せ、それらの経験が、まるで砂地に水がしみこむように心身に記憶されていくからです。[42] 経験を吸収するうちに、生来の《アプリオリな》自分が持っていた純粋なエネルギーが

42）「無意識の領域」と言われる深い領域にも、記憶はあるようです。解離性障害の専門家、岡野氏は、海外のパーソナリティ研究や脳科学研究の資料を多数参照し、パーソナリティ発達の基礎について説いています（岡野憲一郎著『解離新時代――脳科学、愛着、精神分析との融合』岩崎学術出版社、２０１５）。興味深いのは、**出生直後の脳が、右脳から発達する**という説をもとにした、愛着関係と子どもの脳の発達に関する考察です。岡野氏は、Ａ・ショアの「幼児が、母親を通して情緒反応を自分のなかに取り込んでいく、具体的には、母親の特に右脳の皮質辺縁系のニューロンの発火パターンが取り入れられる」という知見をもとに、**「子どもが母親の脳の発火パターンそのものをコピーする」**、**「ストレス反応が世代間伝達を受ける」**と説明しています（p.17）。この資料を読んで、わたし自身が理解したことは以下のとおりです。乳児は、生後間もなくから右脳優位で脳を発達させながら、養育者との間で交わされる情緒的身体的な交流から社会関係の基礎となる愛着を右脳に記憶していると考えられます。その過程で、養育者の右脳で生じるストレス反応もそのまま受け取ってしまい、右脳でそのパターンを記憶してしまうのだと理解できます。具体的にどのような場面が想定されるか、わたしが研究者だったときに学んだ、**子どもを虐待してしまう母親**

ありのまま解放される機会がなくなってしまい[43]、原初の自分をすっかり忘れると、本当の**自分への愛を忘れた人生**を紡いでいくことになります[44]。そんな人生の物語を、人は、エネルギー的な摩擦による傷つきと哀しみの文脈で描きがち……。けれど、角度を変えてみれば、自らを曲げてまでエネルギー的な逆境を生き延びていく強さの文脈で描くこともできるのです。どちらで描いても、本質は変わらず、生のエネルギー（愛）の物語です。

生来《アプリオリ》の自分がありのまま解放される機会は、個々の特性に加えて養育環境の違いも影響するので、ほんとうに人それぞれだと思います。それゆえに、この地上には、大人になってものびやかな子どもごころを忘れずに生きている人も在れば、生来《アプリオリ》の自分をすっかり忘れ、与えられた社会関係のなかで象られた自分が生来《アプリオリ》の自分だと思い込んでしまう人も在ります。サナギ前のわたしは、どちらかというと後者でした。自分が傷を抱えているなどとは微塵も思わず、逆境を次々と越えていく戦士のような物語を生きていたのです。

4. 自らの人生に応えるために

生来《アプリオリ》の自分を真正直に現しながら生きること……これほどまでに単純なことの実践がとてつもなく大変なのが、人生というもののようです。環境への適応とともに象られていく自分をとおして社会を理解しながら、「**わたしはどう生きるか**」と自らの内に問い[45]、「**生来《アプリオリ》の自分**」**に真摯に対面しようと**

の事例（一部、他者の研究報告を含みます）を振り返ってみました。虐待してしまう母親たちのなかには、自らの生い立ちや家族関係の複雑さなどによって、子育てに強い不安や緊張、あるいは葛藤を抱えている場合があると言われます。児が泣きだし、応答しようと近づいたとき、亡霊のように自分の母親と幼い自分との記憶が浮かび上がり、不安定になる人もいるのだと知りました。母親が持っている愛着行動にまつわる課題（傷つき）ゆえに、泣いている児と関わる際の身体的なストレス反応が高まってしまうのでしょう。岡野氏の考察を参照すれば、そのストレス反応が、**右脳で記憶された身体的反応（無意識的反応）**であるがゆえに、そう簡単にコントロールできないのだと考えられるのです。このような特性をもつ人（母親）は、啼泣などの児からの働きかけによって不安と緊張を高め、ストレスフルな状態を抱えながら、授乳等のケアに当たる可能性があります。岡野氏の考察を借りれば、このときの母親には、右脳の記憶から発せられる無意識的なストレス対処パターンが作動しており、ケアを受けた児は、**身体的介入をとおして、母親が抱える不安や緊張の発生と対処のパターンを右脳で学習してしまう**ということになります。つまり、養われ満たされる経験（空腹が満たされるなどの経験）が、児にとって、不安や緊張に満ちた身体的経験にもなっていると考えられるのです。もしも、このようなことが本当に起こっているのなら、児は、**身体的満足と愛着に、不安や緊張が結び付いた「両価的で不安定な状態」**をパーソナリティの基礎に抱えてしまうのではないかと考えられます。

43）人間は、ネオテニー（幼態成熟）という性質を持っているので、遊びによって童心にかえることができるのだそうです。確かに「生来《アプリオリな》の自分」を解放する機会として、遊ぶこと、童心にかえることができるような社会関係を持つことはとても大切なことだと思います。そうすることで「生来《アプリオリな》の自分」を忘れ切ることなく（時折、思い出しながら）生きていけるからです。

44）これが社会的臨死状態への道です。

45）V・E・フランクルは、わたしたち人間は生きる意味を人生から問われているのだと著しました。内に問うことは、それと同じだと思います。（参考書：V・E・フランクル著、山田邦男・松田美佳訳『それでも人生にイエスと言う』春秋社、２０１８／V・E・フランクル著、池田香代子訳『夜と霧　新版』みすず書房、２００６）

していくことが大切……。愛についての考察は、いくつになっても、どんなときでも、生来の自分《アプリオリな》として生きなおせるのだと、背中を押してくれているようでした。

＊

「臨床心理で、インナーチャイルド[46]を癒すって言うけど、あれは、生来の自分《アプリオリな》を取り戻すっていうのと限りなく被る感じがするよな」

――学問的に言うと、そういう表現になるんだろうね。

「被るから共感したり支持したりしても良いんだろうけど……」

――けど……何？

「よく〝自分を抱きしめてあげる〟っていうでしょ。あれ、気持ち悪くて、嫌なんだよね……」

――あぁ、わかる。美美さんが言いたいのは、その表現にヒューマニズム的な「価値」がくっついてて嫌だっていうことでしょ？

「そう。よくわかるね！」

――美美さんは、ちぎれて閉じ込められたりぃおの断片を「抱きしめて」はくれなかった。だから、よくわかってるよ。

「なんか嫌な言い方……」

――でも、それは正解だったよ。視覚的なイメージの「抱きしめる」は、りぃおには不適切だったと思うから。

「どういうこと？」

――美美さんは、身体接触が嫌いな子どもだった。それは、自分が嫌いなことにも通じていた。抱きしめられるような状態に陥るのは、失敗を意味すると思っていたフシがあるよね。

「溺れたときのこと言ってる？」

――そう。それが基盤になってることは、美美さんもわかってるよね。

「だから何？」

――りぃおも、いわゆる「抱きしめられる」のは苦手なの。身体的な経験に関しては同一人物なんだから。

「まぁ、言われてみればそうだね」

――だから、美美さんは、気持ち悪くない方法で、りぃおを抱きしめてくれたってこと。視覚的には接触もしていないけれど、確かにりぃおをやさしく真摯に受け容れてくれた。それは、人間がよく言うところの「自分を抱きしめてあげる」ってことなんだよ。

「あのさ……それって、抱きしめてあげるんじゃなくて、ありのままを慈しんで受け容れるってこと

46）大人のなかにいる子どもの部分で、とくに幼少期の体験によって傷ついたままになっている自分（感情的体験としてのこっている自分）を意味しています。

なんじゃないのかな？」

――うん。してあげるんじゃないよね。

「距離が近くなるまで伴走しながら待って、いつのまにか体温を感じるくらいに近くなって……そうやって居ることを、ただ何もせずにゆるす[47]って感じかな……」

――美美さんは、そういう間接的な抱きしめ方をする人なんだよ。万人ウケしないかもね。

「わるかったね！」

――癒し系ってことだよ。安全な空気を出せるってことだから。万人ウケしなくても、身体接触が不適切な対象……まぁ、傷みを抱えた大人に対して使える特技かもね。

＊

現実の社会は、ごちゃごちゃしていて、生来の《アプリオリな》自分のまま生きるには、過酷で大変な環境です。そのなかで、なんとか生き延びて、たくさんの経験を積み、その経験を活かして、唯一無二な自分を具現化するに至る過程が人生なわけです。それゆえに、ある程度の苦労は免れません。望んでもいないことが身に降りかかったり、嫌なことを受け容れざるを得なかったり……。また、子どもの頃は、未熟であるがゆえに周囲の大人の反応を誤解して傷つくこともあります。

既にお話ししているように、「傷」は、エネルギーの摩擦によって生じます。ここで、現実の社会関係に落として考えると、それぞれの愛（生のエネルギー）には、既に、「傷」が含まれている可能性が高いと言えます。何故なら、生来《アプリオリな》の自分を忘れて象られた状態で生きている、即ち、生来の自分と象られた自分の間に無視できない差がある人が多いと考えられるからです。そのため、社会関係によって生じる生のエネルギーの摩擦で、相手の傷の影響を受けてしまうことがあるのです。相手から引き受けた愛の性質は、生来《アプリオリな》の自分のエネルギーの志向性を、より感じ取りにくくしてしまうように思います。当然のこととして、こうしたことは、自分から相手に対しても起こり得ます。多くの人は、これを「人生経験」あるいは単に「経験」などと表現します。そして、経験の結果、心的な困難を抱えてしまった場合に、「こころの傷」などと表現するのだと思います。

　わたしたち人間は、自らを照り返してくれる人との間に生まれる生のエネルギーの摩擦や衝突を乗り越えていくことで**心的な経験を積む**と同時に、生来《アプリオリな》の自らを傷め、こころに**ノイズのようなもの**を引き受けるのです。これは、**社会関係に伴う摩擦から生じた代謝物**で、生きている以上避けられません。たぶん、どんなに恵まれた人生を送ってきた人でも、社会関係から生じる代謝物によって、生来《アプリオリな》の自らが現れにくい状態になるのだと思われます。社会関係は人間が生きるために必須の環境ですが、多くの関係性から差し出される期待や要求は、生来《アプリオリな》の自分でいようとすると違和感のある器のようなもの[48]です。それゆえに、生来《アプリオリな》の自分をありのまま具現化するのは、なかなか大変なのです。

47）要求も、期待も、一切しない居方《いかた》をする、ということでもあります。

48）他者（社会）から差し出される器のなかに取り込まれてしまうと、その器は檻になってしまいます。この器につい

けれど、その大変さに目をつぶれば、生来の《アプリオリな》自分を具現化するための実践原理は単純《シンプル》です。経験によって受け取る様々なことから叡智を抽出して腑に落とし、代謝物を分離して浄化すれば[付録2-0、1]よいのです。そして、**生来の《アプリオリな》自分の志向性（進みたがる方向、純粋意識の志向性）をきちんと捉える**[付録2-0、3、4]だけ。これが、生活のなかで継続できれば、おのずと人生の選択が、生来の《アプリオリな》自分の具現化に向かいます。

社会から与えられる評価の枠組みに合わせて生きるのではなく、内に宿る生来性の生きるエネルギー（純粋意識）に応えて自らを内側から現していく……それは、人生という名の事業を興すということだと、わたしは思います。人生のたった一つの目的である「生来の《アプリオリな》自己実現の欲求」を自分自身で満たし、人生に応える生き方を切り拓くということですから。個性を生かした生き様を見せ、他には無い価値を生み出す人の存在は、これからを生きる人にとって、とても大きな励みになり、生命力の活性化につながるはず。それは、この世に生を受けた人間にとって、何より尊いしごと（志事：ライフワーク）なのです。

*

「よく、若者が〝ビッグになる〟とか言うじゃない？　振り返ってみると、わたしも同じようなもので、世の中的な尺度で大きなことをするのが成功だって思い込んでた」

――すんごい頑張ってたもんね！

「自分で〝なんか違う〟〝これじゃない〟って気づいていたけど、なかなか軌道修正できなかった。

大学の業績評価なんて、論文の数、科研費[49]とった実績数と金額、大きなプロジェクトに関わった回数……そんなだもの」

——なんか、いつもブツブツ、あぁめんどくさい、あぁあほらしい、とか、言ってたよね、こころのなかで。あれ、不健康だよ。

「きいてたの？」

——あったりまえじゃん。美美さんは、りぃおの着ぐるみみたいなものなんだから。

「確かに内心嫌気がさしていたけど、キャリアの階段をあがっていくことが自分の道なのかなと思ってたこともあったな……。だけど、あの世界に身を置くこと自体、わたしにとっては、通過点でしかなかったんだよ……」

——経験として必要だったたってことかもしれないね。

「こうやって人生振り返ってみると、何回か脱皮して軌道修正してきたんだなぁ……脱皮するたびに、ハードルが上がった気がするけど……」

——それは仕方ないよ。経験を積むってそういうことだから。

「最後のサナギはきつかった……」

49）国が研究者に与える科学研究費補助金のことです。次の章で詳しくとりあげていますが、ここでは、社会関係を扱う次の章で詳しくとりあげています。

――ぜんぶ清算するようなものだね、サナギは。

「なんというか、美の究極を極めた結果、最後の最後にたどり着くのは何もない自然の美しさだった……みたいな感じ。ほんとうに何にもなくなった」

――Simple is best. だ。

「最後の最後に、全部不要だったことがわかった……」

――不要ってことないでしょ。知識も思考力もなくて、いいケアができるの？

「それは難しいな……ずぶの素人のケアが一番よかったってこともあるし……」

――そういうこと言うとはなしが終わっちゃうわ！

「……？」

――ゼロに戻ったっていうけど、ゼロになったんじゃなくて、原点に戻ってきて、全部を俯瞰できるようになった……つまり、一段あがったんだよ。

「昇段!?　宇宙に上も下もないいんじゃなかったの？」

――ほら、美美さんが博論で使った論理のはなし……イルカの事例を思い出してよ!!

「イルカが言葉を覚えるはなし??　トレーナーとイルカの一つ一つのコミュニケーション経験が一連のつながりを成して、イルカがそのパターンを読み取って、トレーナーから出されるサインの意味を理解した瞬間に、そのコミュニケーション経験の内側から離脱する。[50]まさか……イルカの学習と同じことを30年かけてやったってこと……？」

――そう！　現実の世界で、一つのことをずーっと観察・理解しようとしてきて、答えを摑んだ瞬間に、一連のプロセスが一つにまとまって「あぁ、そういうことね」って感じで意味がわかって、論理の階層が一段あがる！

「一連の経験を俯瞰できるようになったってことか」

――そう。「宇宙人」の視座そのもの。上がるって言うと、人間はマウンティングされたみたいで面白くないでしょ？　でも、枠を超えるっていうことはね、**枠をはずす**ってこと。ケアの究極の枠を超越して、人間がつくった枠が効力を持つ範囲を超えてしまった、つまり、**自然にかえったからゼロに戻ったん**だよ。

「そっか、いま気づいたけど、ケアだからか……枠をはずした瞬間に、自分自身に戻って、出生したときに戻ってしまったのは……」

――そう。ケアの原点は、人間という生物の生の原点に通じてるから。

「不思議だったんだよね。どうして、人生の根本に到達しちゃったのか……」

――美美さんて、そういうところが面白いよね。まるでわかってない。

「わるかったね」

50）グレゴリー・ベイトソン著、佐藤良明訳『精神と自然――生きた世界の認識論　普及版』pp.164-167（新思索社、2013）

――まるでわかってない無防備な状態さらしながら、安全に生きられる社会関係があったとしたらね、そりゃ平和そのものだよ。誰もが癒される！

「バカにしないでよ……」

――あ、それがノイズみたいなやつね。社会から受け取った価値の影響。バカにはしてない、感心してるだけ。

「それって、りぃおがわたしに乗っかって生きてるうちに、未来の美美さんが無防備で平和そのものな生き方をする人間になるってこと？」

――正解。宇宙人は枠の無い単なる脱力人間[51]。

＊

社会の評価に合わせて象られながら生きることをやめ、枠をはずして、自然に生来《アプリオリな》の自らを現して生きるには、生来《アプリオリな》の自分を**無条件で承認してくれる（ゆるしてくれる）他者**が必要です。今さら誰に？　赤子じゃあるまいし!?　と思いますが、ちゃんと身近にいるのです。それは、**象られた自分のなか**。思い出したくない過去がたくさんある場合は、心的にとても過酷ですから無理はできません。けれど、自らの内側は、現在関わりのある社会との新たな摩擦がない[52]ので、関わりやすいのです。

自らが歩んできた人生の何もかもを受容してくれる極めて稀な出会いを期待するよりも、まず、象られた自分のなかにいる記憶のなかの他者たちから無条件の承認を得るほうが安全です。それは、マズローの**承認欲求を自らの内で満たすこと**なのです。

自らの内側で承認欲求を満たすことは、**これまでの人生で出会ってきた人たちと和解するということ（ゆるし）**。一足飛びに承認欲求を満たそうとすると苦しくなりますから、過去の自分が、そのときに相対した社会との間で対話できるように、こころのなかで支援します。過去の自分を対象に傾聴し、本当にしたかったことや言いたかったことが何かを探るのです。それは、過去と生のエネルギーを交換して、長年のうちに複雑化したノイズのようなものを浄化する作業です[付録2-0,1]。ノイズのようなものは、**感情的なもつれとして自覚されることが多い**と思います。そのなかには、過去に関わった人から引き受けた傷も含まれているので、自らへの癒し（感情の浄化）が、相手への理解とゆるし（和解）につながるわけです。その過程で生来《アプリオリな》の自分が息を吹き返し、少しずつ、象られた自分から生来《アプリオリな》の自分に人生の主導権が置き換わっていきます。

ほんとうの自己愛は、このようにして、内側からじわじわと成熟していきます。それは、**これまで生きてきた自らへの愛（生かす力）とゆるし**であり、同時に、**自らを象ってきた数多の他者への愛とゆるし**でもあるのです。そんな**自分自身との完全なる和解**が、人生の後半を過ぎてからやってくる人

51）枠が無く脱力していても、軸はしっかりとあるのです。

52）現在も関わりのある人（例えば家族）の記憶と関わる場合は、現在進行形の関係性から距離をとり、独りの時間を確保する必要があります。

は、わたしと同じようにサナギの時間を過ごすのかもしれません。それに伴う大変さ、苦しさは、人生経験によって異なるのだと思いますし、タイミングも、サナギになるまでの脱皮の回数も、たぶん個性があるのだと思います。

5．人の生は、愛×時間

愛を生のエネルギーとする考えは、わたしの経験と知識にしっくりとなじんでくれました。社会関係のなかで負う傷、和解やゆるしについてもシームレスにつながり、人のこころのなかに流れる血液や体温のようなものが得られたように感じました。おかげで、ダンジョン内部の全体像をなんとなく想像できるようになり、やや気が楽になりました。

とはいえ、手にした愛の答えに対して、若干引き気味でした。サナギ前のわたしなら、「エビデンス[53]あんの？」などと斜に構え、逃げてしまったかもしれません。

＊

「愛のはなしは壮大すぎる。わたしは神様じゃないんだからさ……」

――な～に言ってる!?「気づかせてくれる人は神だ」って言ってたくせに!!

「あぁ、そうだった。でも……」

――自分で何かを経験して、その自分に問いかけて、生来《アプリオリな》の自分に気づいたっていう経験があるじゃない？

「あるね」

――この事例で自分に気づかせてくれた人、誰⁇

「わたしだね」

――だから、美美さん自身も神なんだよ。

「なんか、ムズムズと居心地悪いなぁ……」

――だからといって、人間じゃないわけじゃなくて、なんていうかな……人は完全変態すると、地上のあらゆる営みに神を見ることができるようになるってことだね。

「あぁ、そうかもしれない。この世界がとても美しくみえるよ」

――美しくみせてくれるものってなんだと思う？

53）ここでは、科学的な手続きに基づいて集められた証拠（科学的証拠）のことを言っています。サナギ前のわたしは、研究者ならではの反応をしていたと言えます。とはいえ、大学の職を辞す以前から、科学的証拠の信頼性や、科学者の価値判断が研究過程に入り込むことによって生じる科学的証拠の差異に気づいていました。それが無視できなくなり、科学基礎論（科学哲学）に入門し、ケアの科学と価値に関する議論で学位をいただきました。それでもなお、わたしには「正しさの判断」に関与する、科学と哲学の折衷のような厳格な枠組みがあり、「知識の質」に対してとても批判的でした。過去のわたしは、あらゆる知識や経験に疑いの眼を光らせる鋭い冷たさをもっていたのです。

「**時間と集中**」

――強っ!!　どうして時間なの？

「この地上の生命現象にはタイムリミットがある……肉体という物理的なものにくっついた時間、つまり、変化が、生のエネルギーを具現化してくれるんだよ」

――それってどういうこと？

「人間が生きているってことは、関心が向く対象を意識の射程に入れて、対象に集中して理解して、自分はどう生きるか考えて、そして、これらの認知的営みを行動に変換していくことだよね……」

――そうだね。まあ、現実問題、落ち着いてそれができないことがいっぱいあるけれどね。

「うん。そこなんだけどね……**意識の射程に入れた対象に対して、どれだけ密度の濃い時間を過ごしたかが大事**なんだと思う」

――時計で計れる時間の長さじゃなくて……ってことだよね？

「そう。時計で計れる量的な時間のことを言ってないの。短時間でも、**ぐっと集中した時間**って、記憶に遺るし、いろんな気づきにつながったりするよね。そして、**その時間で何を生み出したか**がとても重要だと思う」

――どういうこと？

「**時間は自分自身の限りある生命現象のすべてであり一部**なんだよ」

――すべてで一部って？

「生物は、いつ死んで消滅するかわからない。そして、時間は肉体の変化によって感じられるものだから、いつも、いまここでの時間は、自らの限りある生命現象のすべてだよ。同時に、人間には生きてきた過去の記憶があり、その延長で未来をみて生きているから、そうである限り、いまここでの時間は自分自身の限りある生命現象の一部なんだよ」

――うわぁ、そのはなし好きだな～♪　それで？

「時間から生み出されるものはいろいろある。誰かの無事を懸命に祈ること、我が子と過ごして子どもにありのままで生きることの素晴らしさを体感させてあげること、他にも、料理をつくったり、作品をつくったり、心地よい空間をつくったり、素敵な話術や歌声で誰かを喜ばせたり……誰かとの摩擦でいろいろな感情が芽生えた自分の内なる声を聴くのも、人生の創造につながるから、生産の一つだよ」

――雇われてする仕事が例に入ってないけど？

「勤務先で与えられた仕事をこなすのも生み出すことの一つ。多くの人は、お金をもらうためだと思っていて、生活実感としては確かにそうなんだけど、本来は事業所が社会に貢献するための生産活動に、自分の生のエネルギー（愛）と時間を提供しているんだよ。だから、事業所の生産活動にコミットすることが生来《アプリオリな》の自分を生かすことにつながらなければ、自分の生命の無駄遣いのようになってしまう……。職務経験をちゃんと腑に落として、人間力を磨いたりできれば、それも一つの生産だとは思うけどね」

——美美さん、いろんな事業所でインタビュー[54]しながら、そんなこと考えてたんだ!?

「うん、まぁね。働くことの意味とか、随分考えさせられたなぁ……」

——業績にならないところに大事な部分があったんだね……。

「ほんとうに大切なことは目に見えないんだよ」

——星の王子さまだ!

「心血注いできたことって、必ずしも目に見えて形になることばかりじゃないよね」

——逆に、心血注いでお金やモノをどっさり生み出したとしても、むなしくなってしまうことだってあるよね?

「そうなの。サナギのときに気づいたんだけど、**生来《アプリオリな》の自分が進みたい方向と、現実の生産活動の方向性が合ってない**と……ふと、**むなしくなる**……自分は何のために生きてるんだろう? とか、このまま人生が終わってしまうんだろうか? とか、思うんだよね」

——美美さんの場合は、結構、折に触れてそうやって振り返る癖みたいなのがあったよね。だから、楽しませてもらえたし、少しはりぃおの声を拾ってもらえたときがあったと思う。

「そっか……振り返って悩んで正解だったってことなんだね」

*

人間は、生来《アプリオリな》の自分と離れた暮らしを続けていると、まるで、いくつもの仮面を使い分ける役者のようになってしまい、**別の自分が独り歩き**するようになります。生来《アプリオリな》の自分でありのまま受けとめられる経験が無くなってしまうと、やがて、生来《アプリオリな》の自分をすっかり忘れてしまいます。「社会に象られた自分」がメインの自分自身になってしまうのです。

そんな、**社会に象られた自分が持っている「生のエネルギー」**は、一体、誰のものなのでしょうか？　それは、もはや生来《アプリオリな》の自分のものとは言えないのです。自らの生き方を社会の側に委ねてしまった人の生のエネルギーなのですから。それは、とても怖いことだと思います。何故なら、**自分のために生きていることを疑いもせずに、自らの生のエネルギーと時間を、他者が生きるために貢いで**[55]**いるのと同じようなもの**だからです。そんな状態にあると、成果を手にしたときの達成感は一時的で、「次のタスクは何かな？」「ニーズは無いかな？」と、自分の外側（他者、社会）からの要求を探しがちに（欲しがるように）なります。それは、他からの評価が成果で、成果を得ることが生きる目的になってしまうから……**生きる目的が他から評価を得ることにすり替わってしまう**からなのです。

54）大学の研究者だった頃は、事業所で働く人たちの精神健康度と、職員間コミュニケーションや職場風土との関連について、フィールドワークをしていました。

55）ひとことで言うなら、奴隷です。自ら他者の奴隷になることは、他者を自分の人生の完全なる主人にしてしまうということです。奴隷は社会のなかではあってはならない存在で、現代的な奴隷は被害者です。ということは、自ら奴隷になるということは、自ら被害者になるということで、それは、相手を加害者にしてしまうということでもあります。

この状態から離脱して、生来の自分《アプリオリな》が持つ純粋な志向性に添って生きられる状態になると、些細なエピソードと小さな達成感が連続的に訪れるようになります。つまり、自らが創造しようとする世界に近づいていく喜びが、達成感なのです。そのため、次の課題はおのずと見え、それに向かうエネルギーが湧いてきます。いまのわたしの実感で言えば、取り組む課題は減らないものの、自分が実現したいことにたどり着くまでの一本道を進むだけなので、とてもシンプルで、いつも小さな達成感が得られるという感じです。そして、他からの評価は、わたしが歩む道程の後ろからついてくるのです。

これは、典型的な日本人が嫌う自己中心的な状態（いわゆるジコチュー）に見えるかもしれませんが、A・マズローの言葉を借りれば、**課題中心の生き方**[56]なのです。生来の自分《アプリオリな》で他者と照り返しあう時間が持てるようになると、生来性の自己実現という課題に取り組みながら、社会関係のなかで生のエネルギーが自然に循環するようになり、独りでも大丈夫な状態になってきます。だからこそ、同じ方向を向いて生きる人との出会いに素直に感動できるようになるのです。

逆に言えば、生来の自分《アプリオリな》を内に閉じ込めたまま生きていると、こころの奥底に孤独を抱えこんでしまいます。すると、しだいに、こころを開いて生きる（生来の自分《アプリオリな》で、純粋に、ありのままに生きる）ことも困難になり、やがて、それ自体を忘れてしまいます。人は、社会関係の過程から醸し出される「関係性の性質」から影響を受け、賢く身を護れるようになりますが、その代償として、**殻を破れなくなるという不自由さも獲得してしまう**のです。現代のごくありふれた大人の日常で、生来の自《アプリオリな》分を解放して生きる時間や場を失ってしまうことは、決して珍しいことではありません。

56）Ａ・Ｈ・マズロー著、小口忠彦訳『人間性の心理学　モチベーションとパーソナリティ』pp.238-239（産能大学出版部、2000）。マズローは、その人が単に好きでそれをやっているのではなく、人類のため社会のためといった使命感をもって課題を達成しようとするので、自己中心的というよりは課題中心的な生き方をしているのだと説明しています。マズローが研究対象としたケースに触れると、わたしが捉えている純粋意識の進みたがる方向へ生きるということに近いように思います。けれど、わたしがそう読むからそう読めるという可能性があるので、本当に同じことを見ていたかと問われるとなんとも言えません。関心がある方は、ご自身でマズローの著書にあたり、ご検討ください。

第4章　社会関係のなかで展開する人生の創造

1．自律した生き方

初秋のある日、愛猫が宇宙に還っていきました。心地よい風にゆれるコスモスのやさしい色合いが、ぼんやりとかすんで見えました。

「ぴりかさん……」彼女は、わたしをただまっすぐに照り返してくれた、ほとんど唯一の存在だったのです。サナギのなかで、来る日も来る日も、自分を見送り続けるわたしを支えてくれたのは彼女でした。わたしは、遺影と対話しながら、人のこころが、どれだけ対象を必要としているのかを、かみしめていました。

「思い出がうつる鏡……それが縁というもの……」頽《くずお》れた自分を抱えながら見上げた初夏の空……雲の間からこぼれる光のように舞い降りてきた言葉たち[57]……。思い出はいつも、わが身に刻み込まれた切なさとともに蘇ります。

「あなたはあなたであり、わたしの鏡だった……」あなたが居るから、わたしが照り返され、わたしという存在が現れる……。同様に、あなた自身も、わたしに照り返され、あなたという存在を現す……。互いに、自然に、たわいなく、生来のそれぞれで照り返しあう……そんな純粋な居方《いかた》と、単純な喜びを、彼女は教えてくれました。そして、それは、たぶん、人と人の社会関係のなかでも、とても大切なものなのです……彼女との関わりは、出生によって忘れていたことの大切な一部を、わたしに思い出させてくれたのでした。

＊

「純粋な居方《いかた》ができる関わりなんて、社会のなかでは実現不可能だよ……理想論」

——理想論だって切り捨てちゃったら、絶対にかなわないよね。

「いや～、それ、昔のわたしのセリフ……。ん？　もしかして……」

——そのとおり♪　懐かしいでしょ～??

「驚いた！　わたし、いつから他人に乗っ取られてたんだろう??」

——若い頃の美美さんの口癖だったもんね。理想を捨てたら絶対に理想に近づけない。やってみないとわからない。1％でも0・1％でも成功の可能性があるならそれにかける……。

57）本書冒頭の詩は、天から降ってきた言葉（天を仰ぎ見たときに、反射的に口から流れてきた言葉）に修正を加えたものです。

「結局、何もカタチにならなかったよ……」

――そんなことないって！　こころの遺伝子を遺すために生きてる人が、そんな簡単に何かを成せると思う⁇

「……」

――このダンジョンがあるじゃない⁉　ここに来る人、たぶん、そんなにいないと思うよ。

「……」

――どうしたの？　ねぇ、どうしたの⁇

「……なんか寒い……」

＊

どこからともなく、低気圧のように空気の流れを変えてしまう何かが近づいてきました。

＊

「……やっぱり変わらないんだよ、この先も……」

――何？　ちょっと、しっかりしてよ‼

「ほっといてよ‼　死んだほうがましだったのに‼」

＊

不気味な歌声とともに、薄黒い霧のようなものが、ダンジョンの暗がりから渦を巻いて流れ出てきました。それは、真夏の夕立のごとくみるみるまに人のような姿と化し、わたしが考察で手にした「愛」を喰いはじめたのです。不気味な歌声は勢いを増し、まるで軍楽隊の歌声のようにわたしたちを圧倒しました。

コトバヲ　ココニ　オイテイケ……オマエハ　ココカラ　デラレナイ……

＊

「やっぱり、わたしなんかが自分の言葉を持つことなんて、ゆるされないんだよ……」

——ちょっと美美さん、しっかりしてって!!

「わたしが何したっていうの？　もういじめられるのは嫌！」

——大丈夫だって。美美さんを象ってきた人たちの亡霊だから。

「嫌だ嫌だ!!　サナギ終わったんだから、もう関わりたくない……」

——関わらなくていい!!　サナギのなかで気づいたこと思い出してみて～♪

「気づいたこと……？　気づいたこと……あぁ……な、なんだっけ……？」

——何でもいいから、象られの相手に差し出す言葉、言ってみて～♪

「わ……わたしを成長させてくれて……あ、ありがとう……」

――よし、もう一声！　どうやって生きるの？

「生きる……？」

――そう！　美美さんの新しい生き方！

「わたしは……わたしは……わたしであることを目的に生きる、[58] わたしの言葉はわたしの人生」

――よしっ、生の光全開!!

＊

りぃおは、わたしを抱えて一対の玉のようになり、生来性のエネルギーを一気に放ちました。しだいに歌声は遠くなり、暗みが晴れて、亡霊は蒸発するように消えていきました。

＊

――大丈夫？

「あぁ、びっくりした……いまの何？」

――美美さんの**不安**だよ。戻ってきた知識に、まだ、研究してた時代の辛苦の記憶がくっついてるみたいね……。

「自分の不安か……」

――それに……崩壊とサナギの間に経験した苦しさも、一気に噴き出してきた感じだった。完全変態自体も、ちゃんと受け容れてないと、下手したらトラウマ（心的外傷）になって残っちゃう可能性があるんだね……。

「サナギの経験自体をすべて消化しないと、自分で自分の足を引っ張るってことか……」

――想定外だったね……。

「すごい負のエネルギーだったのは、サナギの経験にくっついた苦しさも蘇ったからなのか……昆虫の完全変態とは違うね、やっぱり……」

――とにかく、知識も言葉も、美美さんの人生そのものだから、生きるエネルギーと一体化させないとね。

「あぁ、それで、わたしと一つになってくれたの？」

58）Ｉ・カントの定言命法を人生に適用した生き方です。定言命法は、その行為が目的であるような行為をせよという無条件の（絶対的な）命令のことで、その行為以外の目的を持ちません。これを人生に適用すると、自らが無条件に自らであることを目的とするように行為せよとなります。なお、その行為以外の目的を持つと、仮言命法となります。これはある条件のもとで○○しなさいという命令です。例えば、上司から高い評価を受けるためにウソをついてはならない（なんでも正直に話す）、といった文で表現されます（この場合、上司との関係性から離れるとウソつきでもＯＫということになります）。これを定言命法的に修正すると、正直な（ウソをつかない）生き方をするために、正直に振る舞う（ウソをつかない）となります。

――あったり～♪　りぃおといたら、いいこともあるでしょ？

＊

サナギを出たあとも、時折、このような強い負のエネルギーに囚われ、生きていることや生き続けることを手放したくなることがありました。それは、大概、自らの研究活動で獲得してきた知識の背景（エピソード記憶の断片）によるものでした。サナギのなかで、「傷」に伴うネガティブな心情すべてを浄化したつもりでも、**意識の中心に入ることなく残ってしまった負のエネルギー**というものがあったのです。とはいえ、サナギ前と大きく違うのは、負のエネルギーに襲われても、**純粋意識のおかげで、いつまでも囚われることがなくなった**ということでした。

このような負のエネルギーは、特定の出来事というよりも、慢性的に浴びてきた特定不能の負のエネルギー、言うなれば**小傷の集合体**によるものだと思われます。明確に思い出される大きなエピソードもさることながら、この小傷を慢性的に受ける経験もなかなか厄介なのです。

とくに、社会から差し出される要求（期待、必要性、指示など）のなかには、**嫉妬**や満足を知らない**甘え**、**搾取**などある種の悪だくみ、**支配的な欲求**など、様々な負のエネルギーが、目立たない形で織り込まれていることがあります。残念なことではあるのですが、生のエネルギー（愛）に傷が含まれてしまう以上、こうしたことは避けられない現実でもあるのだと思います。目立たない形で流れている負のエネルギーは、エネルギーの摩擦によって記憶のなかに遺り、小傷として蓄積していくのです（負の遺産）。すると、記憶が引き出されるきっかけによって、こちらの生のエネルギーを消耗するモヤモヤとしたネガティブな心情というかたちで、自らの内に蘇ってしまいます。代表的なものは不安です（裏には**恐怖**が隠れています）。

こうした負のエネルギーに対抗できる、りぃおが言っていた**「新しい生き方」は自律**[59]**した生き方**。これは、わたしが最後の研究で掴んだ、**ただまっすぐに照り返すことと密接に関連**しています[60]。人生創造の軸と言っても過言ではありません。生き方が自律に移行すると、生来性の自己実現において迷いがなくなり、社会的臨死状態とは無縁になれるのです。

わたしが自律と呼んでいるのは、生来の自ら《アプリオリな》が進みたがる方向（志向性）に適う「可能な範囲の取捨選択」によって、自らの生き方を貫いている状態です。日本人にとって貫くという表現は強く、自分勝手で強引な印象を与えるかもしれませんが、人生の目的が、生来性の生きるエネルギーによる「自己実現」であることに軸足を置いて考えると、印象ががらりと変わってきます。

59）自律（Autonomy）という言葉の使い方は複数あるようです。わたしが言う自律は、自ら生き方（方向性）を決定し、他者との関係性のなかで、自らの生き方に沿った一貫性のある選択をして、生きる道をひらいている状態です。必ずしも、物質的・経済的な自立を必須要件とはしていません。また、自律は、特定の要素や状態像があれば完成ということではなく、成熟過程に応じたその時々の持てる力で生き方を決定していく在り方であって、生きている限り続いていくものだと思っています。このような考え方の背景にはR・M・ヘア（傍注131）の思想があります。

60）これについては第6章で詳述しています。

わたし自身が生きながらにして捉えてきた、日本の社会人の日常的な意思決定は、**他律的**でした。他者（社会）に拠って自らの在り方を決定することで調和をはかり摩擦を避けようとする傾向があるのです。そのような文化（精神性）を持つ共同体のなかで、周囲に合わせて生きられるよう自らのエネルギーを調整しながら生きると、やがて、自らを抑えて周囲に合わせる自分が象られます。同時に、自分を象ってきたコミュニティも一緒に、こころのなかに棲みついてしまうので、自己主張をする人や、簡単に周囲の要求をのまない人と照り返しあうと、モヤモヤと不快な気持ちになったり、疎んじる気持ちが湧いてきたりするようになります。その背景には、自分が選択してこなかった在り方をうらやむ気持ちや、自分がこの社会でうまく生き延びるために支払ってきたコスト（我慢、気苦労、合理化、気遣い、その他の心的エネルギーと時間）への囚われがあったりするのです。さらに深く、裏側をのぞけば、そこには、**生来《アプリオリな》の自分の人生を第一に尊重してこられなかった深い悲しみ**が横たわっています。本当は、ありのままに生きたいのです。

けれど、多くの人は、自らが他から脅かされることを恐れ、「身勝手で迷惑な人が出現したら、容認するわけにいかないから、抑えが必要だ」と反論します。不都合な事態が起こるリスクを恐れ、自由を認めることを諦めてしまうこともしばしばです。もちろん、人は、未熟であるがゆえに、[61]自己決定の際に、身勝手で強引な行動をとってしまうことがあります。けれど、たぶん、生来《アプリオリな》の自分（純粋意識）は、生のエネルギーのバランスが自分に偏って相手を支配（コントロール）している状態など、望んではいないのです。何故なら、**純粋意識で象りゆく自分**[62]**が、生来《アプリオリな》の自分と一致するような**

対人関係を育むには、現実に、生来《アプリオリな》の自分をありのままっすぐに照り返してくれる人との**等価の関係性**[63]が必要だからです。強引になって戦ったり、自らを抑圧したりして、表面的な力の均衡をはかっている状態では、真の等価の関係性は生まれてこないので、生来《アプリオリな》の自分の自己実現は叶わないわけです。

こうして丁寧に捉えていくと、自らが置かれた環境・境遇のなかで、自らの生き方を手放さず、かつ、他者の生き方も手放させることなく生きていくには、**人間として生きることそれ自体の習熟**が必要なようだと気づかされます。人生は一度きりしかありませんし、教科書もありませんから、習熟の

61）ここでの未熟は、単に年齢の若さを意味するものではありません。人の精神は、年齢を重ねれば成熟しているとは言えません。加えて、わたし自身は、精神の成熟度は、医学的な健康と違う軸で捉えられるものだとも思っています。わたしには、精神障碍があっても人間として成熟度が高い人はいるという実感があります。同様に、どんなに知的で優れた能力を持っている人でも、精神の成熟度が高くない場合もあるという実感もあります。人間が決めた尺度で、人間のありのままを掬い取ることはできない、人間の価値を評価することはできないということなのだと思います。

62）象られる自分、象られた自分とせず、「純粋意識で象りゆく自分」としたのは、自らの人生に対して主体的で自律していると同時に自然な時間経過を表すためです。他者との関係性のなかで**生来《アプリオリな》の自分を象る**には、**行動する主体が生来《アプリオリな》の自分と一致している**（ありのままの自分でいる）状態で生きる時間が必要です。

63）平等という意味ではありません。平等という言葉（概念）は、その関係性の外側に判断の基準（評価尺度）を想定しています。ここでの等価は、そうした判断の基準とは別な次元のことを言っています。つまり、この地上で、互いに異なるもの（能力や財産などすべて）を持つ人間だけれど、それぞれが人間という生命体として生きて居ることそれ自体の重みに軽重や優劣はなく、同じ値であるということです。

過程で間違いあうのが当然と思ってよいと思います。だからこそ、絶対に間違ってはならないものは何か……という**人の倫**が必要になる、つまり、**個々の自由の前提**というものが必要になるわけです。

＊

――倫理の教科書みたい♪　理屈は苦手だけど、結構すき♪

「どうしたって、そこへ行っちゃうわけ。自由はどこまで認められるのかという問いは、自律した生き方に必ずついてまわる問題なの」

――そう言われると〝はい、そうですか〟ってことになるけど、具体的にはわからないよ。

「そうなの。だから、皆が当たり前だと思っている前提的なことを考えるために、それが脅かされる究極の事例をとりあげる……ここは、倫理学のセンスと一緒」

――ということは、**社会的臨死状態は生きる前提が脅かされる究極の状態**ってことね？

「さすが、同一人物だけあってはなしがわかるね。**社会的臨死状態は、人間にとって当たり前の〝生きる〟ってことを再考するための究極ネガティブな状態**だよ」

――それじゃ、本当に言いたいのは……？

「もちろん、**生きる**ってこと。同時に、**生かす**ってことだよね」

――ケアだね。ケアは社会関係でもある。

「そうだよ」

――難しいね。関係性だから……

「そう。中立的に間《あいだ》を語るのはとても難しい。バランスが難しくて、これまでずっと苦労してきたことだよ」

――もしかして、間《あいだ》を語るために愛のはなししてたの？

「そうかも。これまでの生のエネルギーのはなしは、この後の社会関係のなかで語られてこそ意味がある……」

――あの、愛を喰う不気味な歌声って、本当の愛を教えてくれてるのかもね……。美美さんの絶望の過去が光に変わる瞬間を見たいな～。

「いや、変える必要はないよ。闇があるから光が輝ける。闇が光に変わるんじゃなくて、闇を認めるから輝きが増すんだよ。ネガティブを極めたら、わずかな光ものすごくまぶしく見えるもの[64]だよ」

――美美さんて、時々ステキなこと言うね。

「ぜんぶ、多くの人が目を向けない世界から教わったこと」

――いや、それもそうだけど、美美さん自身の経験もあるでしょう？

64）絶望に慣れる（絶望がその人の普通になる）と、希望を持てる状態が与えられて自由になれるときが来ても、出ていこうとしない、むしろ、変化を拒否することがしばしばあります。暗闇に適応すると、わずかな光でも視力が奪われてしまうように、環境の劇的な変化が脅威に感じられるのかもしれません。

「あぁ……絶望を極めると、ありふれた日常がまぶしいってことかな。そして、真の絶望は、衝撃的な何かがなくても味わえるものだってこと。ごく平凡で平均的な日常を淡々と生きるなかで簡単に絶望できるよ」

――嫌な言い方……。

「**生のエネルギーの主導権を手放してしまえば、時間の効果で簡単に社会的臨死状態に陥ることができるからね**……一見幸せそうでも、絶望してる人はたくさんいるよ……」

＊

そうなのです。生のエネルギーの主導権は、意外と簡単に手放せます。前の章の終わりで触れたように、象られた自分のなかには他人や社会の価値観が入っています。それゆえに、他者（社会）から象られた自分が主導権を握る生のエネルギーは、他人（社会）に主導権を預けた生のエネルギーであって、自分のもののようで自分のものではないのです。**こころのなかでする他者の声**[65]**が勝《まさ》ってなされた選択**は、自分自身が選択したと思っていても、生来《アプリオリな》の自分による純粋な選択とは言えません。自律ではなく、他律、つまり、**他者（身近に接してきた社会）によってコントロールされた意思決定**[66]ということになります。

これでは、他律が悪者に見えますが、自律と他律を価値づけずに並べ、冷静に観察します。現実問題として、今ある生活から、他律的な行為の選択をゼロにすることはできません。社会を維持するために守らねばならないルールというものは現実にあり、それを他律的に受けとめることは避けられません。他律的な行為を、あえて自律的に選択するということだってあるわけです。それに、波風を立てずに粛々と役割をこなすことは、あらかじめ期待されている集団の機能や価値を保持したり、物質的な安定を保持したりするためには必要です。日々の糧を得なければならない多くの大人にとって、

65）他者に拠ってつくられた自分の声です。象られた自分の声と言ってもよいと思います。

66）社会によるコントロールは生きる上で仕方のないことだと多くの人が思っています。宇宙人化したわたし自身もそう思います。単なるやりたい放題の無法者では社会のなかで生きられません。**人の倫**として、してはいけないことはどのようなことなのかを自覚しておかなければなりません。社会からのコントロールを免れないのは、結局のところ人の倫に触れることだけだと、わたしは考えています。
自分が社会のなかで存在価値を生み出しながら生きるには、自分を照り返す他者が必要なわけなので、**他者の存在を殺したり貶めたりする行為は、自分の存在を殺したり貶めたりする行為に値します。他者の自律的な人生を妨げると、自分の自律的な人生も妨げられることになる**のです。これは、道徳的な教えのように表現しなおすと、「他者を殺してはいけない」「他者を貶めてはいけない」「他者の人生を妨げてはいけない」ということになります。わたしたちは、他者との摩擦があるから自らに気づけます。他者との摩擦のなかで、意図せずに互いの自律的な人生を妨げてしまうこともありますが、その状態に陥って苦しくなるからこそ**生来の**《アプリオリな》自らに気づけるということもあるわけです。**「これでは苦しいだけだな」と気づいたなら、そこから離脱できるように関係性を清算していくことが大切**です。残念ながら、その過程で、大きく傷つけあうこともあります（法に触れる事態も含めて）。**人生経験の過程で、してはいけないことをしてしまうリスクは、人間である以上排除できません**。罪を憎んで人を憎まずと言いますが、人を受け容れるということは、自他の別なく、人間が過ちを犯してもなお未来に向かって生き続け、社会のなかに存在し続けることを「ゆるす」ことだと今のわたしは思います。なお人の倫に関する考え方については、傍注130もご参照ください。

与えられた役割をこなし、全体のやり方を乱さぬように生きることは、とても大切なスキル。**社会の一員として存在するために社会から求められる生き方**だと言っても過言ではありません。決して悪いわけでも間違っているわけでもないわけです。

とはいえ、純粋意識で自らの人生を生きようとするなら、他律的な生き方は、どこかのタイミングで卒業したほうがいいと思うのです。**人生の主導権を自らの手に取り戻し自律して生きる**……それは、自分の人生をありのまま認め愛することから始まる、物語なのです。

2．悪魔を抱えて生きる葛藤と苦悩

頑張れば挫かれる、愛すれば裏切られる……これは、研究者としての一歩を踏み出してから6～7年経過した頃、ちょうど30代半ば過ぎのわたしの生活世界です。そして、いつのまにか「人生諦めが肝心だ」が、座右の銘のようになっていました。入職した頃は、それとは比べ物にならないほど、仕事に対して純粋でした。「なんでも積極的に経験しよう」「しなくちゃいけない仕事は何でも楽しんでやればいい」……「あの光」を手にするための仕事に就くことができたわたしは、初心にかえって、日々、積極的に生きていました。単に、研究できることが嬉しかっただけで、それ以外のことはまったくの初心者……、自分ができることを懸命にやろう……ただそれだけだったのです。

けれど、その文化に不慣れな新参者によくある、驚きや違和感の繰り返しのなかで、自分のまっすぐな姿勢が何某かの害悪（迷惑、ちょっとした災厄）になるらしいということを感じ取るようになったのです。わたしは、少しずつ居方《いかた》を変えていき、**自由に呼吸ができる場を狭めて**いきました。今思い返してみれば、学問の言葉でしか声を発することができないという息苦しさがあったのだと思いますが、その頃は、それ以外に呼吸をする場がなかったので、苦しいという自覚はまったくありませんでした。

無自覚の苦しさは、知らない間に、社会関係の過程で生じる**内なるひずみ**になって現れました。わたしは、いつのまにか、**自由で好き放題にふるまう人を毛嫌いする**ようになっていたのです。自らの内に、自分も好き放題に生きたいという本音を隠し持っていたから毛嫌いしていたのだと、サナギのなかで気づきました。素直に意地悪な言葉の一つでも言い、相手と大喧嘩したほうが、まだマシだったかもしれません。が、いじめられっ子が身についていたので、いつも、やりたい放題の他人のエネルギーに翻弄され、内奥に複雑な葛藤を抱えてしまう顚末になりました。そのたびに「もうこりごりだ」と思いながら、なりふり構わずに生きる人を羨ましがる自分の影を感じるわけです。

そんな、生き方にまつわる葛藤の解決は、やろうと思えばいますぐにできます。はなしは単純。心中密かに羨ましがるくらいなら、自分自身も自由になり、生きたいように生き、自分を振りまわすような人とは境界線を引けばよいだけなのです。しかし、当時のわたしにとって、そのような自由は、途方もなく困難なものに思えました。他者に心地よく居てもらう生き方、迷惑をかけない生き方が、よい人間の在り方だと思い込み、自分の生のエネルギーをただただ与えられる人間になることが、自分の生きる道（支援者としての自分が目指すべき目標）だと思っていたからです。

当時のわたしの内には**自由を禁じるエネルギー**が刺さり込んでいたのだと思います。自由との葛藤のなかで、事あるごとに頭をもたげる象られた自分は、慎重すぎて、臆病なあまり、つい、ネガティブな未来予想をしてみたり、言い訳をしてみたりして、**諦めの合理化**をしていました。そのため、以前は、どんなことをしても哀しく、開放的に喜びを感じることができませんでした。そんな状態なので、自分ばかりが不自由だと思っているフシがあったのです。

自分のこころの不自由さがどこから来るのかわからないままに、**どこからやってきたのかわからない不確かな正しさ**を選択しながら経験を重ねるうちに、いつのまにか新たな負のエネルギーがわたしの内に居座るようになりました。それは**「所詮は力の強い者が勝つのだ」**という**経験則**です。暴力が嫌いだったわたしは、この新たな悪魔を打ち消そうと頑張り続けました。けれど、職場で苦境に陥るたびに、その悪魔はパワーアップし、わたしに**「お前は敗者に分類される人間だ」と審判を下す**ようになりました。

この悪魔が棲みついてからというもの、わたしのなかに新たなわたしが作られていきました。それは、「勝者は敗者あってこその立場であり、敗者を選択することによって勝者に勝たせてあげているのだ」などと、**敗者を美徳とでも言うかのようなパーソナリティ**[67]でした。研究者として論理的思考が生業だったわたしにとって、こうした**武装**はお手のものでした。新たな悪魔の威力はとても強く、わたしは全力で武装し、適応的な自分を演じて生きてきました。ところが……この**過剰適応が生来《アプリオリな》の**

自分を徹底的に虐待する結果を招いたのです。同じ頃、唯一自由に呼吸ができる場だったはずの研究も、主要な専門領域から外れてしまった[68]ことで周囲の理解が得られず、肩身が狭くなる一方でした。複数の要因が重なり、気づけば、わたしは、自由に生きられるスペースを失っていました。そして、それこそが敗者なのだと自分を蔑み笑い、**自分で自分を潰してしまった**のです。「社会不適応」……わたしは、この烙印を、所属していた社会（大学）から離れるときに引き受けました。

それでも「自分は恵まれているのだから、それでいい」と思ってきました。なにがしかの力を持っていて世の中的な「成功」をおさめる人たちは、それが必要だから与えられるのであって、**自分は既に恵まれているのだから与えられなくて当然だ**と捉えたのです。もしも、このときのわたしが、心底、恵まれていると思えていたのなら、満たされたこころで喜びにあふれ、輝いて生きられたはずでした。けれど、その頃のわたしは、こころから満たされることがありませんでした。こころのどこかでいつも「生きていて何になるんだろう」「どうして価値がない自分が生きなくちゃいけないんだろう」と思い悩み、自分を嫌い、人生を嫌って生きていたのです。

67）これは、よくある共依存的なパーソナリティです。自分を防衛しているようですが、相手によって象られる自分が優位になり、結局は自分の精神が相手に支配されているのと同じことになってしまいます。その結果、いつも相手との関係性によって自分の世界が支配され、社会的臨死状態に近づいていきます。

68）司法（法）看護学（forensic nursing）、司法精神看護学（forensic psychiatric/mental health nursing）と言われている領域です。当時は、非常にマイナーでした。

「与えられているものに満足しなければバチがあたる」

「何不自由ない生活ができるのだから、自分はこれで十分幸せなのだ」

わたしのなかに棲みついた悪魔は、常にわたしを叱責し続け、自由に素直に生きたいだけの素朴なわたしを殺し続けました。**「社会不適応」の烙印**を後生大事に抱え、**自分を呪縛から解放することができないようしむけていた**のです。

わたしのなかの**悪魔がささやいた「恵まれている」というセリフの意味**は何だったのでしょうか。それは、煎じ詰めて考えると、**「十分食べていける」ということだった**のです。「立派なご主人がいるんだし、お子さんがいるわけでもないし、無理して働かなくたっていいじゃない！」……そんな言葉を、これまで何度受け取ったか知れません。悪意もなく、呼吸するように、いろいろな人が同じようなメッセージを放つのです。「どうして働くの？」と……。お金がほしいの？　野望でもあるの？　権力がほしいの……？

＊

「子どものときは、これといって夢はなかったね。大人が喜ぶ適当なこと言っとけばいい的な……（苦笑）」

――お胸が痛い、お胸につけるおくすりちょうだい……

「あぁ、夢が持てないって、傷だったんだね」

――そうだよ。でも、学部編入してからの夢は大きかったよね～♪

「発展的で、生産的で、楽しくて健康的なコミュニティを育てたいっていう漠然とした夢はあったな……そうするには精神が整うことが必要って思っていたから、理論を創りたかったんだよね、若いときは……」

――美美さんは、必ず理論に戻る人だったよね。

「いつも、実践と知識の間を往復してたし、教育でもそれを大事にしてたと思う」

――コミュニティを創るって言ったら、なんとなく政治力とか権力を想像するけどね。

「権力を一人ひとりの人生の喜びのために使える人を見たことがなかったからね……。権力を持つことは**暴力のリスク**だって思ってた」

――面白いことに、お金にも意識が向かなかったよね。

「わたしのなかでは**お金も怖いもの**。これは両親が銀行員だったからだと思う。お金に特別な価値をつけないでみる姿勢が小さい頃からあったのよ」

――教わったってこと？

「子どもの頃、母にきいたの。銀行員ってものすごい大金を手にして仕事していて、欲しくならないのか？　って」

――へ～！　そんなことあったっけ??

「うん。そうしたらね、たしか、お仕事で扱っているお金を、自分のお財布に入れているお金と同じものだと思っていたらお仕事できない、お金は大切だけど道具なのよ……みたいな答えがかえってきて、妙に納得したわけ」

――なるほどね～。それ理解できたんだ！

「なんだか、ものすごく感心して、記憶に残ってる」

――そういえば、モノに対しても、ちょっと独特な感性があったよね。

「要求しても買ってもらえなかったし、買ってもらわなくても案外大丈夫だったから」

――そっか。

「だけど、すごく好きだったぬいぐるみを外に連れていって、泥水のなかに落として抱き上げられなくなったときは、すごくショックでね……あのとき、モノってどんなに愛着を持っても、**再生不能になった瞬間にゴミになる**んだなって思ったの」

――あぁ……わかる……。

「誰かに奪われれば、自分のものでは無くなるし……。自然に、**モノはあの世まで持っていけないっ**て思うようになってた、大人になったときには」

――それで、美美さんの宝物は経験なのか……それもまた、かなり独特だけど……（笑）。

＊

わたしにとって、経験という言葉と結びついているのは**考えること**です。少しずつ大人になったと感じるたびに、わたしは、考えてきました。**なぜ生きているのか、どのように生きればいいのか**、そして、**どこに向かっているのか……**。思い悩む時間が長く、いつもどこか違う世界に行きたいと思っていました。その割には、小説や映画、贅沢な食事や旅行などにも、さほど関心がありませんでした。「アブクのように消えてしまう経験をいくらしても、日常生活が変わらなければ意味がない」……生意気にも、そんなふうに考えるこころまで身についてしまったのです。思えば、わたしには快楽や獲得（とくに、順位や優越感を覚える対象の獲得）に対する貪欲さがありませんでした。いつも、**どこか諦めていた**のです。自分は可愛くもないし、そもそも、自分が生きていること自体、喜べない感覚というものがありました。小さい頃から「もっと貪欲になりなさい」とたしなめられることもしばしばでした。そんなわたしが唯一欲しかったのは、**無条件で喜びを感じられる過程《プロセス》（時間）**でした。いわゆる私生活というものが単調でつまらないものだと思い込んでいたわたし[69]の意識は、いつも家の外に向けられていました。

「どうすれば、覚めることのない夢のなかで生きられるのだろう……」

夢中になれて、誰にも奪われない自分の時間を模索するこころの内が、目の前の手に取れる世界とつながった瞬間が、「あの光」との出会いでした。あれ以来、**光を発見しては追いかけたり眺めたりする過程こそがわたしの喜び**になったのです。そして、「あの光」の正体を明らかにすることが、わ

69）女に生まれた憂鬱の一部として、私生活は「終わることのない労働の場」だと認識していました。

たしの生涯をかけた仕事だと、自然に思うようになりました。

あの光は生かし生かされる関係性の過程に生まれては消えていく……

多くのケアの現場であの光が生まれないのは何故か……

ケアにとって本当に大切なこと、絶対に失ってはならないことは何なのか……

わたしにとって人生をかけて得たいと思うものは、このような**「問いの答え」**でした。それを可能にしてくれるのが研究という仕事だったのです。わたしが**働く理由は「喜びに満ちて生きられる時間（人生）がほしい」ただそれだけ**だったのです。

＊

――問いの答えを得るために、研究って最適な職業でしょ？　それなのに、どうして手放すことにしたの？

「与えられた仕事の渦中で忙殺されているうちに、自分が働く唯一の理由（目的）を見失ったからだよ。身体だけでなく精神にも贅肉がついて、自分がどんどん変質していくような恐怖があったの」

――そうだったんだ……気づかなかった……。

「最後の最後まで、研究を手放さないためにどうしたらいいか、頑張って道を探してたの。執着してた、生きたかったから。だけどね、実は、研究のほうも、手詰まりだったの。同じ方法[70]でいくら研究を重ねても答えが出ないな……ってね……」

――そっか……かなり思い切った苦渋の決断だったわけだね……うっ、うっ……（泣）。

「あれ？　珍しいね、万年お花畑でも泣くことあるんだ!?」

――あの美美さんにも、りぃおに対する愛があったのかと思うと、ありがたくて……。

「なんだよ、あのって……（苦笑）。りぃおは、研究職やってるわたしのこと嫌いだったんじゃなかったの？」

――美美さんは嫌いでも、研究は好きだった♪　だって、りぃおのアイディアがかたちになる唯一の場だったわけだし、あの光って、りぃおだったわけだし……（輝）。

「そっか。まぁ、そうだね。だけど純粋意識が泣くとか、変だよ（笑）」

――美美さんと話せるようになって、身体とつながってきたんだよ。活字のなかなら泣いてもＯＫ。

＊

70）社会科学系の研究方法のことをさしています。価値の天井（科学研究では扱えなくなる領域との境界、科学研究ではこれ以上言ってはならない限界）に阻まれ、理論研究にシフトしなければならないことを感じていました。この先、いくらデータを収集しても、同じ壁に突き当たるだけだと気づいていたのです。けれど、このときはどうしたらいいのかわかりませんでした。その後、偶然、科学哲学に出会い、哲学転向したのです。

苦渋ではあったものの、走り続けるだけになってしまった職場に対する未練はまったくありませんでした。けれど、いよいよ失業するしかないという現実が迫ってきたとき、**経済力の喪失**がわたしを恐怖に陥れました。家のローンがある、老後の蓄えが無いなど、生きていくための糧を手放せばたちまち苦しくなることは眼に見えていました。経済力を手放せば、結婚するときに夫と交わした「嫌になったら別れる」という約束も、簡単には実行できなくなります。経済力の喪失は、当時のわたしにとって、**物理的な自由の喪失**を意味していました[71]。次の職場を探すことも含め、いろいろな方向性を探りながら、わたしは、**お金（物質）と精神性（生きる目的）の間で揺れ続け**ました。定職を手放す寸前まで、さらに、その後も10年以上、**物質と生きる目的の間に生じる葛藤**は消えることがありませんでした。

　わたしのなかに居座った悪魔は「社会不適応」だとわたしを揶揄し続け、稼ぎがなく、何をしようにも社会的信用が無いわたしを笑いました。「バカなことをしたもんだ、あのまま大学に居座れば、今頃教授になっていたかもしれないものを！」そうやってあざ笑うのです。自分が本当にしたいことを護るために選択した道なのに、自分のなかの悪魔に苛まれる日々……わたしは、悔しくて仕方がなく、内なる悪魔を打ち消そうとして闘いました。その結果、独りになってからも、手放したはずの自分（定職についていたときの自分）と**同じパターンの生き方をしてしまった**のです。それゆえに、さらに苦しくなり、どうしようもないどん底まで落ちていくことになりました。

　立場や働き方を表面的に変えても、生き方が変わらずに苦しくなってしまったのは、**働くことのほ**

んとうの意味を忘れたままだったからです。あの頃のわたしは、ほんとうの自分を取り戻すことを忘れて、自分ではないものと葛藤する時間を過ごし過ぎてしまいました。そうなってしまったのは、「自分が食べられる分を稼いでこそ一人前だ」という**固定観念に囚われていた**だけでなく、**社会のなかの職業という枠組みに自分自身をあてはめようと躍起になっていた**からです。結果、せっかく独立したというのに、金銭的な契約に一喜一憂し、エネルギーが枯渇し、くたびれてしまいました。この経験は、大きな組織に所属しながら感じた疲労感よりも、一層、骨身にこたえました。なぜなら、そうなってしまったのは、明らかに自分自身の在り方に問題があったからなのですから。

　では、何が問題だったのでしょう？　それは、**自分のなかに居る他人の声に翻弄されてしまったこと**です。わたしのなかに居座った悪魔も、実は他人の声の寄せ集めで構成された価値にまつわる思考パターンなのです。自分自身の足で歩みはじめても、なお、**他者の評価に翻弄される他律の人生を歩**

71）いまはそう思っていません。もしも、生計を立てられるようになる前に、離婚で経済力を喪失してしまったら、身体が弱くて肉体労働もできない（医療費もかかる）ので、生活保護を申請しようと思っています。日本の生活保護制度は、生計をたてる力をつけるまでの中間的な措置ができないしくみで、使いにくい制度ですが、やむを得ない場合は迷わず申請したほうがいいと思っています（個人的には、所得税率があがってもいいので、生活保護制度を廃止してbasic income制度になるとありがたいなと思っています）。仮に、生活保護から抜け出せなかったとしても、身体死を迎えるまで、いま手がけている支援者ピアサポートによる共育活動（個人ボランティア活動）を続けながら、こころは豊かに暮らしていけると思います。

んでいたということです。自分自身で選択したはずの人生に「否」の審判を下す厳しさは、定職を離れる決断をしたときよりもはるかに厳しいものでした。生き方の根本を問い直し、長年築いてきた自分自身を清算する厳しさがそこにはありました。

自ら自由を望んで生きる場や関わる人を変えても、結局、元のパターンに戻ってしまうのは、何故なのでしょうか。それには、**生来性の生のエネルギーの放出と受け取りのパターンを無意識に曲げてしまう偏光フィルタのようなもの**が関与していたのです。これが、エネルギーの摩擦によって生じる「傷」の正体と言っても過言ではありません。わたしは、サナギの経験を通して、少しずつ、エネルギーの摩擦によって生じた「傷」と、生来の《アプリオリな》自分ののぞみ（進みたがる方向性、生の志向性）を見えなくさせているものの関連性に、気づいていきました。

3．傷と、価値の器

サナギの時間を過ごすまでの間、わたしは、自分を覆っている殻について、考えたことなどありませんでした。宇宙人化する前から、脱皮するように環境を脱ぎ捨て、新天地への移行を繰り返して生きてきたので、殻を破ることについて意識したり考えたりすることなど無いだけでなく、世にいう「自分の殻」が本当にあるなんて思ってもみませんでした。

ところが、サナギの時間がはじまった後、自分にも殻があったのだと気づかされたのです。驚いたのは、自分に殻があったことなんかよりも、**殻を生じさせていたものが自分の深部にあった**ということでした。喩えて言うなら、目に見えず手に取ることもできない偏光フィルタのようなもの……それは、オートマティックに生のエネルギーの源にとりついて機能するのです。生のエネルギーの源にとりついたそれがしていることは、**生のエネルギーの放出と受け取りのパターン**[72]**を曲げる**こと。単純に言えば、**生来性の素直さを殺ぐこと**です。社会関係のなかで、周りを疑ったり警戒したりしてエネルギーを出し惜しみしたり、差し出されたエネルギー[73]を素直に受け取らなかったり、高評価を狙うあまり生来の志向性とは違った方向にエネルギーを出し過ぎてしまったり、欲望や期待から他者のエネルギーを過剰に求めてしまったり……多かれ少なかれ誰もが経験するような人間の在り方は、偏光フィルタのようなものによって生じているようでした。

72）もう少し詳しい表現に置き換えると、自ら発する生きるエネルギーの放出パターンと、他者から発せられる生かすエネルギーを受け取るパターン、と言えます。

73）生のエネルギーを変換した物質的なものも含みます。相手が時間をかけてこしらえたモノだったり、労働力の変換であるお金で購入したプレゼントがわかりやすい例です。他にも色々あります。長い間考えて綴ったメッセージの場合もあれば、様々な経験や社会関係を駆使してひらいたチャンスかもしれません。他者から差し出されるエネルギーには、様々なものがあります。もちろん、そのなかには、素直に受け取ると厄介なものも含まれているわけなのです。そんなときは、厄介だなと思う事情や、自分（生来の自分《アプリオリな》）がどうしたいかをまっすぐ素直に伝えればよいだけなのですが……。

＊

——これ、エネルギーの摩擦から引き受ける**傷のはなしの深掘り**だね。

「そう。傷は、程度の差も、質もさまざま。誰もが明らかに暴力的だと思うようなエネルギーとの摩擦や衝突で傷ついてしまう場合もあるけど、そうじゃないこともあるの」

——たとえば??

「生来《アプリオリな》の自分自身でいるよりも、別な自分を見せたほうが得だなとか安心だなとか思うような出来事で傷ついてしまう……。傷つくっていうのは、**ありのまま《アプリオリな》の自分では受け容れてもらえない**（認めてもらえない、愛されない、価値が無い）……って感じるような、**生来《アプリオリな》の自分の存在価値が低められる経験をすることね**[74]。偏光フィルタみたいなものは、その結果できてしまった**生来《アプリオリな》の自分を護るためのもの**[75]。だけど、それって取り返しのつかないものじゃなくて、別の体験を経て傷が浄化されたら、自然に剝がれるってことはあると思う」

——なるほど……。傷つきっていうけど、生来《アプリオリな》の自分は傷ついてはいないんだね。

「そうなの。わたしは、こころの傷って、**他者との間（社会関係のなか）から現れてくる自分と生来《アプリオリな》の自分との差**だと思う。この差が大きいほど傷は深い」

——あえて偏光フィルタっていうのが独特だけど……それって、新しい何かに出会っても、偏光フィルタみたいなものが働いてしまって自分を素直に出せない、つまり、過去のできごとに囚われた観方と反応をしてしまうから、結局、**過去に要求されてきたことに引っ張られた世界を創り続けてしまう**ってことだよね！

「そうそう。りぃお、よくわかるね。そういうことよ。それって、**社会関係に制限された自分**で生きているのと同じこと」

――制限って、どういうこと？

「世の中ってこういうものだ、こういうときには、こう振る舞うべきだとか……ありとあらゆる価値判断のパターンで自分の精神を縛ってしまう……つまり、**価値の枠組みに囚われて生きてる**ってことだよ。社会的な立場とか、役割とか、様々な概念……深いところで言えば、よい人間とは、よい家族とは、よい親とは、よい子とは……文化に特有の精神性、ジェンダー、道徳的な正義とか……何もかも……枚挙にいとまがない」

――あぁ、わかった……それって、美美さんが最後の研究のときに着想した「**価値の器**」ってやつだね。

74）自らの在り方（存在）に対するマイナス評価を他者から受け取るのと同じです。

75）複数の傷あとが重なって偏光フィルタのようになるのか、傷あとを庇うために偏光フィルタのようなものがその都度生じていくのか、明確ではありません。これは感覚的な自覚を、わたしの頭で考えて表現するとこうなったという感じで理解していただければ幸いです。眼に見えない世界のはなしなので、正しさの議論は脇に置いて、「自分ならどう捉えるとしっくりくるか」というオリジナルの感性を大切にしていただけたら嬉しいです。

「そうそう。価値の器は、意識の及ぶ範囲に入ったものごとに対して価値を認識して受け取る器……価値があると認識したものだけを受け取る器ね。人間は、目の前に現れた対象を自分の器に入れるかどうかを**価値判断の枠（思考）で篩にかけて選別**してるんだよ」

——これ、差別とか偏見とかいうやつと一緒なんじゃ……。

「そう。しくみは一緒だと思う。価値の器って、偏光フィルタのようなものと無意識的なところでつながってるの。だから、意識もせず自動的に対象の選別をやっちゃう。差別や偏見て、無意識のうちに出ちゃうよね」

——無意識に出てしまわないように気をつけてコントロールしてる人って多いんじゃない？

「価値の器のほうは、偏光フィルタみたいなのと深さが違うから、意識可能だと思う。価値の器は行為に反映される思考だから」

——そうは言っても、実際、自分でやってるかどうかわかんないから問題なんじゃないの？

「人間て、いまここで進行中の体験のなかで、反射的に偏光フィルタみたいなものに影響された反応をかえしながら、新たな体験を重ねているじゃない？　その過程で、目の前の対象が自分にとって関わる価値があるか無いかを選別して生きてる。**何もかもは抱えられないから取捨選択する**でしょ？」

——それが差別的態度のコントロールとどう関係あるの？

「差別って、人間の存在に対する選別だから、根が深くて無意識的なものなんだけれど、**社会関係のなかで照り返されることで気づける**。差別や偏見に敏感な世の中になると、直接他者と関わらなくても自分の在り方を意識するようになるから、照り返してくれる相手が人じゃなくても、小説やエッセイなんかに触れることで気づけたり、いろんな知識に触れることで気づけたりもする。だから多くの人は、知識を得て差別的な対応をしてしまう自分に気づき、対人的なお作法として言葉や態度を選んで対応できるよう学習するんだよ」

――要するに、**「価値の器」は何かに照り返されないと捉えられない**いってことか……。それってまさに「自分」と同じだよね……。やっぱり一番見えないもの、見えにくいものって感じがするな。

＊

りぃおが言うように**「価値の器」は「自分」と同じ**です。けれど、すべてを「自分」という言葉で括ると、生来の《アプリオリな》自分が現れにくくなる背景がわかりづらくなってしまうので、**自ら「自分」という存在を括っている価値判断の枠を「価値の器」と表現**しています。角度を変えて言えば、「価値の器」**は自らの人生を容れる器**で、**他者との境界**でもあるのです。[76] ここで気がかりなのは、「自分を括って

76）物理的なテリトリーのことではなく、心理社会的な境界、かつ、精神世界の境界ということです。このような捉え方の背景には、生物システム理論　オートポイエーシス（例えば、H・マトゥラーナ、F・バレーラ著、管啓次郎訳『知恵の樹』筑摩書房、１９９７）や、G・ベイトソンの思想（例えば、G・ベイトソン著、佐藤良明訳『精神の生態学』新思索社、２０００）があります。また、価値の器と社会的臨死状態との関連を考察する際には、S・キルケゴールの思想も参照しています。（キェルケゴール著、斎藤信治訳『死に至る病』岩波書店、１９５７／工藤綏夫著

いる自分」や「自分の人生だと判断している自分」が、実は、社会関係に象られた自分だった……ということが多いという現実です。**象られた自分で生きる**ということは、**生き延びる過程で社会関係から獲得した「その社会で生きやすい自分《アポステリオリな》」を維持する選択をしてしまうような「価値の器」で自らの人生を括って生きる**ということなのです。それは、いまここでの（現在進行形の）対人関係にも影響し、自らの将来を展望する際にも影響します。

「価値の器」を構成しているのは、**価値判断の枠とそれを支えている思考パターン**です。これは、無数にあります。自分のそれに気づくよりも、相手のそれに気づくほうがたやすいのですが、それにしても、ある程度深く関わってみなければ相手の「価値の器」を知ることはできません。そのため、わたしたちは、様々な場面で相手の振る舞いの経過を観察し、どのようなことに価値を置いている人物なのか、即ち、どのようなことに関心を持ちどのような欲求を持っているのか、それらを満たすためにどのような行為のパターンを持っているのかを感じ取ろうとします。それは、相手が自分にとって価値のある相手なのか、安全な相手なのか、相手の性質を見極めようとする行動と言えます。このようなごくありふれた社会関係のなかで、わたしたちは**象りあい象られあう**という経験を重ねるのです。これが、**傷つけあう経験になることもあれば、切磋琢磨という経験になることもある**のです。

関わりが始まる段階では、自らの欲求に照らして価値ある経験の共同創造が見込める相手なのか観察します。通常は、自らの関心や欲求の充足が見込める相手ではない（つまり価値がない）と判断した時点で、相手を意識の射程に入れることをやめます（興味がなくなります）。が、関心が持続すれば、関わり方を変えながら接近し、相手の人となり、つまり「価値の器」を、自らの関心や欲求に応じた深さで知ろうとします。

個別の関わりが始まると、よく思われたい、あるいは、本当の自分を知られたくないなど、それぞれの欲求から、互いに意図して、**相手から象られることを選択する**[77]こともしばしばです。互いに都合のよい自分を装ったり、距離調整のために差し障りの無いウソをついてみたり……大人は、安全かつスムーズに（楽に）欲求を満たしながら生きるために、様々な社会的立場と利害に囚われて、複雑なコミュニケーションを展開します。このような、よくある社会関係の過程で相手からの照り返しをうけるということは、相手の価値の器によって自分が価値づけられることなのです。

相手から自分に対して何等かの価値判断がなされるよう関わる（大概は自らにとって都合のよい価値判断がなされるように関わる）ということは、**相手が自分に対して暗黙裡に行う価値判断の過程に「自らを晒す」**ということです。もちろん、程度の差こそあれ、自分も同じことを相手に対してしています。ごく一般的に経験される社会関係において、ありのままの自分が無条件で受容され生かされることは、ほとんどありません。[78] 逆もまた同じです。相手の価値づけが入った照り返しを受け、自

『キルケゴール』清水書院、２０１４）
77）これは、他律的な関係性を選択することと同義です。
78）それが無償の愛（いわゆる神の愛）だからです。わたしにとって神は宇宙であり自然［付録１－３）］ですから、

分も相手を価値づけつつ照り返し（例えば、心地よければよい反応を返す、本当は嫌でも無難な反応を返しておくなど）、互いに、自らの「価値の器」が相手を許容できるか否かを示しあうのが社会関係と言えます。

関係性を維持する、発展させる、といった行為は、こうした**照り返しあいの過程から現れてくる自分自身の存在と経験を引き受ける**ことです。同時に、自らを照り返す相手が自分の「価値の器」と接点を持つことをゆるす（許可する、相手の存在を認める）、あるいは、なかに容れる（許容する、抱える）ということでもあります。「価値の器」のなかに容れたあとの時間の経過によって、それまで見えなかった相手のありのままの姿が見えたり、どちらか（あるいは両方）に成熟的変化が起こったりすることもあります。当然、このような過程でエネルギーの摩擦が起こるわけなので、傷が生じることが多々あります。そのような変化によって、相手から照り返される自分が生来《アプリオリな》の自分にとって苦しくなった、あるいは、成熟的変化を望む方向性（生き方、人生の方向性）が違ってきたと感じる場合は、相手を「価値の器」から放ち別離を選択するということもあります。同様に、相手のほうから去っていくこともあります。このように、自らの「価値の器」のなかに容れるか否か、あるいは、外に放つか否かを意識する際に、わたしたちは強く自らの「価値の器」を意識することになるのだと思います。それゆえに、他者との縁（出会い）で経験する生のエネルギーの摩擦は、**傷にもなるけれど自らの成熟的変化の糧にもなる**のです。

生来《アプリオリな》の自分が社会関係のなかで生き延びるために獲得する「価値の器」は、**世渡り用のパワースー**

ツのようなもの。後天的《アポステリオリ》に獲得した「価値の器」で象られた自分は、生来の《アプリオリな》自分を内に閉じ込めたまま社会関係のなかを渡り歩いてくれるのです。けれど、それがあるから、生来の《アプリオリな》自分は、自由が制限されてしまう……社会関係と強く結びついて動くパワースーツの力（しがらみ）に抵抗して自由に振る舞うことが困難になるわけです。装具に頼りすぎると筋肉が衰えてしまうように、パワースーツ（象られた自分）を着た生活に頼りきってしまうと、生来の《アプリオリな》自分は弱り、疲れ、本当の自分で生きることを諦めてしまいます。それゆえ、サナギ前のわたしのように人生がつまらないなどと感じ、生きることに喜びを感じられなくなってしまうのです。その頃には、すっかり、生来の《アプリオリな》自分は出番を失い、社会的臨死状態に陥っています。そして、象られた自分が本当の自分だと思い込んでいるがゆえに、それに気づくことができず、時間が過ぎていくのです。

無償の愛とは、価値判断せず、ありのままをありのまま照り返す生のエネルギー（生命現象）です。無償の愛というと、一見、何でも受け容れてもらえそうで、何でも心地よく返してくれそうですが、自然はそんなことをしません。抗えない自然のエネルギーは、誰でも等しく受け容れますが、時にとても残酷です。それでも、生命の重さを選別するような価値判断によってそうしたわけではありません。それが、厳しさのなかにある優しさだとわたしは思っています。わたしたちの生命はいつどうなるかわかりません。だからこそ、いまここで生きていること、それ自体に価値があるのだとわたしは思います。宇宙人とはいえ、人間として生きているので、当然、そう感じられないときもありますが、いつも、自然の在り方に戻っていける自分でありたいと、今は思っています。なお、無償の愛に関する考え方の詳細は、第6章をご参照ください。

＊

——自分の殻を破るって本当は簡単なことじゃないってことだね。

「象られた自分の価値の器を超えて、生来の《アプリオリな》自分を現すことだからね」

——物理的なイメージで殻を破るように無理やりやったらどうなる……？

「いきなり価値の器をぶっ壊したら、自分がどうしていいかわからなくなって**混乱してしまうよ**」

——与えられたように生きて創った自分の殻をはずしたときに、自分が居なくなった感じになって、自分が何なのか、どう生きたらいいのか、わからなくなっちゃうってことか。**いきなり外側の殻をはずさないほうがいい**んだね？

「そう。これ、社会的臨死状態からどうやって脱したらいいかっていうはなしとつながってるんだけど……。まぁ……偏光フィルタのようなものの作用……内なる防衛って言ったらいいかな……それを、ゆっくり、少しずつ解いていくしかないわけよ(79)……」

——価値の器って、未来を創るための取捨選択を過去の体験と思考で縛って、過去からの延長で方向づけちゃうものだもんね。

「偏光フィルタを少しずつでも溶かしたり剝がしたりしていけば、価値の器はゆるんでいくはず……。ゆるめば、器に隔てられていた世界を超えるきっかけを摑む可能性が高まると思う」

——囚われから自由になる……**経験で築いた牙城から出る**ってことかぁ……冒険だね！

「冒険……？　あのさ……もしかして、このダンジョンから出るってことと被ってる……？」

——あ、ほんとだ……被ってる（汗）気色わるっ!!

4．己を見よ！

サナギのなかで象られた自分とお別れした物語と知識の統合劇……そんな魅力的な世界を次々と見せつけてわたしを魅了したサナギダンジョン……。そこでの出来事を誠実に綴っていけば、こころの遺伝子を遺す志事《しごと》が進むはずだなどというナイーブな予想は、**完全な誤算**でした。研究者が観察事実を論文にするように記述していけば何とかなるなんていう甘い世界ではなかったのです。

価値の器のしくみについて、りぃおと夢中で話しながら言葉にしていると、急にあたりが明るくなり、誰かに見られているような気がしました。

「え？」足元に自分の顔がうつっていることに気づき、驚いて辺りを見回すと、どこを見ても、天井までもが、すべてわたしを映し出す鏡に変わっていたのです。驚いた猫のように全身の毛が逆立つ感覚とともに、手足に震えを感じました。

79）わたしが実際にどのようなことを実践したのかは、付録2をご参照ください。主な方法を7つご紹介していますが、それぞれが関連しています（人によって適した方法が異なるため模倣せずに、参考資料としてご活用ください）。

＊

「り……りぃお……」蚊の鳴くような声しか出ませんでした。

――み……美美さん……万年お花畑のりぃおも今度こそは蚊の鳴くような声でした。

＊

いつのまにシンクロするようになったのか、わたしたちは同時に泣き叫びました。どれだけ泣いたり叫んだりしても、ただまっすぐ跳ね返ってくるだけ……。何の変化もありません。泣き飽きて頭が研ぎ澄まされてきました。

＊

「……りぃお……泣いてもエネルギーを消耗するだけだ。ここは冷静になろう……」

――……そ、そうだね……。

「鏡といえば、思い出がうつる鏡……。怖がることはない。どこを見ても自分ってことは、仲間《ピア》がいっぱいだってことだ」

――そうか！　まっすぐ照り返しあうってことだね。

「こいつ（サナギダンジョン）、わたしたちに何を言語化させたいんだろう……？　りぃお、ピンとこない？」

――う～ん……あ！　……泣いて正解！

「は？」

――……人は泣いて生まれてくるんだよ!!

「出生の記憶……は、既に終わった……鏡……反射……もしかして……」

「『価値の器の生い立ち!!』」

＊

りぃおとわたしは、キャッキャと笑いあいました。鏡もキラキラと輝き、笑っているようでした。鏡のおかげで前向きな気持ちが増幅され、すっかり気を取り直したわたしは、サナギ前の自分の価値の器が、どのように創られてきたのか見直しました。結論から言えば、これは、自分自身の**こころの足跡**をたどり、サナギ前に認識してきた社会の価値体系や、規範を見つめなおす作業でした。もつれた知恵の輪をほぐすような、時に投げ出したくなるような時間は、「自分が人生を嫌っていた理由を見つめること」から始まりました。

サナギ前のわたしは、**徹底した自分嫌い**でした。それは、他人からは見えないこころの奥底に居座った**人嫌い**と通じていました。自分を嫌う理由は単純で、**思い通りにならないから**です。同様に、自分以外の人間も決して思い通りにはならない面倒な存在でした。そして、そんな自分を含めた人間を好きになり受け容れることが、サナギ前のわたしの課題でした。この、自分自身を含む人間が生きて存在しているということ自体への嫌悪感、つまり、人生の前提に届く「人嫌い」を克服するということは、この地上に人間が在るということを認める（ゆるす）ことに他なりません。何もかも抱えられる人間など存在しませんから、この課題を達成するには、価値の器それ自体を手放し、抱えるということ自体を手放す必要があったのだと理解できました。

＊

「なんてこった……生まれたときから、自己崩壊が決まってたってことか……」

——知らなかった！

「適当に合わせないでよ！　純粋意識は知ってたはずでしょ？　ウソつき!!」

——ごめん……りぃおはエネルギーだから、知ってたっていうより、そっち方面に行くしかなかったの……。

＊

ものごころついた頃から、わたしの仕事《つとめ》は「自分を創る」ことでした。ここでの「自分」は、生来の《アプリオリな》自分ではありません。両親を通して与えられた価値の器による「象られた自分」です。わたしの子ども時代はかなりの野生児だったようで、あきれるほど元気な子どもだったと聞かされています。けれど、わたし自身は、のびのびと遊んで楽しかった記憶もわくわくした記憶もほとんどありません。

思い出されるのは、人が創る社会の**面倒くささ**、そして、決して一番になれない自分との**葛藤**ばかりです。何かにチャレンジするたび、目に見える成果を掴めなかったり、運よく成績がよかったとしてもせいぜい三番手、最高に良くても二番手……わたしは、努力しても一番になれない自分にがっかりし、**自分を叱咤して生きてきた**わけです。生来持っていた逆境への強さ[80]で、常に「次こそは！」と、自分に針が振り切れるほど頑張らせる……中学生になったときには、既に、そんなパーソナリティが存在していました。

人一倍努力しないと何も手に入らないのに、自分の身体はなかなか言うことをきいてくれず、わたしはいつも**自分が嫌いで、不全感だらけ**でした。寝ずに頑張りたくても眠くて起きていられない、小さく華奢な身体になりたくても食欲を抑えられない、記憶力が悪く暗記できない、練習が嫌いで長続きしない、速く走りたくても身体が動かない、手先が不器用……どこをとっても残念賞だったのです。

そんなわたしでしたが、両親を含め、周囲の大人たちには愛され、大切にされてきました。だから

80）母は、育児をする過程で、わたしが逆境に負けない強さを持っていることを感じていたそうです。また、小学校の教員だった母方の祖母が「この子（わたし）は他の子と興味の持ち方が違う」「逆境に強い」と言っていたのだと教えてくれました。わたしは内心、いつもくじけていたのですが……（笑）。

こそ、わたしは、大人の期待に応えることができない自分を嫌い、**周囲（社会）の満足に足る自分になることを強く課した**わけです。サナギ前のわたしは、**ほぼ完璧な他律人間**[81]でした。こうなるのは**宿命**だったのではないか……そんな湧き上がってくる思いを禁じえません。何故なら、わたしが両親からいただいた愛（生かす力）には、**それぞれの生い立ちから引き継がれた「傷」**が含まれていたからなのです[82]。それらの「傷」は、表面的にみるとまったくわかりません。けれど、両親から教わった「よい人間」の枠組み（評価の基準）の背景に埋め込まれていたように思われてならないのです。

わたしが両親から教わった生き方は、まず、正直であること、次に、努力すること、そして、周りに迷惑をかけないこと。さらに、折に触れて父が口にした「小人閑居して不善を為す」という言葉が、よい人間、尊い人間の質を判断する枠組みの一つになりました。神様[83]がいつでも自分を観ている、他人にはもちろん自分にもウソをついてはいけない、他人にだけでなく自分にも後ろ暗くない人生を歩むこと、それが両親から教わった人生訓でした。

その後、まじめに成長して青年期を迎えたわたしは、**公明正大で立派な人間になりたい病**という、**重い病**に罹患していました。この「立派」というのが実にクセモノでした。ナースになることを選択したとき、どのような人でも受容し、どのような人も生かすことができる人間が、立派な人間だということに、自然決定してしまったからです。**どんな人間も無条件で認めて生かす究極の受容力**[84]……看護理論で自らの人間性や生き方をチェックする生活は、看護基礎教育のとき（成人した頃）からス

81）**自ら意図して（自律的に）他律的な生き方を選択していたという意味**で、このように表現しています。わたしは、言われたとおりに生きることが苦手でしたから、もともとは自律的な生き方のほうが性に合っていたのだと思います。

82）父は、まだ幼かった頃（3歳ごろときいてきます）に父親を病気で亡くし、母親と姉に支えられて生きてきました。貧しい生活のなかで生き延びること（安定して食べていくこと）に苦労しています。父は、亡くなる間際の父親から「偉くなりなさい」と言われたことをこころの糧に、努力の人生を送ってきた人です。経済的に恵まれないながらも、努力で大学に進学しました。卒後の進路を選択する際に、将来性（経済的な安定）を考えて、好きだった文学を諦めたと聞いています。その後は安定した職業を勝ち取り、組織に貢献することでキャリアを重ねました。ひとり親に育てられた苦労や、大学に進学した父を母親が応援してくれたこと（病気をしたときに代わりに授業を受けてノートをとってくれた等）を含め、家族関係のことはよく話してくれていました。いわゆる「家庭」というものが欲しかったのだそうです。父の努力と家族への献身は、わたしの働き方や人生観に大きな影響を及ぼしました。母は、終戦と同時に生まれ、樺太からの引揚船で北海道に渡り、年が近かったきょうだい（姉と兄）に支えられながら生きてきました。母の両親は学校の教員で、二人とも働いていたと聞いています。母は五人きょうだいの末っ子です。自分が望まれて生まれたわけではないのだと自覚していたのだそうで、自力で頑張って生きる、親兄弟に迷惑をかけないという姿勢で生きてきたようです。成績優秀、スポーツ万能、歌が上手で、容姿にも恵まれていましたが、女性であるというだけで高等教育を受けさせてもらえず、高卒で就職しています。その他、親子関係については、いろいろなことを聴いています。わたしの価値の器には、母をとおし、世代を超えて引き継いだ「女性の人生観」や「家族関係の課題」が埋め込まれていました。そこには、良い悪いを超えて、どうしようもなかった様々なこころの系譜があったのだと理解しています。

83）両親は特定の宗教を信仰していませんでした。実体のない出典不明の「神様」は家族のなかでなんとなく共有されていたように思います。わたしには、わたしの神様が子どもの頃から居たように思います。

84）看護学を専攻してからのわたしの価値の器には、「神の愛、無償の愛（アガペー）」という価値が入りました。看護理論の影響です。聖書を読んでいなくても、キリスト教からの影響は大きかったのではないかと思います。

タートしています。[85] 両親の愛（養育、庇護）から自由になったあとは、理論的知識で自らを縛り上げ、よい人間（支援者）になるための修行をはじめたのです。今思えば、自分を含む人間全般が嫌いだったからこそ続けられた修行でした。

＊

——美美さんって、やっぱ、**ちょっとした変人**だったんだよ。

「あのさ、りぃおは〝美美さんに虐待されてた〟って主張するけど、こっちも**りぃおのせいで加害者をやらされてたようなもの**だと思ったわ。だって自己崩壊するのは宿命だったわけで、人生の課題が、自他を愛する（ありのまま生かす）ことだったんだもの……」

——りぃおは最初から自由でいたかったんだよ。どうして制限されてたの？

「まだわかんないの？　最初から自由だったら、自由だったかどうかわからないでしょ！　究極の自由を手に入れるには、**究極の制限を経験する必要があった**ってことよ」

——あ、そういうことか！

「そう。自分だけじゃなくて、他人がありのままで居る自由をゆるして生きるということも入っているわけだから、死と生（陰と陽）の両方を生きてみないと……」

——じゃ、正解だったんだね？

「そう。まったく無駄はなかった……とりあえず、このダンジョンにたどり着いたのも正解」

――正解って言っても、ひどかったけどね、美美さんの病気は（笑）。

「他人に生のエネルギーを喰わせる病気だったからね（苦笑）」

＊

看護学を専攻してからのわたしは、**他人に与えられるものを持っていないと自分の価値が感じられない病気**のようなものでした。どのような人でも受け容れられて生かすことができるということを、どのような人にでも与えて満足させられることだと勘違いしていたからです。愛情、労働力、アイディア、知識といった他人が簡単に横取りできるような無形のもの（エネルギー）を、周囲の人に無償で与えてしまうこともしばしばでした。当然ながら、わたしが空っぽになれば人は去っていきました。望んだものを受け取れなくなったと知った瞬間に、ころりと態度を変えて去る人ばかりでした。それもそのはずです。人間は、生まれ落ちたときから、生き延びるために生のエネルギーを与えてもらいたくてしょうがない存在……与えるばかりのわたしのほうがおかしいわけです。与え続けているうちに、わたしは「何かがおかしい」と気づきました。けれど、手放せませんでした。わたしの「与

85）理論を自分自身の生き方や職務に応用してきたおかげで、結局、看護理論に倫理面での不備があること、それにより、現場のナースを苦しめてしまうことに気づいてしまいました。博士後期課程では、それを論証し、解決のための理論修正と実践上の提案をして、学位をいただきました。看護学分野から嫌われたのは言うまでもありません。論文は、看護学を愛し研究者として生きたわたしの墓標として、大学の図書館に眠っています。

えたがり」は**欲しがりの裏返し**だったからです。欲しかったのは、他者からよい人間として認められること（承認）でした。

　サナギ前のわたしは、**他人を輝かせられることが自分の価値**だと思いこんでいました。「他者の求めに応じて何かを与えられる自分で居ることが、自分の存在価値」という「価値の器」が、わたしの人生全体を括っていた[86]のです。これは、イモムシを卒業する前のわたしにとって、ひどく当然のことでした。何故なら、生まれたときから、**母を「優秀な母親」にすることがわたしの生きる道だった**からです。幼いわたしは、満たされて生きたかったから、一生懸命よい母親になろうとする母に照り返されて、針が振り切れるほど頑張ってしまう自分をつくった……つまり、母を喜ばせたかったのです。それゆえに、針が振り切れるほど頑張る生き方は、わたしにとっては**普通**のことでした。自らが生き延びるために母親を喜ばせたい……それが人間という生物の自然なのです。

　わたしは、半世紀余り**「価値の器」のなかの普通**を生きてきた結果、自己崩壊し、宇宙人化してしまいました。いまのわたし（宇宙人）は、まるで悪い夢から覚めたようで、サナギ前のわたしの生き方に対して、「それは違うよな」と思っています。けれど、サナギ前のわたし自身がそう思えなかったことは、何ら悪いことでも間違いでもありません。それしか知らなかったのですから、**良い悪いを超えてどうしようもなかった**わけです。

　「価値の器」の厄介さは、この「どうしようもなさ」にあります。**生まれたときからそれしか知らない**ので、とても気づきにくい、いや、気づけないのです。自分の世界に最初からなかったものは気づきようがありません。そして、価値というものは、常に対立する価値と対になっているので、**何かに価値を見出せば、それ以外の無価値が自動的に決まってしまう**という性質を持っています。無価値と判断したものは、意識に入ってこなくなるわけです。自らの人生そのものを括る「価値の器」にも、そんな性質があります。もちろん、「価値の器」は、自分で育むものですから、その後の人生の歩み方によっては様々な価値に開かれることが可能です。それでも最後まで影響が遺るのは、**「自分」を括っているもっとも根本的な価値の枠**です。それは、自分を受け取った養育者の「価値の器」から伝承される**自らの存在の前提**なのです。

＊

――おぉ！　このダンジョンの主《ボス》は、まさに自分！

「無意識を含んだ自己全体って感じだね……」

――自己に、価値の器とか生き方っていう光をあてると、どう見えてくるのかな……？

「自分が社会関係のなかで象られながら発達してきたことと、社会関係のなかで自分の人生を創造することが強く結びついているんだよ……きっと……」

86）これ一つではありません。人生全体を括る価値の器は、複数が結びついて一つになったような、複雑な構造をしているのです。価値の器の複雑性は、人間が多元的な存在であることを物語っているのだと思います。

*

人生において、価値は、出生時に社会から与えられます。人間は、生まれ落ちたとき、**物理的（肉体的）には養育者の身体で受け取られ、心理社会的には養育者（帰属社会）の「価値の器」で受け取られる**のです。出生前、わたしたちの母体や、母体と物理的・心理社会的に強いつながりを持つ人たちは、新たな生命を様々に思い描き、自らとの関係性を想定してある種の期待をしながら（価値づけながら）、長い間、誕生のときを待っていました。それは、新たな生命を受け取る価値の器の準備だと言っても過言ではありません。[87] 人間の社会における新たな生命誕生の瞬間は、養育者を中心とする帰属社会が準備した「価値の器」で、生まれてきた子どもを照り返しはじめること。同時に、新たな生命にとって、誕生の瞬間は、最大の死の恐怖であると同時に、社会が準備した「価値の器」で括られ、象られ始める瞬間でもあるのです。

「価値の器」は、**日々の関わりを通して養育者から子どもに伝承**されていきます。養育者は、他者を含む環境からの刺激を受け、同時に、自らが抱える欲求と自らの「価値の器」の双方の影響を受けて、**その養育者に特有の生のエネルギーの放出パターン**（生きざま）を成します。養育行動はその一部で、子どもは養育者の生のエネルギーのパターンに巻き込まれながら照り返されます。[88] そうした関わりの経過から、養育者自身の存在と、子どもの存在と、その間にある関わり（社会関係）の意味や価値が醸し出され、子どもは無条件にそれを引き受けます。これが、**子ども自身の「価値の器」の原型《プロトタイプ》**

になると考えられるのです。

養育者が帰属するコミュニティ（家族等）が共有している価値、規範（暗黙の了解[89]）は、日々の行為とその結果生まれる**経験の連なり**を介して、**非言語的に**（身体的な感覚を通して）子どもの内なる世界に**浸透**して（心身に記憶されて）いくのです。また、一般的に子どもは、養育者が選択した（あるいは、選択せざるを得なかった）環境のなかで、自然に関心が向く対象を意識の中心に入れ、その対象を見たり、手で触れたり、口に持っていったり、嗅いだり、聞いたりしながらコンタクトをとり、自らの内なる世界に入れようとします。それに対して養育者は、肯定したり、黙認したり、制止したりして照り返し、時に、その子を放置したりします。そのような相互作用が日々繰り返されるなかで、子どもは発達し、養育者は、子どもの発達に合わせて、言葉を使って意味を教えたり、子どもが選択したものごとや行為に対する善し悪しを教えたり[90]し、子どもの記憶と思考には**価値判断の**

87）だからこそ、人は、出自をとても気にします。出自を知りたいと思う人の気持ちは、とても根源的で強いものだと思います。

88）自ら働きかけても周囲からの反応が得られず放置され続ける状態は、養育者から照り返されない経験です。それは、自らの生のエネルギーの無力感や、自らの生命維持に関する不安をつのらせる体験と言えると思います。

89）ここには、道徳的規範のみならず、文化的に共有された精神性（パターン）も含みます。

90）言わずもがな、教えない場合もあります。教えずに放任していると、それがしてもよいこと、普通のことだと思うようになりがちです。また、教えることに一貫性が無い場合は、子どもは混乱してしまいます。

基盤が浸透していきます。これは、子どもの経験の背後に、**養育者の価値判断が張り巡らされている**ことを意味しています。子どもの内には、**生活体験のエピソード記憶に織り込まれたかたちで養育者の価値判断が転写される**のです。

同時に、子どもは養育されながら生きる経験によって、**生のエネルギーの摩擦**を経験しています。より安全で満足感を得ながら生き延びるために、子どもなりの内なる対処がなされます。そのようなときに、前に触れた「偏光フィルタのようなもの」がつくられると、それも「価値の器」に影響します。が、「偏光フィルタのようなもの」ができたとしても、それがとれるような経験をすれば、自然に生来《アプリオリな》の状態を取り戻します。傷ついても、感情のわだかまりや捻れが解消（浄化）されれば[91]、偏光フィルタのようなものは不要になるのです。そして、傷ではなく**こころの豊かさになって自らの経験世界を構成**します。社会関係で経験するさまざまな出来事は、養育者をはじめとする他者からどのように扱われたか、それを子どもなりにどのように感じ取り経験したかという、自分自身の存在価値を引き受ける経験です。これが、**自分の存在に対する根本的な価値づけ、愛着の基礎、自分を中心とした人間一般に対する価値の記憶**になって遺り、「価値の器」のもっとも見えにくい成分（自己の基盤）になるのだと思います。

5．人生という箱庭を創らせようとする価値の器から自由になるまで

子どもは、養育者との関わりから引き受けた価値の器の原型《プロトタイプ》を使い、そこに新たな経験を容れて、自分の価値の器を大きくして（育んで）いきます。そして、子どもに自分という意識が芽生え、発達が進んでいくと、子どもは養育者から差し出される価値の器を素直に受け容れなくなるものです。養育関係がどれだけ理想的であっても、養育者が子どもの保護や将来への期待によって差し出す価値の器と、子ども自身の生来《アプリオリな》のエネルギーの志向性（個性）や欲求がフィットせず、摩擦で関係性がギクシャクすることはよくあります。[92] 子どもが、養育者から差し出された価値の器を肯定的に捉えられず、制限や支配だと捉えてしまうことも少なくありません。それは、自然なことでもあります。子どもは、大きくなると、養育者から与えられる「価値の器」に対し窮屈さを感じるようになり、それま

91）幼少期から、養育者との間で、この過程が踏まれることで、子どもは自ら立ち直る力を身につけていきます。生のエネルギーの摩擦の乗り越え方を学ぶ過程で、こうした養育者との対話（非言語的関わりも含みます）と楽になる経験はとても大切です。

92）養育者の意図をもって子どもを生かそうとするエネルギーと、子ども自身のありのままに生きようとするエネルギーとの間で、力のバランスが崩れてしまうと、養育的な保護だったはずの関わりが、子どもにとって、制限（過保護を含む）や支配（虐待を含む）になることがあります。子どもの状態をくみ取りながらバランスをとっていく過程が子どもの成長発達に影響するのはもちろんですが、同時に、養育者自身の成熟的変化にも大きく関わっているのだろうと思います。

で、**安心をくれていた保護のための境界が制限だと感じるとき**を迎えるからです。興味・関心や行動力がまさると、その境界をやぶって自分の生のエネルギーのままに自らの社会を拡げていきます。

　少なくとも成人するまでの間、人間は、養育者や学校などの生活環境から差し出される「価値の器」に囚われざるを得ません。[93] 思春期以降になると、自己をみつめ、自らの世界を創り上げていくので、物理的には養育者から離れていきますが、養育者は内なる存在として**内面化**されます。**大人としての自己像を創りあげる上での抽象的な存在（価値）として照り返しの対象になっていく**のです。[94] 思春期、青年期と、物理的には自立度が高くなり、養育者と分離したかのように見えますが、**養育者の存在も養育者から受け取った「価値の器」の原型《プロトタイプ》も、「自己」に浸透した状態で保存される**のです。「親なんかとっくに卒業したよ」などと思っていても、人生の初期に自分をくれた人の影響は、そう簡単に消えてなくなりはしません。それは、自立後の「価値の器」も、原型《プロトタイプ》を基準に創られていくからなのです。

　成人期を迎える頃、「価値の器」の原型《プロトタイプ》は、現在進行形で進んでいる生活や将来的なあこがれの背後にすっかり埋没してしまいます。意識されるレベルに上がってこない[95]ため、一見、囚われから自由になったかのように感じるのです。そして、経済的に自立し、自分で自分の身体を維持できるようになることで**自律した生き方を選択する準備**が整います。これは、「価値の器」に入れる経験（人生）を自分の意志で選択し、自ら「価値の器」を育んでいくことができるようになったということで、社会的にもそれがゆるされます。同時に、養育者を含むコミュニティ（多くは家族）から、純粋に自

分のためだけに[96]「価値の器」が差し出されることも無くなります。そのため、**純粋に「価値の器」を**

93）従順なだけが囚われとは限りません。強く反発するのも、囚われの一つです。反発すればするほど、反発の対象が、こころのなかに強く遺り、その影響を免れなくなるからです。

94）肯定的に照り返すとは限りません。また、大人としての自己像を照り返す対象は、養育者だけではありません。が、養育者の影響は、とくに、物理的な愛着関係を基礎に結ばれる身近な人間関係（恋愛・結婚・子育てなど）の経験で表層にあがってきやすいと思います。どんなに親のようにならないと思っても、人生の基盤に浸透した記憶は、十分に清算しないかぎり、心身から離れないものだと思います。

95）「価値の器」の**原型**《プロトタイプ》が意識できるレベルにあがってくるのは、自分が親になったり、親のような立場で子どもに対面したりするとき、あるいは、親になるかどうかを選択するときだと思います。わたし自身の経験で言えば、親にならなかった人にも、「価値の器」の原型《プロトタイプ》が意識できるレベルにあがってくるチャンスは来ると思います。長い人生のなかで、他の親子関係に接したり、子どもをもうけた他者に対面したり、あるいは、教育の経験（次世代育成の経験）をしたりすれば、「価値の器」の原型《プロトタイプ》が意識できるレベルにあがってくると思われます。その際、個々の課題に応じて様々な心情（なかにはモヤモヤした曖昧な感情）を経験しますが、それがサインです。原型《プロトタイプ》だけが単独であがってくることは無いように思いますから、その都度、自らの内側に問うて、内なる声を聴き、対話をしていくとよいと思います。

96）誤解を恐れずに言えば、養育者がいつも純粋なわけではありません。例えば、「いい親に見られたい」「親として、あるいは人間として、高く評価されたい」といった親の承認欲求が強くあるために、子どもの存在に「親の存在価値」を負わせてしまう結果になることもあります。たとえそうであったとしても、親は子どもがいるからこそ親になるわけで、その人（親）なりに、子どもを大事だと思って価値の器を差し出すわけです。その価値の器は、第三者から見れば優劣があるかもしれませんが、死の恐怖に喘ぐ状態でこの世に生まれ落ちた子どもからみれば、**ただ自分のためにだけに差し出された価値の器**だったわけです。大人になると、純粋に自分のためだけに差し出される価値の器

差し出しあい、身近に照り返しあえる人（パートナーシップを結べる人）との出会いを求めて自ら動いていくことになります。これが、**成人期に訪れる一般的な意味での自由**です。

能動的に動いて社会関係を自由に結ぶということは、人間としてゆるされる行為の枠を自分で決めることができる（自分で自分に許可を出せる）ということ[97]でもあります。これは、自分自身に責任を持てる、言い換えれば、自分の責任を自分で取らねばならない、ということでもあります。責任と言うと、相手に対する道徳的あるいは社会的責任、社会における公的な責任を思い浮かべる方が大半だと思います。もちろんそれもありますが、わたしは、**生来の自分（生きるエネルギー）に対して真摯であるという意味での責任**[98]を大切にしています。

人生の一部を共有して照り返しあう対象や場を自らの意志で選択し、他者とともに、未来の自分を共同創造する自由を獲得することは、**人生の本来の目的である「生来の《アプリオリな》自分の実現」に向けて動き出すこと**でもあります。そして、この自由は、個人的なパートナーシップ（家族等の形成）だけに適用されるのではなく、より大きな所属コミュニティ（職場等）の選択や、ビジネスパートナー等の公的なパートナーシップにも適用されます。

*

「ところが、問題は、**物理的に自由になったときには、生来の《アプリオリな》自分を忘れてる**ってこと」

——結局、新しい社会関係のなかでも「価値の器」に囚われたままになるってことだね……。

「そうなの。自分の意志で人生の旅を始めたときには、ほとんどの人は、**象られた自分の「価値の器」のなかで未来を描いていて、それが自分らしいと信じてる**わけよ」

＊

よく若者が言う「なりたい自分」は、社会がくれた（象られた）自分が描く理想であることが多いものです。それゆえに、描かれた未来の自己像は、養育者を中心とする社会の期待を背負った自分だったりします。とくに、**養育者がくれた「なるべき自分」の威力は強力**です。それに縛られ、生きにくい自己を維持するだけの苦しい選択をしてしまうこともあるように思います。

わたし自身が両親から引き継いだ「なるべき自分」は、**良妻賢母の鏡のような女性**でした。もちろん、わたしはそのような道を選択しませんでした。つまり見た目は、前世代がくれた価値の器にしたがわなかった……。けれど、サナギを経て、わたしは、両親から引き受けた「人間」や「人生」に関

が無いことや、純粋に相手のためだけに価値の器を差し出すことが、稀有なことなのだということに直面します。

97）道徳哲学者Ｒ・Ｍ・ヘアも『自由と理性』という著作のなかで同様のことを述べています。Ｒ・Ｍ・ヘアについては傍注131を、主著については、傍注189をご参照ください。

98）自律して生来の《アプリオリな》自分を生きる姿勢が、自分を照り返し自分に存在と経験をくれる相手に対して、ありのままの相手を創る無条件の後押し（ゆるし）になります。わたしが大切にしている責任は、個々の自律的な生き方と自由を保障する責任と言えるのだと思います。

する根本的な価値の枠組みに囚われながら生きてきたことに気づいて愕然としました。まさに、もっとも**手ごわい相手は、歴史的な価値の継承の流れのなかにつながれた自分自身**だったのです。

とくに、**ジェンダーの呪縛**はかなり強烈で、わたしは、これをはずすことにとても苦労しました。女性として生まれたがために自由な生き方を諦めてきた母や、それ以外の人々から引き受けた**女性に対する評価の枠**に、無意識レベルで囚われていたことに気づけなかったからです。気づけなかったのは、自分が生まれたときから生物学的に女性だったから、そして、生活のすべてに（衣類、おもちゃ、遊びにまで）ジェンダーによる価値の枠組みが浸透していたからなのです。簡単にわたしの歴史を振り返ってみたいと思います。

わたしは、仲の良い両親の間に生まれ、両親から慈しまれ、何の疑いもなく両親が好きな女の子でした。母は専業主婦で、わたしにとっては、美しく何でもできる自慢の母でした。10代も半ばを迎える頃のわたしには、母を超える良妻賢母をめざす気持ち（針が振り切れるほど頑張る気持ち）が芽生えており、小さな子どもを育てることにも自然に関心を持つようになっていました。にもかかわらず、何故か、わたしは、両親と同じような生き方をしたいとは思っていませんでした。既に、10代のわたしの内には、**女として生まれた憂鬱の暗みが棲みついていた**のです。そして、高校を卒業する頃には、「結婚さえしなければ、女の生き方を強いられなくて済む」と思うようになり、青年期以降は、生きるために経済力をつけることが必須だと考えていました。

その後、経済力と「あの光」が追える仕事を手にしたわたしでしたが、考え抜いた人生設計と未来予想図に反して、26歳で結婚退職してしまいました。それは若干想定外で、天から審判が下ったようでした。実は、この審判が下る前、わたしは、生活支援の現場に何年いても「あの光」の正体を掴むことができないと気づき、思い悩んでいました。そして、悩んだ末に、**学問の道を選択しキャリアを積む人生を歩もうと決意**したのです。

男性パートナーの存在が自由な人生の邪魔になると勝手に思い込んでいたわたしは、半ば別れるつもりで、当時交際していた彼（現夫）に、はなしをきりだしました。すると、彼は「そういう人、いいな！　応援するよ！」と賛同し、あっという間に別れる理由がなくなってしまったのです。わたしは彼にききました。「随分長くつきあってるけど、どうするつもりなの？」すると、「それじゃ、試しに結婚してみようか」と、想定外の言葉が返ってきたわけです。そして、当時の二人は、永遠の愛も誓わず、未来のビジョンもなく、「嫌になったら別れよう」と約束して、試しに「結婚」をやってみたわけです。

実際にやってみると、いろいろ不都合なこともあるもので、結婚した直後、わたしは**黒い雲に覆われたような憂鬱**に襲われました。姓がかわり、経済力を喪失したというだけで、十分憂鬱でした。けれど、本当の理由はそんな単純なものじゃありませんでした。毎日家のなかに居ると、**嫌だった女の生き方（価値）が、まるでぬるぬるとした黒い蛇のように内側から湧き出てきてわたしを縛ろうとする**のです。抵抗して振り払えば、こんどは、親族から、よくある女の生き方を期待され、未来が真っ黒な陰に覆われるという具合です。わたしは、**わたしの将来を勝手に思い描く人たちの価値の枠組み**

によって自分自身が殺がれると感じ、親族と安心して会うことができませんでした。耳を疑うような言葉や驚くような態度にふれて傷ついたことなど一度や二度ではありませんでした。

それでも、わたしが自由な生き方を選択できたのは、夫がわたしの志を忘れず、いつも「好きなことをしたらいいよ」としか言わなかったからです。わたしは、両親からひきうけ、親戚縁者から求められた「家庭の在り方」「女性の生き方」に囚われ、何度も、人生を諦めて与えられた世界に自分を閉じ込めようとしました。そのたびに、夫はわたしに言いました。「自分は家政婦が欲しくて結婚したわけじゃない。好きにしたらいい」繰り返されるその言葉によって、わたしは、少しずつ**解放**されていきました。

結局わたしは、かつてめざしていた良妻賢母の道とたもとを分かち、**前世代的な女性の生き方からはずれた人生**を歩んできました。一見、自由を謳歌しているように見えますが、それでも完全変態するまで、わたしは**囚われの苦しみを手放せなかった**のです。帰属社会が期待したジェンダーの枠組みからはずれ、**女性である前にひとりの人間として生きようとしてきた自分自身に価値を認めてあげられませんでした**。

「夫を父親にしてあげられなかった」

「両親に孫の顔を見せてあげられなかった」

「わたしは自分の生き方を押し付けて家族を不幸にしてきたのではないか」

そんな声が、時折、胸の奥底からじわじわと滲み出てきました。

「自分たちが歩んできた人生が本当によかったのか……」

親にならないことも、何度も何度も話しあいながら決めてきたのに、「もしかしたら、夫にそのような選択を強いていたのではないか……」と思ったりするのです。わたしは、いつも、どこか肩身が狭く、**自分が間違った存在のような気がして**いました。そのため、わたしは自分が生きていることの価値がわからず、常に、死にたい、消えてなくなりたいと思う気持ちを片隅に抱えて生きてきたのです。

自己崩壊とサナギを経て、自分を築く上で前提となっていたジェンダーの影響をはずそうとしたとき、わたしは、これまでそれを**否定しようと反発してきた自分**に気づきました。そのため、良し悪しの判断を超えられるまで、自分の人生と他者の人生の違いについて認めるための内的対話を続けてきました。そして、やっと今、自分の人生に唯一無二の価値を認められるようになり、自然に枠がはずれました。

ジェンダーの枠がはずれたことで、夫の人生に責任を感じる必要はない、傍らに在り続けてくれた夫の人生は彼の固有のものだ、と認めることができるようになりました。人間としてわたしがすべきことは、わたしの成熟過程を照り返しながら**わたしの傍らで生き続けてくれた唯一の存在への感謝**だったのです。たとえ、わたしの影響でなされた選択であっても、彼が自ら選択したことなのだからそれに良いも悪いもないわけです。そして、もっと重要なことは、彼に照り返されて解放されてきた自分もまた彼を照り返し、**彼をよくある前世代的な男性像から解放してきたのだという気づき**でした。

このような気づきに達してはじめて、異なる二つの人生が接点を持ち続け、オリジナルの関係性で解放しあいながら歩んできたという現実に自信が持てるようになり、人生にこころから感謝できるようになりました。[99]

6. 思い込みの天球の崩壊

価値の器の生い立ちを素描し終えると、わたしたちを囲い込んでいた鏡は、光の屈折率を変えながら、ガラスのように透き通りはじめました。

*

「う、動き出した……」

——すごいね……

*

まるで、演劇の舞台が入れ替わるように変化していきました。そして、五つ数えるくらいの間に、古めかしい闘技場《コロシアム》の廃墟が現れました。怖いほどの静寂……。客席に居るのはわたしたちだけでした。

＊

「ま、ここは落ち着いて、とりあえず座るとするか……」

――そうだね……

「これ、昔たずねた闘牛場に似てるな……」

――闘牛って、命がけだよね。

「観たかったなぁ……大学に入職する前の春休みに、友達とスペインに行ったんだけど、時期が悪くてやってなかったの。闘牛場の入り口だけ拝んで帰ってきた（笑）」

――闘牛ばりの命がけの戦いって言えば、美美さんが生きてた世界だよ、まさに。

「そぉ？」

――帰国してから、たっぷり命がけの闘いを見せられたんだよ、職場と研究で（笑）。

「まさか!!」

――そうだって！　今回も、命がけの闘い観たいよ～って言ったら、見せてくれるかもよ～♪

99）以前は、小さな子どもや親子をみると複雑な思いでしたが、いまは、そんなこともなくなりました。そして、さまざまな人生の歩みに寛容になりました。とはいえ、「自分は嫌だな」と思うことや、苦手な（苦痛や嫌悪感を覚えるような）ことはあるのです。それは人間だから仕方ありません。自他を認めて、嫌な現象からは自分が居られる距離（心理社会的距離も含みます）まで遠ざかるのが一番だと思います。

「冗談でしょ！　りぃお、ふざけるのもいい加減に……あら？」

*

場内に観客のざわめきのようなものが満ちてきました。

*

「ちょっと何……？　え……？　え？」

――ほんとに見せてくれるの⁇　すごいや‼

*

闘技場《コロシアム》には、かつて勤務した職場の情景や、研究で関わりがあった事業所の情景が次々と浮かんできました。最初から結論が決まっている会議、二枚舌の匠たち、有形無形のパワハラ、ハメられ事件、虐待を免れるための逃亡劇、そして、仲間のありがたさに、信頼と疑いの間で生じる葛藤……。一つの動画が終わると、次の動画に入れ替わる……そんな感じで、かつて体験したり見聞きしたりした経験世界が、闘技場《コロシアム》いっぱいに現れました。

*

「なんで闘技場《コロシアム》なんだよ……って思ったけど、こうしてみると、まさに生のエネルギーの闘いに見えてくる……。象ったり象られたり……ぶつかったり、喰ったり喰われたり……」

――りぃおは、美美さんの職場をみて骨肉のサバイバルゲームやってるな〜って思ってたよ！

＊

すると、闘技場《コロシアム》に展開されていた職場の経験世界は、気象衛星でみる大気の流れのような、エネルギーの対流動画に変化していきました。

＊

「おぉ、すごい！　あれ見てよ!!　台風みたいな人っていたんだよね。巧みに他人を巻き込んで、勢力を拡大。ものすごい低気圧ぶりで、職場全体が荒れるの！　下手すると死人（社会的臨死状態）が出る……。困ったもんだ……。おぉ！　あっちは停滞前線……いやぁ……思い出したくないわぁ……」

――あのさぁ、どうしてそんな風になるんだと思う??

「職員の誰もが、みんな承認欲求を満たしたいんだよ。認められたい、評価されたい、つまり、**象られたい。社会的欲求が、報酬（食べていくこと）と直結してる**からね……」

――うわっ!!　いままで気づかなかったけど、それ、生のエネルギー的にみたら、新生児と養育者の関係とそっくりだね!!　生理的欲求と社会的欲求の二つでみたら、おんなじ!!

「おぉ!! りぃお、冴えてるな〜。まさに、安定して身体を維持する（欲求を満たす）ために社会関係にしがみつくっていう構造になってる」

――立場のある人、権力《パワー》を持っている人から象られることを求めるんだよね。あぁ、これも養育者と子どもの関係性と同じだ……呆れるくらい同じ……。

「一度そう思ったら、そうとしか見えなくなるね」

――ほんとに、もうそれにしか見えない。

「あのね、隠れた承認欲求やその裏側にくっついている愛にまつわる欲求をくすぐるのが上手な上司っているの……たとえば、自分の（あるいは組織の、自社の）利益になる人をひきたてるような発言をわざと周囲に聞かせる、逆に、利益にならない者に対してはあまり声をかけないし、価値のありそうな仕事を与えない……。そんなのが常態化すると、上司の期待を裏切るのが怖くて、部下たちの生命力が、必要以上に職務遂行に投じられてしまう。一時は生産性が上がるかもしれないけど、長期化すると、職員の心身がやられてくるのよ。お互いの動向や上司との関係性、他人や自分の評価なんかに意識が向きすぎて、葛藤が強くなるし、そんなメンタルの問題の解消にも生命力が費やされてしまうからね」

――さすが、もと職場風土とメンタルヘルスの研究してただけあって、いろいろ出てくるね。

「冷やかさないでよ」

――美美さん自身も巻き込まれて大変だったよね。家に帰っても遊びに行っても、ぐるぐる考えてしまったり、そのことに囚われて愚痴を言って、余計に重たい気分になったり……

「そう。気づかないうちに、人生の時間をそういうことに投じてしまう。でも、何故か、そのサイクルから降りられないの、嫌なのに。結局ね、集団全体でみたら、立場の強い者が周囲の生のエネルギーを枯渇するまで吸い取ってしまってるわけよ。そうなってしまうと、一種の暴力（虐待）。だけど、気づかれにくい」

――上司の「あなたに期待してるよ」っていうやつも怖いね。価値の器で括ります宣言！（笑）

「上司の期待・価値で、相手の未来を括ってしまう。精神の自由を奪うんだよ。さらに、期待に応える関係が、二者関係じゃなくて集団になるともっと怖い（笑）」

――自分がひきたてられたくて、他人の足をひっぱったり……それこそ骨肉の争いになることもあるよね。

「あるある！　暴力はいけない、って誰もが知識として知ってるから、エネルギー的な暴力というか、**眼に見えない暴力がはびこってしまう**の。そういう職場って……**共依存関係になりやすい**……生きたいように生きさせない、自由に発言させない……なんて空気があったりする」

――そうそう！　誰もそんなつもりじゃなかったのに、気づいたら**支配と服従の構図になっちゃってたっ**てやつだよね。加害者も被害者もなく、皆でそういうエネルギーの流れをつくってしまう……不思議だよね。

「承認欲求を満たすために、他者から象られることを選択することが普通になってしまってるからね……ちょっと歯止めがかからなくなるとあっというまにモラルハザード……だから、**問題が起こるたびにどんどん新しいルールができてがんじがらめになっていく**……重いし痛いよね……」

＊

わたしは、りぃおのおかげで、本当に格闘技を観戦して楽しんでいるかのように熱く楽しい気持ちになりました。過去に胸を痛めた様々な出来事が、他人が描く闘技ドラマに見えたのです。そして、気づくと、この地上を慈しむ心持ちになっていました。人間は、生まれ落ちてから獲得した生き方のなごりを感じさせる仕方で、世の中を渡り、命をつないでいるのだということが腑に落ちたのです。

「価値の器の原型《プロトタイプ》は、自ら気づいて外さないかぎり、生き続けて人生を指南する……」

どんなにぶつかっても、結局は、人間みな等価なのだと思ったらなんだかほほえましくなってきます。そして、エネルギーの循環が自分に合わない（傷める、エネルギーが枯渇する）コミュニティからは、可能な限り物理的に離脱する（距離を置く）のが正解だと思ったのです。辞職までできなかったとしても、その場から物理的に離れ、**生来《アプリオリな》の自分を探すと同時に、生来《アプリオリな》の自分で居られる社会関係を探していく**……そして、エネルギーの摩擦から自らの成長の糧になる気づきが得られたなら、それ以外のことはすべて水に流す、それでいいのだと思います。

けれど、こんなにシンプルなことが、案外とすんなりできないのも人間。イモムシのときは、生来《アプリオリな》の自分を忘れて経験を貪食する時間が長いのですから。かくいうわたしも、サナギ前は、実に頑固で、貪食の勢いが止まりませんでした。貪食の裏側には、やはり強烈な承認欲求があったのです。

＊

――美美さんって、りぃおの声を振り払ってがむしゃらに仕事する人だったよね。与えられた環境に過剰に適応するっていうかさ……。

「過剰適応なところはあったね。今度こそすべてを受け容れるぞ的な！　あれも、周りの要求に象られて、完璧にこなして、承認されたいっていう欲求だよね、今思えば（笑）」

――りぃおの声を斥けるときは実にハッキリしてたけど、声に気づいてくれたときは、いわゆる「声を聴いた」って感じじゃなかったよね。

「感性……意識の窓が捉えてやまない……って感じかな、いま思えば……。行きたくなくてもそっち行っちゃうみたいな。あと、疲れ知らずというか、頑張らなくてもやっちゃう的にパワーが出ちゃうというか……」

――そう！　保護観察所でやっていた家族支援の場に「あの光」をみつけたときは、すごかったよね。もちろんストレートに喜ぶって感じではなかったけど。

「いや、喜ぶ場面じゃないでしょ。それこそ、ド素人のわたしなんかがここに居ていいんでしょうか？　って感じだったよ、最初は」

――そんな躊躇してたかなぁ……めっちゃロックオンしてたよね。半端なかった。

「大袈裟なんだよ、りぃおは。そんな、がっついてないし……」

――表面的にはクールだけど、がっついてたんだってば！　当時の美美さんって人は、自分の専門[100]のお城のなかにいて、家族支援を研究したかったわけじゃないでしょ？　それなのに、あの家族支援に伴走するために、司法領域のことをものすごく勉強してたよね。「逃げ遅れた」とかなんとかブツブツ言いながらも、結局止められなかったじゃない？

「まぁね。もう過ぎたこと。フィールドに入るうえで当然の礼儀だよ」

――ポイントはそこじゃないんだな。それ、サナギ前の美美さんの「価値の器」がする合理化。あれ、研究者としての業績評価にも実績にもカウントされなかったよね。私生活が無いくらい働いていたのに、下から2番目の評定しかもらえなかったじゃない？

「嫌なこと思い出させるね」

――それでも、あの家族支援に伴走することを手放さなかった……それどころか、**評価してくれない職場のほうを手放しちゃった**わけだよね。

「あのさ、何が言いたいわけ？」

――**無条件の強い生のエネルギーがあった**ってことだよ。それ、無条件の（無償の）愛、生きるエネルギーがまっすぐ出てたの。偏光フィルタなし！　自分が傷ついても、[101]評価されなくても手放せなかったし、結局、最後の研究であの活動をみつめなおしたことで、長年追い求めていた答えを掴んだわけでしょ？　**生来性のエネルギーの制御がきかなくて「価値の器」のほうが変わらざるを得な**

かったってことだよ。

「うるさいなぁ!!　美美さんはずっと研究者でいたかったんだよ。あの闘技場《コロシアム》のなかにいた人たちのように、一生懸命生きてたの。あんなに頑張ったのに……不都合な知識を摑んだおかげで、誰にも認められずに学問の世界を出るしかなかった……それに追い打ちをかけるように、りぃおのせいで、

100）わたしの専門領域は、看護学のなかの地域精神看護学でした。地域看護学と精神看護学のハイブリッドといったところでしょうか。そのため、関東で仕事をしていたときは精神看護学の教育に従事し、郷里（北海道）に戻ってからは地域看護学の教育に従事しました。長年、研究の柱として大切にしていたのは、働く人の精神保健（産業精神保健）、個々の精神的健康（成熟的変化）と生産性を支えられる職場風土でした。その延長線上に、高リスク閉鎖的職場で働く人への関心（ここに司法領域の職員への関心が入ってきます）、また、専門職の信念形勢やその具現化への関心がありました。「あの光」が満ちる家族支援との出会いは、わたしの研究の枠組みを破壊するきっかけになり、学問領域の基礎に対する関心の入り口になりました。これが後に、科学基礎論（科学哲学）への入門につながり、その後の道が、人生をかけた問いの答えを手にする唯一の道になっていきました。研究職に就いてからの一連の道は、わたしにとって長い長い人生の冬でした。

101）上司や同僚のこころ無いメッセージに、随分傷つきました。いずれも、悪気は全くなく、かつてのわたしに対する「指導」、立場や専門性という枠組みを根拠とした「要求」だったのです。悪気がないからこそ、わたしは深く傷つきました。なぜなら、存在の前提を否定されたことに他ならないからです。差別・偏見とはそのようなものなのだということを身をもって学びました。わたしは自らの生き方と、人生の問いに対する探究の道程を護るため、そこを出て独りになるしかなかったのです。

イーダの椅子[102]みたいにバラバラになって死んでしまったんだよ……（泣）……死にたくなんか……なかったんだよ……（泣）……」

＊

闘技ドラマで明るくなった気持ちを掻き消すように、かつての承認欲求が戻ってきました。それは、懸命に生きてきた自分を見送るときの、引き裂かれるような哀しみでもありました。いくら社会的臨死状態に陥っていたからといって生存権が無いわけじゃない……生きたかったからこそ死んでしまった積年の哀しみがあふれ出てきたのです。

＊

——ねぇ、美美さん……りぃお、一つだけ美美さんに言い忘れていたことがある……。

「……」

——大好きだった、サナギ前の美美さんのことも……嫌い嫌いって言ってたけど、ずっとりぃおのこと護ってくれてたのは知ってたから……

「……!?　……」

——誰かに認めてもらわなくたっていいんだよ。りぃおが、認める。美美さんは世界一だ！

「……ウソつき！　……」

――**信じてよ。**これからの人生、絶対、楽しくなるって!!　だって、このダンジョンの冒険、二人で楽しくやれたじゃない♪

「……そっか……そうだね……」

――美美さん、生きてくれてありがとう。たくさん知識を抱えてくれて、たくさん言葉にしてくれてありがとう。その忍耐力、きまじめさ、戦士のような正義感、その裏に隠れた悲観的ないじけ虫に至るまで、りぃおは大好きだ。感謝してる。

「……ありがとう……そうだね、お互い自分なんだから、良いも悪いもないや。りぃおが素直で明るくて面白いのには随分助けられてる……。気づかせてくれてありがとう」

＊

102）松谷みよ子さんの『ふたりのイーダ』に登場する不思議な椅子のことです。椅子を照り返してくれていたイーダという少女が突然いなくなり、以来、椅子は、「イナイ、イナイ、ドコニモ……イナイ……」とつぶやきながら、コトコト歩き、ずっとイーダを探して生きていました。ある日、椅子は、イーダとそっくりな少女ゆう子と出会い、ゆう子に照り返されることで、椅子としての生命を取り戻します。しかし、ゆう子が、イーダではなく別人だということを知り、ショックでバラバラに壊れてしまい、以後、話さなくなってしまいます。わたしは、子どもの頃に与えられてこの本を読みました。自らコントロール不能な事態による日常の崩壊、時間の停止、息を吹き返すときに時間が再び動くという感覚を無条件で精神世界に招き入れることになった作品です。こころに遺っている児童文学のひとつです。

そのとき、頭上から一条の強い光が差し込んできました。

＊

「うわっ……今度は何？」

――美美さん、伏せて！　天井が崩れる!!

「いや……ちょっと、りぃお、みて！　普通の崩れ方じゃないよ、これ……」

＊

サナギダンジョンは、人と社会の物語がうごめくスクリーンのようになり、やがて、物語を構成する人物たちが、街や森のざわめきのような馴染み深い音の流れとともに、陰陽の光を放ちながら天に昇っていったのです。まるで、天に向かって重力がかかっているような、天地がひっくりかえっているような感じに見えました。

＊

「蒸発した……」

＊

ダンジョンはあとかたもなく消え、晴れやかな草原が現れました。それは、ぐるり３６０度、草原の彼方が天地を分ける青と緑の世界でした。

＊

「一番外側にあった価値の器がはずれたんだ……」

——そっか……気持ちいい……これで制限なく自由に飛べる♪

「こ、これ、りぃおがいなかったらどうしていいかわからない……何もガイドが無いなんて……」

——価値の器って、もう無縁なのかな？

「たぶん、**先に用意されることがなくなった**んだよ。自分が自分である結果として、リアルタイムで**ただ創り続けてるだけの状態**になったんだと思う。人間は、常に未来を向いて、過去の最先端を生きているからね[103]」

——美美さんが、純粋意識（りぃお）のあるがままに委ねて生きることで、自然に自分の存在と価値が醸し出されていく状態になったってこと？

「そうだと思う。**社会から与えられた価値判断の枠で自分を象るのではなく、自律的に生来性の自分**

103）未来のスタートラインと表現する人もいるようです。そっちの方がカッコいいし、なんだか素敵だと思いますが、それでも、わたし自身は、過去の最先端という感覚が自分に合っているなと思います。

を具現化する過程から、我らしさが醸し出されるだけ」

――自律的に生み出す価値の可能性が無限大[104]になった……価値の器が柔軟に大きくなっていく状態になったってことだよね？

「そうだね。価値の器が自分の人生の制限になることがまったくないし、自分では器なんて見えないよね。ノイズのようなものも偏光フィルタのようなものもない[105]状態」

――だから視界がこんなにクリアなのか～♪

*

「価値の器」は、自らの世界の内側からみれば**認知的世界の天球**、ちょっとシニカルに**思い込みの天球**と言ってよいと思います。わたしたちは、社会関係のなかで象られてきた自分の経験と思考による「価値の器」のなかで生きていて、新たに遭遇する対象は「価値の器」を通してみつめ、それが配置される場所が自らの人生の外側か内側かを判別しています。そうして、わたしたちは、新たな対象を、自らの連続性が維持されるように位置づけていきます。自らの連続性は、生まれ落ちてからそれまでのその人自身の歴史的な流れ、物語です。そこには象られた自分と、それをくれた他者が棲んでいます。

「自分はこのような経験をし、このように生きてきた、そんな自分を認めて欲しい」

わたしたちは、生まれ落ちてからこの地上を去るまで、自分を現す肉体の維持を社会的欲求から切り離すことができません。とりわけ**承認欲求**は、生き延びてきた大人だからこそ強いものがあるように思います。人生（愛×時間）というコストをかけたものは有形であろうと無形であろうと手放しがたい……しがみついてしまう、**執着してしまう**ものなのです。より安全に生き延びたい……肉体がある限り、人間は、個体保存のための欲求に囚われ、生き延びるための取捨選択を支えてきた価値判断のパターンを維持しようとします。**人間は変わることを嫌がる動物**なのです。

人間は、与えられた社会に適応し、従順かつまじめに生き続けるほど、潜在的に変化することを忌避する（あるいは恐れる）ようになるのかもしれません。象られた世界観に沿う物語を経験に裏付けられた思考で描きだし、それを「価値の器」の内側に映し出して、その物語を生きようとするからです。象られた自分が観ている現象や未来像が、個人史のなかで獲得し続けてきた無数の価値判断の網目の上に映し出されていて、それを自らの人生だと思い込んでしまう……そう捉えると、「価値の器」の内側は、まるで、他人に拠って背景《コンテクスト》が与えられた「Ｍｙ人生」という映画のスクリーンのよ

104）純粋意識が生きようとする人生の軌道において無限大になったということです。軌道をはずれて他者の人生を支配することはありません。

105）こころの傷と言われるような、生のエネルギーの摩擦によるノイズのようなものは、偏光フィルタのような保護膜を解除していくときに消去されていきます。逆に言えば、ノイズになってくっついている感情の問題など生のエネルギーの乱れを浄化していくことで「付録２－０、１」、偏光フィルタのような保護膜が少しずつ剝がれ落ちていくのです。

うに思えてくるのです。

自らの内に残っている偏光フィルタのようなものをはずし、**価値の器（自分の殻）を柔軟に変化させていくと**、映画「My人生」を描いている思考と行為パターンの軌道（**人生を紡ぐ精神と社会関係のパターン**）から脱していくことができます。ただし、純粋意識が進みたがる方向性（純粋意識の志向性）を自覚することができてさえいれば……。生来《アプリオリな》の自分が現れない状態で価値の器がはずれてしまったら、人は混乱と不穏で生きていくことができなくなってしまいます。

自然な流れで（いつのまにか）**社会的臨死状態**に陥ると、「価値の器」の内側に映し出される**人生の物語に生来《アプリオリな》の自分が現れない**（あるいは、現すことができない）状態になってしまいます。その一番怖いところは、**持って生まれた人生のコンパスをすっかり失っていること**です。それは、かなり完全な他律状態で、人生の主導権を、他人に明け渡してしまっているということに他なりません。この状態から自律に転換して、社会的臨死状態から離脱するには、二つの要素が必要です。一つは、**価値の器の崩壊**、もう一つは、**人生をナビゲートするコンパス**、つまり純粋意識の声です。崩壊が先では、コンパスの準備ができていないため混乱して病んでしまう、かといって、価値の器にがんじがらめになっているようでは、いつまでたってもコンパスを再獲得できない……では、どうしたらいいのか……。ヒントは**「時間」**にありました。

第5章　生きる

1．人生のシナリオが変わるとき

われのおこりは
宇宙のかけら

はじめのうけとり
やわらかぬくみ

生まれのうけとり
みえない器

そだちの窮屈

みえない器
器をいでて
するりと宙へ
ららの飛翔
るるるのかなで

新緑が夏色に変わりゆく街並みのなかを、わたしは、知らない土地に向かって歩いていました。ただ行きたいから行く……それだけが理由の一泊二日の旅でした。わたしを捉えてやまなかったのは、日本の神話に登場する大きな竜[付録1-1]。それまで、聞いたことはあっても気になったことは一度もありませんでした。神話にもさほど関心が無く、知識は無いに等しい状態でした。ぼんやりと過ごす休日の朝、背後に流れる音声の断片を純粋意識が捕《とら》まえたのです。大きな竜は、わたしの意識の中心に言葉として入ってきました。自らと対象が共鳴しあう……そんなエネルギーの増幅が契機となり、自らと対象をつなぐ行為が現れる……。まるで、子どもの遊びのような心身のおはなしは、数週間後に、わたしを晴天の日本海上空へ運んでくれたのでした。

「きれい……」

心地よいトランスを誘うまばゆい雲海……。アクアマリンの夜明けを描くはるか水平線の向こうに、宇宙から眺めた地球のような瑠璃色の彼方……。制限のないわたしの感性が捉える世界は、無重力の宇宙のようでした。それは、自らの内にありながら自らの外側にあるような、現実と空想の境界を自在に行き来できる異次元の世界でした。

「まるでミステリーツアー……こういうのをワクワクするって言うのかもな……」

わたしは、地上に降り立った後も、言葉と共振する直感と地図をたよりに動きました。そして、時刻表を気にしながらも、眠りたいときに眠り、ピンときたものを味わい、歩きたい場所を歩くだけの時間を過ごしました。かつて気ままな自分に手を焼いたことなど、別人の苦労ばなしのように遠くなり、自分に対する違和感や葛藤はありませんでした。そして、このときの在り方が、新しい生き方を受け容れたわたしの原点になりました。人生を手放そうとしたあの日から、2年が経過していました。

純粋意識（りぃお）と、過去の記憶からの連続性で生きる身体（美美さん）は、いま、世界一仲良しな二人組「チームみみさん」状態で生きています。サナギ前のように、一つの身体を奪いあうような葛藤は無くなり、りぃおが生きたいように生きるにはどうしたらいいか、経験を重ねてきたわたし自身が考え具現化を後押ししています。サナギ前の美美さんは、記憶のなかにおさまっています。そして、時折、**感情や反射的な思考パターンといった身体反応**で出てきます。それがネガティブな反応となっていまのわたしの足を引っ張るときは、大概、身体を得たことによって生じた四つの欲求（生理的欲求、安全の欲求、所属と愛の欲求、承認欲求）の充足が必要です。ときには、なかなか解決しないこともあるので、りぃおの直感（無条件で意識に入ってくるイメージ、ピンとくる情報の断片など）を、人間の知性のレベル（直観）に変換《おろ》して付録2－4、6）、解決するまで、象られた記憶のなかの美美さんと内的対話をしています。

こんなふうに、いまのわたしは、りぃお（純粋意識）がありのまま生きることをゆるし、両者が互いにまっすぐに照り返しあう状態[106]で存在しています。このように生きられるようになると、**生きる過程から、生来《アプリオリな》の自分が観察可能な状態となって姿を現してきます**。これは、**絶対値の自分（一自分一）が創発[107]される現象**です。創発は、時間の経過によって自然に起こるもの（自分が生きた過去の軌跡から立ち上がってくるもの）なので、未来に向かって生きている自分には一自分一がどのようなものなのかがわかりません。なりたい自分を思い描き、投資や努力でそれを獲得していく自己実現の方法とは、**真逆**と言ってよいと思います。そんな世間とは真逆な世界の内側にあるわたしの日々の暮らしは、ほんの小さな冒険物語の連続です。わたしは、**とりあえずの勇気や覚悟**を積み重ねて、いまこ

106）自分で自分をまっすぐに照り返し、ありのままの自分を自ら認めている状態を意味しています。

107）創発は、システム論で使われる用語で、システムが機能することによって、その構成要素や構成要素が持つ個々の性質の総和を超えた、全体的な性質が現れてくることを言います。人間も一つのシステムと捉えられますし、何某かの目的を持つ集団も一つのシステムと捉えられます。（参考書：M・ポランニー著、高橋勇夫訳『暗黙知の次元』筑摩書房、２００３）

を生きているだけなのです。

＊

「もう、完全に、誰かの要求に自分を捧げる生き方はできなくなったな……。自分じゃないものを要求される生き方は、もう無理」

——ほぼ完全な脱力人間♪　極楽極楽～♪

「あのね、りぃおは楽かもしれないけど、りぃおの生き方を素直にカタチにするのは案外大変なんだよ」

——わかってるよ。美美さんがまじめに人間やっておいてくれたから今がある、感謝感謝～♪

＊

サナギダンジョンが消滅し、どこを見渡しても、ただ広い草原と青い空だけの世界……。そこは、**りぃおと生きるわたしだけの地球《ほし》**でした。物質的な世界とは違い、食べていく必要というものがありません。完全に現実離れした世界[付録1-1、2]です。そのような世界で、生来性の生のエネルギー（純粋意識）が、どのようなタネを蒔き、どのような世界を育んでいくのか……。他の誰かが歩んだ踏み分け道すらない、まっさらな精神世界で、自らの世界を創る**人生の事業**が始まったのです。

＊

「これ、昔の自分だったら、現実離れした世界だの精神世界だの、アホくさい!!　って思ったよ。少なくとも社会人としては超リアリストだったから（笑）」

――そうだね。完全にばっさり斬られた。いい子だからとっととお帰り、みたいな（笑）。

「だけど、冷静に考えると、これが単なるアホじゃないことがわかってくるんだよ」

――わかってくれる人いたらいいね～♪

「まず、乳幼児が世界をどんどん取り込んでいったときのこころのなかを思い描くといい。自分の記憶になくたって、子どもを見たことがある人ならある程度は実感できると思う」

――そうだね、それで？

「子どもって、五感に入ってくるものに興味持ったらずーっと集中して世界とコンタクトをとるし、もう少し大きくなったら大人の真似はするし、周囲にあるものとコトバを結びつけて、自分との関係性で世界を貪食するよね」

――ヒトの精神の1令幼虫だね！　かわいいな～♪

「あの過程で、象られる人生を創り上げたものは価値の器だった……養育者から引き受けた価値の器の原型《プロトタイプ》は、人生を容れる器の一番外側にあるでしょ？　それを、解除してもなお生きるってことは……」

――人生が始まったときに経験した世界を取り込む過程を、知識も経験もある大人の状態で、もう一回始めるってこと？

「そのとおり！　乳幼児は、まだ、内なる世界に現実という概念を持っていないわけだから、精神の個人史がスタートしたときは、現実離れしてるんだと思う、たぶん。暴力的に外界から刺激が入ってきて、脳も発達するから、嫌でも現実を知っていくし、現実に囚われていけば夢もなくなるわけだよね」

――さすが、もと学者だけあって合理的な説明がうまいね（笑）。りぃおは、ただ、邪魔されなくなった～♪　って思ってるだけだもん♪

「その邪魔って価値の器がしてたわけじゃない？　それってどこから来たのか……価値の器の生い立ちで見てきたように、生まれ落ちたときから始まってるんだよ」

――そうだね。

「それをリセットしたんだから、今度は、自らが持って生まれたエネルギーで人生のシナリオづくりから始めていくってことなんだと思う。既存の価値で描かれるストーリーから入っていく人生（象られる人生）の構築ではなくって」

＊

理屈はそうかもしれないけれど、現実には無理……？　それこそ、昔のわたしなら一蹴しただろうと思いますが、そんなことはありません。子どもが自ら人生を創りはじめるのに20年かかったところを、大人なら数年で可能と思われます。[108] 既に、知識、経験、頭脳を含む自らの肉体に加え、様々な資源を持っているはずですから、それらを獲得する以前の子どもよりもずっと有利です。

それなのに難しいと思うのは、自らが社会関係に埋め込まれてしまっていて、価値への囚われがあるからなのです。**囚われてしまう生き方を徐々に手放す**ことができれば、生来《アプリオリな》の自らが少しずつ解放され、純粋意識が無条件で進みたがる方向（志向性）を捉えていく頻度が高くなっていきます。つまり、**コンパスの精度を高めていく機会を持ちやすくなる**（付録1-1）のです。一見現実離れした精神の世界で描かれていく生のエネルギーの法則性が、現実になって現れてくるまでには少なからず**時間**がかかります。この時間を有効活用して、**価値の器を解除しながらコンパスの精度を上げていく**（付録2-4）ことが、人生のシナリオを変えていくポイントなのです。

*

「なんだか、自分が創造主になって世界を創るゲームみたいだよね（笑）」

——自分の人生の創造主はいつも自分なのに、皆、それを忘れてるだけ。思い出した人だけが持てる世界ってあると思う。ゲーム風に言うなら、ボーナスステージ！

108）ただし保証はできません。未来は常に不確実なのです。

「それにしても、驚いたよ。あの天地二分されただけの世界に、何が入ってくるのかと思ったら、竜だったからさぁ……（苦笑）」

――美美さん的には意外だったんだ！

「一応、人間として生きてるからね。竜？　なんだそれ??（笑）」

――結局、竜って、人間的に言うと何だと思った？

「他人が何て言ってるのか調べてみたけどね、ピンとこなかった。神話も、擬人化した表現が、わたしには本当だとは思えないというかさ……」

――出た！　疑い深いのは顕在だね～♪

「そもそも神様の名前や関係性が覚えられない！[109]（笑）」

――論文頭も健在だ（笑）。

「身体的に別人になったわけじゃないから、それは仕方ないよ（笑）。だけど、資料を読んで理解する以外の理解ができるようになっちゃったの……不思議なことに」

――それ、りぃおの直感と直でつながってるヤツだね。

「そうそう！　意識に入ってくる場所[110]を素直で開かれた《オープンな》こころ[111]でたずねて、その時々、意識に入ってきた情報を受け取り続けた結果、竜は自然のエネルギー、水のエネルギー、つまり、**この地上の生命エネルギー**なんだってわかったわけ。[付録2-6]広い意味では、りぃおと同じだよ」

――なるほど～。だから、なんとなくパワーアップしてる感じがするのか～♪

「ご縁のある生命エネルギーと照り返しあっているうちに、どんどん生来性のエネルギーの純度が高まるんだと思う。いまどき、パワースポットが大流行してるけど、流行ってるから行くってのは違うと思う。自分に合うパワースポットってあるのよ、たぶん」

——それって、りぃおがピンときたところってことね？

「うん。直感が働いて、無条件で意識に入ってくるところは、可能な限りすぐ行ったほうがいいと思うな」

＊

行きたいところに行く、会いたい人に会う、やってみたいことをやってみる……本来、そんなこと

109）そんな頭でも楽しめるのは、五月女ケイ子著『五月女ケイ子のレッツ!!古事記』（講談社、２００８）です。これは、漫画です。自己崩壊を迎える数年前、出雲大社を訪れる際に読みました。わたしの神話の知識は、ほぼこれだけと言っても過言ではありません。宇宙人化してから、日本の神様カードというオラクルカードを購入して解説を読みましたが、読んでも覚えられないのです。直感でおりてくるイメージを言語化することはできても、解説を読んで覚えてそれを使うことは大の苦手です。神話に造詣の深い人がうらやましい限りです。
110）この竜のエピソードに関連して、繰り返しわたしの意識に入ってきた場所は、手つかずの自然が豊富な場所、とくに河川・湖沼など、水脈があるところでした。
111）象ろうとせずにそのまま受け取ろうとしている姿勢を意味しています。

に**いちいち理由はいらない**のです。そこに理由（説明）がくっつくのは、身体を獲得したときに生じた欲求が隠れている[112]証拠だと思われます。また、純粋意識が実現したいことを捉えているというのに、「無理」「すべきじゃない」など阻止する声が内側ですることがあります。それは、象られた自分の声、つまり、価値による囚われが邪魔をしている[113]証拠なのです。それも、身体を獲得したときに生じた社会的欲求に関連したものだとわたしは捉えています。

シンプルに自らに関心を寄せること……**生来《アプリオリな》の自分は、何を形にしたがっているのか、本当は何に惹かれるのか**……そして、わかったことは、ごく小さなことでも実行し、そのときそのときを自らに誠実に生きたらいいだけなのです。わたしは、これを**自らに対する養育**と捉えています。子どもが持つ能力を推し量りながら、新たな経験を後押しするように生来《アプリオリな》の自分と関わり、途切れることなくそれが続いているからです。

わたしは、いま、純粋意識が自らを具現化できるようにお金や時間を使い、浮世の駆け引きや損得勘定から距離を置いて生きています。もちろん、こうした生き方は―わたし―のものであって（わたしの純粋意識がそういう志向性を持っているからであって）、他の人には他の人の絶対値があるのです。とはいえ、少なからず、**「浮世の事情はどうあれ、自分はどうしたいのか？」という問いに真摯に答えていく作業は、多くの人に共通して必要なこと**のように思われます。何故なら、それをすることで、―自分―を具現化する軸（エネルギーのパターン）を明確にできるからです。

わたしのように、いったん大人として生きてしまった人間にとって、ただただ生来の自らの声を聴き、**未来予想図を持たずにいまここだけを生き続ける**のは、結構な心的冒険だと思います。**―自分―を創発させる生き方**は、人間という動物にとって**怖い（不安な）生き方**だからなのです。そのため、―自分―として生きてみたいのなら、どうしたって、勇気や覚悟は必要です。それは、**自らへの無償の愛**を誓う勇気と覚悟です。一見重たく聞こえますが、**重たく感じるのは未来を予想するから**です。

未来予想図を持っていないのですから、自らへの深い愛は「今だけ誓えばいい」、つまり、**将来まで誓わなくていい**わけです。将来のことはわからないけど、いま誓う……それで十分。児童文学の『モモ』に登場する、道路掃除夫ベッポ方式とでも言いましょうか。彼は、とても長い道路の掃除を

112）例えば、誰かに見られたら誤解されるからやめておこう、あるいは、〇〇を専門にしている者ならここに行っておかないと……などの考えには、いずれも承認欲求などの社会的欲求が隠れているように思います。生理的欲求と裏で関連していることもありますから、スッキリは分けられないと思いますが……。

113）例えば、わたしのような身分ではそういうところには行けないなどといった思考がこれにあたると思います。また、自分自身に囚われがなかったとしても、実行したときに関わる他者のほうに囚われがあって実現が難しいこともあると思います。例えば、会って話したいと思う相手や相手が所属する社会の方に何等かの囚われ（価値の器）があり、相手方から象られて、純粋意識の要求が通らないことはあります。こういう場合、人間としてはネガティブな感情を抱いたりするものですが、純粋意識には囚われがないので、かなわなければあっさり別な方向に行くものです。諦められない、悔しくて落ち込むなどの感情がのこってしまう場合は、自分自身が相手の価値の器に囚われていることになります（こういうときは、大概、自分の内に相手の価値の器に同調する課題があるものです）。象られることを望んでいないのですから、感情を浄化し、あっさり手放すのが正解です。

受け持ったとき、全体をみると恐ろしく長くてとてもやりきれないと心配になってしまう心情をモモに打ち明けてから、こう語っています。

いちどに道路ぜんぶのことを考えてはいかん、わかるかな？　つぎの一歩のことだけ、次のひと呼吸のことだけ、つぎのひとはきのことだけを考えるんだ。いつもただつぎのことだけをな。……（中略）……。ひょっと気がついたときには、一歩一歩すすんできた道路がぜんぶ終わっとる。どうやってやりとげたかは、自分でもわからん。[114]

ベッポの言葉は、人生になぞらえても説得力があるなと、わたしは思います。勇気だの覚悟だのは、日々**「とりあえず」で十分**なのです。それに、「とりあえず」の勇気や「とりあえず」の覚悟は、その都度手放すようなものなので、新たな囚われを生みにくく気楽です。安心して**時間**に委ね、日々「とりあえず」の勇気と覚悟を続けていれば、いつのまにかそれはホンモノで揺るがないものになる[115]というわけなのです。

一瞬一瞬の小さな積み重ねが**人生という時間**をくれ、その過程から人生という物語の**主人公である一自分一が生成される**という現象をよく観察してみると、これは象られる人生を歩んでいたときと同じしくみだとわかります。けれど、象られていたときと大きく違うのは、未来予想図が無いかわりに、**未来の設計図がイメージとして育まれてくる**ということなのです。あの完全に現実離れした世界に、純粋意識が捉えた要素とそれによる経験が入ってくるうち、自らの生きるエネルギーが何を具現化したいのかが、しだいに見えてくるわけです。まったく幻想的だった世界が、少しずつ、現実の世界とリンクしてくる……もう少しわかりやすく言えば、**生のエネルギーが描くパターンが現実とシンクロしてくる**ということなのです。内なる世界で描かれるエネルギーのパターンどおりに、現実の行動や言動が出力されるようになってくると、**真にブレなくなってくる**のです。

２．足し算と引き算

――ねぇ、真にブレなくなるってどんな感じ？

「う〜ん……（悩）あのね……ぐるぐるぐるぐるぐる……って感じなんだよ」

――なんだそれ〜!?（笑）

「ロマネスコって野菜知ってる？」

114）ミヒャエル・エンデ著、大島かおり訳『モモ』pp.48-49（岩波書店、１９７６）

115）お気づきだと思いますが、とりあえずテキトウにやりすごし続けるといいかげんな自分になり、とりあえずのウソをついてやりすごしているうちに不誠実な自分になり……と、時間の効果は何にでも適用されます。**とりあえず何をするかの内容によっては時間の効果で社会的臨死状態にもなり得る**のです。

――どこをちぎっても三角錐みたいなカタチのブロッコリーみたいな野菜だよね。それがどうしたの？

「ごく小さい部分から全体まで、どこをとっても同じ法則性でカタチができてるでしょ？[116] あんな感じで、人生のどの部分を取り出して持ってきても、見えている姿と同じ法則で構成されているから、意外な部分が無いっていうか……」

――……ん？

「あのね、ロマネスコはどこをとっても明らかにロマネスコでしょ？ それと同じように、我らが創り続けるこれからの美美さんは、どこをとっても明らかに美美さんで、意外だってことが無い、つまり、**人生全体が同じ法則性を持ったエネルギーで構築されてる**ってことよ」

――サナギ前の美美さんも矛盾のない生き方してたけど、あれとどう違うの⁇

「あれは生来性のエネルギーが持っている法則性じゃないから。表面的にはロジカルに終始一貫していたとしても、生き方にブレがあったでしょ？ りぃおの声をちゃんと聴いてなかったから、コンパスが生来持っている志向性と合ってなかったもんね」

――目に見えない精神も、目に見える行為も、全部一貫しているってことだね～♪ りぃおが滲み出てるってことだ♪

「滲み出てる！（笑）まぁ、以前の状態と比べるなら、中表《ナカオモテ》になったって感じかなぁ」

＊

サナギ前のわたしは、他律的に「よい人間」を目指そうとするあまり、表面的には一貫した矛盾のない生き方をしていたように思います。何しろ、看護理論を自らに適用していたのですから。ロジックの籠城にたてこもっていたので、盆栽のように成型した作品のようなもので、どこか不自然でした。そんな「あの頃」をあらためて振り返ってみると、いまさらながら、象られた自分のまま大人しく流されていただけではなかったのだと気づかされます。ルーティーンを脱するような変化を招き入れたくて、ちょっとした新しいこと[117]を始めるなど、プチ抵抗をしていたのです。

そこはかとなくただよう不自然さは、プチ抵抗から醸し出される不協和音だったのでしょうか……。ささやかな抵抗は、かえって生活を圧迫し、生のエネルギー（愛）が消耗してしまうこともしばしばでした[118]。したいことをしているのに、それが自分の首を絞めるのです。しだいに、「何をやっても続かない」「無駄な抵抗はやめて流されるほうが楽」などという**自己否定的な結論**に至り、新たに始め

116）フラクタルという構造です。

117）ほとんどが実に些細なことです。わたしの人生で繰り返されてきた典型的な挫折は、日記をつける、運動をする、絵を描く、ラジオ講座を聴く、習い事をするなど、自分のための時間をとり、それを楽しむことでした。

118）生来の《アプリオリな》自分（純粋意識）を愛せていないことを意味しています。

たことはフェードアウトしてしまうわけです。そんなことの繰り返しは、**じわじわと生き場が失くなる責め苦**のようなもので、しっかりと**絶望の肥やし**になりました。

あの頃のわたしは、人生の変化を、列車を乗り換える切符を手にした先に訪れるものだと思っていたのです。単純に言えば、**足し算の発想で人生の変化を望んでいた**わけです。頑張って、頑張って、必要な要件をそろえ、乗り換え列車の切符を獲得した先に、ようやく、次の経験のための舞台《ステージ》（前提）が手に入るのだと思い込んでいたのです。

けれど、思いがけず、足し算の人生をやめる転機が訪れました。自己崩壊を迎える10年ほど前、ちょうど、定職を離れる少し前から、わたしは、しばしば**「自分の人生から、身につけたものを引いていったら、最後に何が残るのだろう……?」**と思うようになりました。それは、大概、街が寝静まった頃、仕事に疲れ、放心状態で歩いているときに、**内奥から湧きあがってきた**のです。

自分自身にとって大切なことを蔑ろにしてまで、何故、
与えられた仕事に追われ続けなければならないのか……
いや、自分自身にとって本当に大切なことは何なのか……
わからなくなってしまった……

こんなふうに、入り口は、大概、「本当に大切なこと」への疑問から始まり、次は自分の在り方に

ついての疑問や恐怖にうつっていくのです。

わたしが死んだら何が遺るのだろう？
死んだときに持っていけるものなど、この世には何もない、それなのに……
何故、わたしはこんな暮らしをしているのか……？
一体、どうしたらいいのだろう……
いまのままでいたら、わたしは、
死ぬときにとんでもない後悔をするんじゃないか……？
死後の世界に持っていけないものばかりが手に入り、
肝心のものが手にできないのではないか……？
あぁ……肝心なものってなんだろう……？
もう時間がない……時は、あっという間に過ぎてしまう……
最後に何が残るのか、自分にくっついたものを引いてみたい……
雪だるまになってしまったような、いまのわたしから、引けるだけ引いてみたい……

独白の充満は、わたしの日常の定番になっていきました。引き算の人生という着想はしだいに勢力を増し、具体的な行動化の段階へと進むことに、ためらいが無くなっていったのです。その頃、もっとも引きたかったのは、わたしにわたしであることをゆるさない所属や肩書でしたから、まず、それを手放し、その後も、新たな経験を重ねながら、経験の清算というかたちで引き算を続けていきました。それなのに、既にお話ししたように、わたしは価値の牢獄から解放されることなく、死に続けることになったのです。

＊

――それは何故か……？

「**承認欲求**がどんどん強くなっていったからだよ」

――どうしてそんなことになったの？

「引き算したら、自分自身に価値を見出せなくなったからだよ。わたしが仕事をやめたら、ほとんどのつながりは消えてしまった。それに、久しぶりに誰かに会えば、必ず、わたしがどこに所属して何をしているのか、仕事のことばかり聞かれる……。そして、何もしてないって答えたら、気まずそうにしながら話題がなくなってしまったり、あからさまに興味ないっていう反応がかえってきたり……。そういうのが度重なると辛かったよね、やっぱり。わたし自身に価値が無かったら、人対人のたわいないはなしも、できないんだなって（苦笑）」

――そうだったんだ……。

「だけどね、考えてみたら、自分自身も同じように人を見ていたんだよ。自分が社会関係のなかでしてきたことって、本当に全部自分に還ってくる……いろいろ反省した。独りになってから見えることってたくさんあるものだよ」

――そのままでいたら見えなかったことが見えて、こころの経験を積んだんだからいいじゃない？

「だけど、いくら学んでも、**自分のコンパスが無かった**から、結局、**もといた社会から象られる道を選択してしまった**わけよ」

――単純に、社会に認められる自分でいたかった、ってことだね。

「そうなの。わたしの聴く耳は、他の誰かのニーズを探す**ニーズシーカー**《needs seeker》だったと思う。当時、まったく自覚はなかったけど、**しがみついてくれる対象を欲しがってた**。りぃおの声を聴くとか、自分のコンパスを持つとか、そんな発想は、これっぽっちも無かったもの（笑）」

――やっぱりな～。完全無視って感じだったもんね（笑）。

＊

つまり、わたしは、他者の評価と物質的な資源を獲得するために頑張る自分自身を手放せず、他律的な法則で生きることを選択したのです。内奥で求めていたのは、今思えば自律でした。それまでの人生で積もり積もったもの（主に看護学のなかで重視されてきた知識や文化、日本の医療・看護業界で共有されている価値観、それとの延長で作られてきた自らの在り方）を清算し、価値の引き算（中立化）を続けたのです。けれど、並行して新たに選んだ道で、以前と同じ、他律的パターンの経験

（足し算）を繰り返したということなのです。**生き方が根本的に変わらなかったから自分で自分の首を絞める人生を繰り返してしまった**……そのことは、既にお話ししたとおりです。

この失敗経験と、サナギの経験で、わたしは、**ひどく当たり前の自然**に気づかされました。人間には、自伝的な自己を紡いでいく脳の機能があるので、それぞれの能力の範囲内で、**足し算は自然に行われる**ということ。つまり、黙っていたら、個人の生活世界は構築される（積みあがる）方向に向かう[119]ということです。これは―自分―の具現化にとって有用です。現実の世界にある構築の法則を、―自分―創りに活用しない手はありません。

―自分―は、純粋意識（生来《アプリオリな》の自分の志向性）の赴くままに居ることで創発されてくるわけですから、―自分―を具現化するためにすべきことはたった一つ。それは、**絶対値の人生を創るコンパスの精度を高めること**（付録2-3、4）です。より具体的に言えば、純粋意識が捉えることを自分自身の人生を紡ぐ大切な情報だと認識できるように、生来《アプリオリな》の自分（生きるエネルギー）の純度を高めること、これが、コンパスの精度を高めること。実はここで、このあと取り上げる**引き算が必須**になるのです。

―自分―を自然に現していく自律した生き方は、他者が差し出す象りの枠に拠らず、生来性のエネルギーが持っている志向性を**軸**にした生き方。その都度、いまこの瞬間に、純粋意識に入ってくるものを捉え、それに対して**素直に肉体を同調させて**[120]自らの行為を選択する、そんなことの繰り返しで人生を紡いでいきます。前にも触れましたが、これには、自由がどこまでゆるされるのかという**人の倫**に関する問題がつきまといます。自律した生き方が、自分を照り返し**―自分―の創発に関与してく**

れる社会関係があってこその生き方であることを深く理解し、自らを愛し自らを生きながら、他者の人生をありのまま認められる精神を涵養することが[121]必要です。ここにも、引き算が関わってきます。

＊

「**メインは引き算**なんだよ、やっぱり」

――生きてると、それだけでいろいろ抱えちゃうから、何かするって言ったら引き算だよね。

「だけど、**引き算は怖い**！」

119）新たな経験が入ってこなくても、過去に囚われて観念のなかにひきこもって暮らしていても、その状態で構築の方向に向かうと、今のわたしは考えています。それが、人間の認知機能の自然だと捉えているからです。けれど、構築の方向に向かうだけであって、その結果、成熟的変化を遂げられるかどうかは全く別問題です。別問題なのは、それが**性質**に関わる問題だからです。**どのような**時間を過ごし、**どのような**生活世界を構築するかは、人それぞれです。なかには、内なる時間が止まった状態のまま、生活世界を構築する人もいます（後述の「３．時間操作で崩壊をかわせ！」をご参照ください）。

120）同調しないときに、暴力に服従するような姿勢で純粋意識に従う必要はありません。必要なのは、**内的対話**です。大概、抵抗する何かがありますから、それをよく聴いてみることです。必要なら、**ノイズ（傷）を浄化する**、あるいは、**隠れた欲求を安全な（余分なエネルギーの摩擦を引き受けない）方法で満たす**ことです。

121）わたしは、これが成熟的変化を促す経験だと捉えています。一般的に自己成長と言われるものと同義だと思います。わたしは、物理的な積み上げのイメージ（大きくなるイメージ）のある「成長」という表現を、なるべく避けることにしています。

――人間って失うことを嫌うからね！

「もちろんだよ。生きることは良くも悪くも獲得、足し算の世界。だけど、**引き算は喪失**、つまり、**死を思わせる営みだからやりたくない**、本能的に」

――それまで生きてきた自分を失うのは怖いよね。

「そうなの。どんな自分であっても失うのは怖い」

――懸命に生き延びてきた自分にダメ判定出して葬るなんて、考えただけでもぞっとする。

「でしょ？　だけど、引き算って、ダメ判定出して捨てるんじゃないんだよ。**役割を終えた対象を感謝とともに手放す**[122]ってことなの本当は」

――役割を終えたってどういうこと？

「例えば、生のエネルギーの摩擦で、偏光フィルタのようなものがくっつくっていうはなしがあったじゃない？　あの偏光フィルタも、自分を護るためのものだから、感謝の言葉で見送ればスッと剝がれるんだよ」

――あ、サナギダンジョンが蒸発したときがそうだったね！

「そう。むしり取って捨てようとすると、過去の完全な否定になってしまう。それは、また、**生来の**《アプリオリな》**自分を傷めることになる**んだよ」

――へぇ……なんか、北風と太陽みたいだな……。

「無理して脱がそうとしないってのが、ちょっと似てるかもね」

サナギ前のわたしは、善悪の判断基準にかなり執着していたように思います。何しろ、公明正大で立派な人間になりたい病だったわけですから……。けれど、人生の第一幕（象られる人生）の強制終了で、自己崩壊からサナギに移行し、**自律の人生が始まる瞬間に、善悪を審判したがる自分（生き方）が離れていった**のです。その境地で見えてきた人の倫は、人に対する善悪の審判を超えていました。

＊

──物理的な世界は、悪い部分があったらむしって取っちゃうけど、こころの世界のなかでは、それをやったらうまくいかないってことだね。

「うん。そもそも、良し悪しの判断をしているのは人間の認識であって、それって不確かで、ちょっとしたきっかけで簡単にひっくり返ったりするのよ」

＊

122）昨今流行している断捨離もそうです。わたしは、断捨離という言葉はあまり好きではありません。ごく普通の掃除とか浄化でよいと思います。一自分一が整ってくれば、自らの生き方に必要のないものを手放したくなってきます。身の回りのものに対しても、社会関係に対しても、それでいいとわたしは思います。が、自らの人生を見直すひとつのきっかけとして、大掃除（いわゆる断捨離）は有益だと思います。

――難しいなぁ……

「何が良いことなのかを決めるのって難しくて、悪いこと（マイナスポイント）を挙げて、良いことを説明することも多いでしょ？」

――それはよくある。良い子は悪いことをしませんみたいなやつ（笑）。

「そう。それって、悪に依存した良さの決定だからね。じゃ、何がどこまで良いのか、あるいは悪いのか、きっちり線引きしようとしたらものすごく難しいはなしになって、収拾つかなくなるの。だから、不都合なことが起こると……」

――昨日は通らなかった事が、今日は「ま、いっか」になる、ってやつだ～♪

「でしょ？　だからさ、こういうのも、**端っこまで行っちゃう**わけよ、つきつめると」

――端っこって？

「**人間である限り、絶対にしてはいけないこと（悪）は何か**……倫理学の世界ね」

――難しいけど、生きる上で、自分の答えを持つことは大事だよね♪

「そう。で、最終的にわたしが行きついたところは、**感謝とゆるし**。結局、本質はそこかな……。自律的な人生を創造する、そこにはゆるされる自由の範囲ってものがある、けれど、それをちゃんと実践できるようになるには、**人間としてのいろんな経験が必要**だし、**たくさん間違いをする**ものなんだよ。しかも、象られて生きて居る以上、人間は社会を抱えて生きて居る……何世代も遡れるほどにたくさんの社会をね……。必ずしもその間違いはその人だけの責任じゃない気がするんだよな……」

――あぁ、だから、美美さんはずっと刑事事件なんかにも関心を持ってきたんだね。

「わたしは、どっちかというと悪を成敗したがるタイプの人間だったけどね……（苦笑）。でも、取り返しのつかない間違いを犯してしまった場合も、単純に個人だけのせいにはできないんじゃないか……そんなふうに考えが変わってきたわけ。単純には答えを出せないけれど……」

――ふ〜ん……。罪を憎んで人を憎まず的な感じなのかな……？

「うん。自律は、どんなことが起こっても、いつも自分にかえる。もちろんいろいろある……いろいろ……。けれどね……結局は、自らをありのまま認め（ゆるし）、いま生かされていることに感謝するという境地に、**自ら到達する**んじゃないかなと思う。それぞれにね」

――「自ら到達する」ってのが「感謝しなさい」ってのと違うね。

「他律的に教えられてやっている間は、なかなか到達できないんじゃないかなぁ……」

＊

引き算がもっとも外側の価値の器に及ぶ瞬間は、すべてを認める、**何も引かないという境地に達するる**んだなぁ……というのが今のわたしの素直な感想です。引き算の極は無限大……ゼロになるのも怖いけれど、無限大もどうしていいかわからない……。

どっちにしても引き算は怖い!!

大丈夫です。カタストロフィを知れば、おのずと、引き算が怖くなくなるのです。

3. 時間操作で崩壊をかわせ！ ――カタストロフィとあの光の発露

もう生きなくていい……

これは、予期せぬ出来事によって社会的臨死状態を経験された方が、崩壊した「あのとき」を振り返ってつぶやいた言葉です。この言葉に触れてから何年もの時を経て、自らも崩壊を経験したとき、やはり、生きることを手放そうと思いました。崩壊を経験すると、人生（自分）に裏切られたように思い、言葉を失い、過去も未来も消えてしまうのです。**時間が消えてしまう**、あるいは、**潰れてしまう**と言ってもいいかもしれません。懸命に生きてきた人生がはかなく頽《くずお》れてしまった虚無感、どうしようもない孤独と孤立感、それでもまだ身体が生きている現実を抱えることの重さ、底なし沼に沈んでいくような哀しみ……崩壊によって**社会的臨死状態の極**を経験することで生まれるこうした感情的体験は、自死リスクを高めます[123]。

生きることを手放す行動（自死）を選ばなかったとしても、内なる時間の消失はしばらく続きます。時計で刻まれる時間の感覚がわからなくなり、気づいたら日が暮れていた、何日も経っているのに何をしていたか思い出せない、といった状態にもなるのです。このような状態には個人差があり、なかには、内なる世界に時間がとまった秘密の部屋を持ち、他者には、別世界を抱えていることをまったく見せないようにしている人もいるようです[124]。いずれにせよ、止まってしまった内的時間を生きる人たちの多くは、一見、何事もなさそうに活動しているように見えたりするものなのですが[125]、心理

123）心理社会的に死んでいても、身体が生きていれば、否が応でも欲求が生じます。そうした五感に罪を感じ、すべて停止させたくなります。「もう生きなくていい」と自分に言い聞かせ、死を希求するのです。これはわたしの経験です。人によって、経験は様々だと思います。わたし自身が出会った方たちのことは、次の論文に紹介しています。新納美美・長船浩義・佐野恵理・藤井雅幸・馬場悌之・北條大樹「保護観察所で実施する集団支援の過程を通して見えてきた医療観察法下における家族支援の課題」、『臨床精神医学』（43(9): 1335-1344. 2014）。

124）この社会のなかには、わたしのような自己崩壊ではなく、他者の介入による崩壊（事故、事件、自死、突然差別的扱いを受ける立場に立たされるなど、身近な社会関係が破壊されるような出来事によって生じる崩壊）を経験した方たちが多数いらっしゃいます。自らの経験を語れるようになった方でも、崩壊した「あのとき」「あの頃」を生きたその方自身が、秘密の部屋のなかで当時のまま生きていることがあります。崩壊の契機となった出来事や、回復の状態に、他者基準の価値判断を適用することはできません。また、崩壊を経験した者どうし、自他の経験を比較することもできません。どのような出来事による崩壊であったとしても、崩壊は崩壊で、その渦中を生き延びることはとても大変なしごと（志事、課題）です。それ自体が絶対的な「生という価値」を持っているのです。このような世界と接点を持つには、経験者の証言に耳を傾ける機会を得たり、書籍を読んだりして触れるのが一般的のように思われます。わたしは、直接語りを聴いたり対話をしたりする機会に恵まれる以外に、複数の書籍のお世話になりました。なかでも、ホロコースト生還者の語りを綴った本（沢田愛子著『夜の記憶：日本人が聴いたホロコースト生還者の証言』創元社、２００５）は、とても参考になりました。ホロコースト自体が極端な出来事で、参考にならないと思われる方があるかもしれませんが、わたしにはそうは思えません。かたちを変えたホロコーストは現代にもあるのではないか（表現型が違うだけで本質が同様の出来事が現代にもあるのではないか）と思いましたし、ホロコーストに似ても似つかない出来事によって同様の崩壊を経験する人はいると思いました。関心がある方は、是非手に取っていただきたい一冊です。

125）自律的に動くことができず、ルーティーンで動いていたり、他者から言われたことをしていたりするようです。実際、崩壊直後のわたしもそんな状態だったように思います。

社会的には極めて深刻な状態に陥っています。身体死とも隣り合わせのとても危険な状態で、わたしは、これを**カタストロフィ**[126]とよんでいます。

カタストロフィを経験したい人など、この地上のどこを探してもいないと思います。破滅的な怖い出来事で、誰もが「自分には関係が無い」と思いたい……けれど、そこには、意外にも、**社会的臨死状態からの離脱**や、**生来《アプリオリな》の自分として自律的に生きるヒント**が隠されているのです。わたしは、それを、研究（知識）と自分自身の経験（実践）の両側面から捉え、絶望という極には、大きな希望の光が隠されている……陰が極まった世界の背後には、陽の極まりがあることに気づかされました。陰の極まりは、エネルギーの向きが逆転するタイミングの一つです。それは、エネルギーの循環パターンを逆転させて自律を選択するチャンスなのです。

＊

「保護観察所で出会ったあの場って、あの空気に触れた人が惹きつけられる……そういう場だったと思う」

——惹かれてやまず、傍らから去りがたく……惹きつけられる人はみんな社会的臨死状態？

「そうだとも言えるし、そうじゃないとも言える」

——どういうこと⁇

「**人間が存在して居るってことは、社会的臨死状態と表裏一体なんだよ。**だから、多かれ少なかれ、社会的臨死状態の成分はみんな持ってるってこと。だって、価値の器で成型されるところからはじまるんだもん、人生って。象られることで、生来《アプリオリな》の自分を出せなくなるってこと、多かれ少なかれ、誰にでもあるでしょ？　それが、生きにくいほど苦しいかどうかは別にして」

――あぁ……だから、**ジャッジメント（価値判断）の視座で接すると見えてこない**のかな……。

「価値の器をゆるめて、価値に開かれた状態で居てみないと見えないんだよ。つまり、**目に見えるものだけで篩にかけてしまうと見えない**……うん、確かに、あの場に惹かれた人は、みんな、あの場でともに生きた時間を持っている人だね」

――サナギ前から、社会的臨死状態を新たな病気みたいに言いたくないって、ものすごく頑なだったよね……それと関係ある？

「もちろん。**誰かにとって良い象りでも、象られたほうには傷が遺る**……人生は表面からみて良し悪

126）（英）catastrophe：大惨事、破滅、破局などという意味に訳される言葉です。ここでは、**世界観の崩壊、壊滅状態、破綻といった意味で、内的な経験に焦点をあててこの表現を使っています**。catastropheは、**悲劇や不幸という意味で使われることもありますが、ここでは、そのような意味を伴いません**。また、カタストロフィの精神医学を説いたB・ラファエル氏のカタストロフィが意味する「大災害で経験されること」とも違います（ビヴァリー・ラファエル著、石丸正訳『災害の襲うとき―カタストロフィの精神医学』みすず書房、２０１６）。わたしは内的世界観の崩壊をカタストロフィとして扱っていますが、ラファエル氏は心的外傷につながる惨事をカタストロフィとしています。ラファエル氏のような精神医学的視座から捉えると、わたしがカタストロフィと表現している内的現象は、心的外傷という用語でひとくくりにされるのかもしれません。

しを判断できるものじゃないよね。大切なことは、**生来の《アプリオリな》自らを欺かない生き方をする**ってことなんだと思う。社会的臨死状態は、それを、教えてくれているんだよ」

＊

わたし自身は、二度とカタストロフィを経験したくありません。他の経験者も、そうなのではないかと思います。できることなら、カタストロフィを経験する人がいない世の中になってほしい……。けれど、誤解を臆さずに言えば、**内的なカタストロフィには惹かれてやまない魅力がある**。それは、破滅的な現象のあとにみられる、**純粋な生のエネルギーの発露の魅力**なのです。

そこで、カタストロフィを起こさずして、カタストロフィ後にみられるのと同じ現象を促す方法を考えたわけです。

＊

――知ってる。「とりあえず」ってやつだよね～♪

「正解！　**崩壊を超スローモーションで経験する**感じ。時間操作で引き延ばすんだよ。その発想で、短期間で崩れ落ちるような事態を、長期間かけてほんの少しずつ経験する」

――崩壊をかわして実質的には同じことを経験するってことね？

「そうだな……一括払いだと生活できなくなるかもしれないけれど、分割払いだとなんとかなる……

そんなイメージ（笑）」

――長期に払い続けることが必要か〜。きついな〜。

「未来は見ちゃだめ。そもそも見えもしない未来を、価値の器で曇ってる状態で見ようとすると、やる気を失います（笑）」

――ベッポと一緒だ（笑）。

「ただ、一般的な分割払いと違って、コンパスの精度が上がってきたら、加速度がついてくるはずなの。だから……」

――繰り上げ返済することになるから、短期間の支払いで済む！

「う〜ん、どっか違う感じがするけど、ま、いっか（笑）。期間がどのくらい縮まるかは、個人差あると思うけど」

――では、ここで一句！

引き算は　一度にやらず　ちょっとずつ

――キマッタ♪

＊

ちょっと専門的な言葉を使うなら、**価値の器の小さな脱構築**[127]**を繰り返すこと**です。ただ、これだけではうまくいきません。ジェンガというゲームが怖いように、引き算をしている途中で、やっぱり崩壊しちゃった……という事態が怖い……。そうならないよう、**同時進行で自律の軸を鍛え**（付録2-3、4、5、6）**ておく**必要があるのです。

ここで再び登場するのが、足し算です。人生は、黙っていたら構築に向かう……その、**自然足し算のしくみ**を使います。わたしがした失敗と同じことにならないように他律的な枠で象られることなく、生来《アプリオリな》の自分の声を聴き、コンパス（純粋意識の志向性）を捉えて、日々、生来《アプリオリな》の自分らしい選択をしていくのです。**新たな構築の方向性を、徐々に純粋意識の志向性に合わせていく**……これもいっぺんにぐいっと変えることは不可能ですから、引き算と同じように継続は力なり……。これだけで、崩壊しなくても**日々の生活の軌跡から自然に―自分―を創発させられる**ようになります。

価値の器の脱構築（引き算）は、**エネルギーの摩擦によって生じた偏光フィルタのようなものを剝いでいく**こと、感情的な滞りを浄化して傷を癒していくことによって実現していきます（付録2-0、1）。毎日少しずつ、お風呂で古い角質を落としていくか、湯治で自然に一皮むけるようなイメージで、**時間をかけて価値の器を薄くしていく**のです。このようなこころの作業は、生来《アプリオリな》の自分の声を聴き、ありのままを認めていくことなので、自律の軸を掘り出していくことだとも言えます。

掘り出した軸を―自分―の具現化に使わずに放置すると失敗につながりやすいので、ちゃんと使っていくことも肝要。**自律の軸を使って、小さくても具体的な選択を重ねていく**ことで、生来性の生きるエネルギーが素直に表に出てくる時間が長くなっていきます。すると、生のエネルギー全体に少しずつ変化が現れてきます。浄化が進んで価値の器が薄くなってしまっても、**自律の軸が育ってきていれば、別な器（他から与えられる枠）にしがみつかずに生きていける**のです。

成功のコツは、あきれるほど些細な選択を生来《アプリオリな》の自分にまかせてみること。いきなり大きな選択をすることは難しいので、どうにでもなることから（周囲に影響が無いか少ないことから）純粋意識のおもむくままに選択をすればよいのです。「とりあえずの勇気」をもって、「とりあえず小さな選択をする」ことの繰り返しで、未知なる時間を進んでみれば、**純粋意識の志向性に委ねても大丈夫だと思える経験**が積み重なり、目に見えないコンパスを信頼できるようになります。すると、次第に、より大きな選択ができるようになってくるのです。エネルギーが変化していけば社会関係も自然に変化して、一自分一の具現化を後押しする新しい照り返しが得られるようになってきます。[128]

127）哲学用語ですが、わたしはその方面を熟知しているわけではないので、哲学的議論はとばして表面的な意味だけで使っています。簡単に言えば、これまで当たり前だとされていた構造を壊し、有用なものを生かしながらも全く新たな構造を再構築することを意味しています。つまり、ここでは、これまでの人生で「自分自身の世界の当たり前」であり「普通」を構築し続けてきた価値の器（自分を象ってきた器、自分の殻）を壊して、まったく新たな一自分一を構築する（自ら象る、創発させる）ことを意味しています。

128）ここでは、平素から近くにいる人たち（物理的な接点がある人たち）との社会関係をさしています。わたし自身の経験では、「遠くにいる人は自然にご縁が切れる**瞬間**《とき》が来ることが多いな……」という実感があります。去る人は、生来《アプリオリな》の自分の具現化にとって照り返しあう必要のない人です。純粋意識の志向性をとらえて生きることが普通になっ

*

「サナギに入るくらいのタイミングで、あらためて―自分―具現化の実践（再チャレンジ）を始めたんだけど《付録2-3,5》……考えてみれば、今もその文脈で生きてるな……。選択に伴って、まとまったお金が動いたりして、最初に比べたら随分大きくなってきたけど（笑）」

――最初のうちは、散歩のコースや気分転換の仕方とか、そんなんだったよね～♪

「読みたい本や視たい動画など、まったく他人に影響しないものの選択ね（笑）」

――それでも、最初はそんなにうまくいかなかったよ。

「生きることに積極的になれなくて引きこもってた時間も長かったし……。だけど、諦めずに続けているうちに、りぃおの直感に任せて料理《付録2-5》したら案外美味しいとかさ（笑）。大丈夫じゃん、っていう些細な経験が積み重なったよね」

――この組み合わせは無いだろう、この味つけはダメでしょ……って経験のある美美さんは思うんだよね（笑）。だけど、やってみるといい感じ～♪

「あのね、なんの意図もなくピンとくることをしているうちに、わかってきたことがある」

――なに??

「生来の《アプリオリな》自分の関心が向いている方向や課題と、接点がある人と無い人がわかってくる……。自分がアクションを起こしてわかる場合もあるし、少し経験を積んでいくと、自然に変化が起こってわかる場合もある」

——自然に……？

「こっちが何かしなくても、それまで近くに居た人が誰かの都合に巻き込まれたりして突然去っていく……その空いたスペースに誰かが入ってくるとかね……」

——あぁ、意識して求めなくてもエネルギーが大きくなると自動的にそうなってくるよね。

「そうなの。最初は、えっ？　困るんですけど!?　とか思うけど、慣れてくると、これも何か必要なことなんだな？　という眼で冷静に観察できるようになってくる」

——いやぁ……変われば変わるもんだね～♪

「欲求とのつきあい方がうまくなってきたのかもしれないな……。もう、あのときみたいにはなりたくないしね……」

4．欲求とのつきあい方

自己崩壊から三度目の冬……わたしは不調の時期を乗り越えようとしていました。そして、完全変

てくると、このような別れがあるたびに、生来《アプリオリな》の自分の旅立ちがゆるされたのだと思って、身軽さを喜ぶことができます。別れを恐れることはありません。生来《アプリオリな》の自分の傍らで生き、生かそうとする人が、必ず現れます。

態した自分が生かされている理由を考えなおしていました。りぃおは飛べなくなり、イタイ、イタイ……と泣いていました。りぃおが泣くたびに、胸の奥底に刺さるような痛みが増し、わたしは哀惜の念に襲われました。

「瞑想《付録(2-4)》しなくちゃ……」胸の痛みと体調の悪さが別物だとは思えず、わたしは、生来《アプリオリな》の自分が泣いている理由を聴こうとしました。けれど、ただ泣くばかりで何も聞こえてはきませんでした。そうなってはじめて、サナギダンジョンから抜けたあとに育ててきた二人の世界が見えなくなっていることに気づかされました。

「どうしよう……りぃおが死んでしまう……ごめんね……」わたしは、やっと、自分が間違っていたことを認めました。りぃおが病んでしまっては、動くこともできません。

「そういえば、ちゃんと声を聴いてなかったな……いつからこんなことになったんだろう……?」わたしは、反省していました。身体に出るとは想定外……療養を優先する日々が続きました。

「したいことをする……か……」**したいこととは一体何をさしているのか……?** そんなことは、わかりきっていました。自らの純粋意識の志向性が見せてくる世界を、現実の世界で具現化すればいい……。ロジカルな理解としては、ほぼ完璧でした。その態度が、**驕りという悪魔の声**だったのです。

人間が持つ「欲」が、生来性の生きるエネルギーを支配しようとしていたことに気づきました。

「どこから間違ったんだろう……?」わたしは、スケジュール帳をパラパラとめくりました。すると、4か月ほど前に、ほんの小さな旅をしていたことを思い出しました。

「そういえば、このときは元気だったな……疲れ知らずで、楽しくて……」思い起こせば、その頃は、まだ、りぃおが描く世界が見えていました。あの天地二分されただけの世界には、りぃおが育てた樹と泉がありました。泉をのぞくと、底から滾々と湧き出る水が静かに対流しているようでした。けれど、水面は、磨ききった鏡のように鋭く空を映すばかり……。生物の気配はまったくなく、静寂あるのみ……。この地上の生態系とはかけ離れた、どこか硬質な冷たさを感じさせる夢の世界でした。けれど、わたしは、既に、それが持つ意味を知っていました。りぃおの志向性で描く世界の意味が、かなり明確に理解できるようになっていたのです。

「それじゃ、この後おかしくなったのかな……」スケジュール帳をめくると、随分賑やかでした。そういえば、その頃から、りぃおの口数が少なくなっていた……。声がしないことを異変とは思わず、都合よく解釈していたことを思い出しました。

「もしかしたら、黙ってしまったのがＮＯのサインだったのか……？」

再び迷路のようなものに入りこんでしまいました。相棒のいない迷路は心細いものでした。

「わからない……（悩）……ぴりかさんに会いたい……」

わたしの唯一の友だちは、やはり、亡くなった愛猫のぴりかでした。彼女を思うだけで、無条件に、いくらでも泣けるのです。その涙は、なぜ溜まってしまったのかもわからないこころの澱を浄化してくれました。

「ぴりかさん……あなたはなんて素敵なんだろう……」

彼女が突然病気になってわたしのもとから去っていったのは、いつでもわたしの内でそばにいるためだったのかもしれません。そのときです……

「あ……そういうことか……」わたしは、自分の過ちにようやく気づくことができました。

りぃおが死にかけてしまったのは、**自分の身体にしみついた「おせっかい」とも「暴力」ともとれる「ケア」のせい**でした。わたしは、完璧な理解のもとにしたいことの具現化を手助けしているのだから、りぃおが口出ししてこなくなったのだと勝手に思い込んだのです。予定表の賑やかさは、葬ったはずの悪魔が息を吹き返していたことを物語っていました。

「せっかくりぃおが描いてくれた未来の設計図……自分で汚してしまったんだ……ごめんね……」

もちろん、理解は完璧だったのです。けれど、焦って、サナギ前の自分がしていた方法で社会関係を構築してしまい、生のエネルギーの出し方を間違えていました。わたしは、肝心のりぃおに注ぐべき生のエネルギー（愛）を、何の意識もせずに、他に分配してしまったのです。わたしは危うく**社会的臨死状態への道を選択してしまうところ**でした。

*

「欲求だよ……社会的欲求……。未分化な社会的欲求が出てきて自分の首をしめたってこと……。あの闘技場で他人を笑ってたくせに、結局自分も同じようなものだったんだよ」

——仕方ないよ。この状態のビギナーなんだから。

「怒ってないの？」

――**怒るのは人間だけ**だよ。悲しかっただけ。だから泣いてた。何が悲しかったって、美美さんがりぃおのことを理解してくれた上で間違ったからだよ。人間だから欲求に勝てないんだな……って思ったら、なんだか悲しくて、抵抗する気力も出なかった……。

「ほんと、ごめんね……。結局のところ、非現実的な世界を抱えたまま、現実とつながらない状態で居ることが**不安**だったし、はやく具現化しなくちゃって思いすぎたんだよね。長年の悪い癖が出ちゃった」

――そっか……。ねぇ……やっぱり、りぃおだけじゃ寂しい？

「そういうことではないな……ただ群れていても、人間は孤独なものだよ。孤独だし、弱いから、物理的に群れることをやめられない動物でもあるけど……」

――そっか……まぁ、そうだね（笑）。

「それより、**本当の孤独は生来《アプリオリな》の自分を見失うこと**なんだって、はじめて気づいた。りぃおが死にかけたときに、たった一つのわたしのかけがえのない生命エネルギーに、とんでもないことをしてしまった……って思ったから……」

――あれ？　それって、**生まれ落ちた瞬間に孤独が始まる**ってことだね!?

「そっか！　純粋意識が自由になれば、孤独が癒されるってことでもあるんだ！」

＊

このとき、わたしは、あらためて**自分の欲求と向き合うことにした**のです。これは、**自分の身体と向き合うこと**でもありました。物理的な何か（主に、契約関係、実績、経済的価値）に、しがみつこうとするエネルギーの出し方が、しっかりと残っていたのです。社会的欲求が、根の深いところで身体的な欲求とつながっていることも理解できました。平素、自らの身体を大切に扱わず無理ばかりしていると、社会関係のなかで他者に対する要求（社会的欲求）が強くなる傾向があるのです。

それだけじゃありません。驚いたのは、サナギ前に長年取り組んできた仕事（経済的価値を伴った生産活動）が、愛着関係と強固に結びついていたことです。ケアは、人間の身体に刻まれた社会関係と切っても切れないものだからに違いありません。わたしはショックでした。幼少期から、母を優秀な母親にしなければと頑張ってきた自分が**ケアの仕事を選択したのは、自分が奥底に抱えていた欠乏感（不自由）の裏返しだった**[129]のだと、気づいたからです。

「あの光を追いかけたくなったのは、本当《アプリオリな》の自分に戻ってきてもらいたかったから……」あの光が生み出されるケアの場に執着し続けられたのは、自分が救われたかったからなのです。わたしは、ただ生来《アプリオリな》のわたしとして生きたかった……生まれたときから抱えてきたたった一つの望みが、どれだけ強いものなのかを思い知ったのです。

「今度こそ、摑んだ自由を護って―わたし―になろう……」わたしは、人間の肉体を持つ以上切り離すことのできない欲求とのつきあい方に、正面から意識を向けることにしました。

まず、わたしは、「自分の身体には、まだ象られた自分が棲んでいる」という前提で、欲求について捉えなおしていくことにしました。―自分―を具現化するために不可欠なのは、生来変わらない自己実現の欲求です。それを満たしていくためには、**身体を獲得したことによって生じた様々な欲求と折り合いをつけながら、生来性の自己実現の欲求を満たす行為を選択していくこと**が必要です。

折り合いをつける必要のある欲求は、生理的欲求・安全の欲求・帰属と愛の欲求・承認欲求の四つですが、注意が必要なのは、象られた自分が主張する自己実現の欲求。これも、身体を獲得したことによって生じた欲求で、承認欲求の仲間です。なぜなら、社会から与えられた象りの枠組みは、**社会からの要求**（多数の人たちの欲求の総体）でもあるからです。社会（まわり）の期待（価値の器による要求）に応えて価値のある自分になりたい、社会から認められたいという**承認欲求から出発した自己実現の欲求は承認欲求と同じ**なのです。

承認欲求から出発した自己実現の欲求の根っこには、社会の一員として認められるための最低限の枠組み、即ち、道徳と絡む重要な枠組みが組み込まれています。社会からの要求のなかには、**人間としてこの地上に身を置くための最低限《ミニマル》の《な》道徳的枠組み**[130]が存在していて、それは、人間として誰もが

129）対人支援職を選択する人が皆そうだということではありません。

130）人間は社会のなかに身を置けないと身体を維持し続けることができません。そのため、**わたし自身が出した結論で**

受け取るべき枠組みだと言えます。けれど、それ以外の要求については、何もかも引き受ける必要などありません。「身にふりかかる現実や他者の在りようがそうであるならば、自分はどう生きるのか」「状況はさておき、自分自身はどう生きたいのか、それはなぜか」……そんなふうに、生まれてきた目的を自らに問いながら、より生来の《アプリオリな》自分を生かすことができる選択をしていくのです。恰好がよくて簡単な方法でもあればいいのですが、残念ながら、延々と、それしかありません。どこまでいっても法則性は単純で、その単純な作業をシンプルにやり続けることが、結局のところもっとも早道なわけです。

ここで、**単純なことを単純にできない大人の理由**について、わたし自身が捉えていることをお話ししようと思います。これは、たぶん人によっていろいろあると思いますが、言わずに居られない**痛いこころの習慣**というものがあるのです。

＊

——何で言わずに居られないの？

「**社会的臨死状態になるから**だよ」

——そっか！　つまり、社会的臨死状態から離脱するためにも……

「知っておいたほうがいいことだと思う！」

＊

わたしが気づいた、社会的臨死状態を促進する痛いこころの習慣は、**欲求にフタをする（抑圧する）習慣**です。これは、一般的によくある「いまは我慢しておこう」などの意思決定よりも、もっと先の段階、つまり、**内なる世界での（認知的な）習慣**をさしています。自分の内側にどのような欲求があるのかを捉え、それを素直に認めることなく、欲求があるということ自体を無視したり押し殺し

は、**非暴力、即ち、他者を殺してはならないという枠組みが、最低限の枠組みだと思います。ここでの「殺す」には、社会的臨死状態に陥れるような社会関係を持つことも含まれています**。自分が死んでくるような関わりを続ける状態は相手も殺している可能性が高く、逆に、一見自分が生き生きしているようでも相手が死んでくるような関わりは、自分も死んできている可能性が高いわけです。生来《アプリオリな》の自分の、自らを成して生きようとする素朴な志向性（コンパス）を認めて自由に生かそうとするのであれば、当然、自分を照り返して自分をくれる他者のそれも全面的に認める必要があるわけです。結果、何をどう考えても、非暴力であることが最低限の枠になると思います。ただし、**物理的な（身体的な）自分の存在を護るために攻撃力を使うことは、動物としてやむを得ません**。広い意味で、人間は人間以外の生命を殺しながら、生命を維持していますし、物理的な存在を維持するだけで、常に暴力的な罪を犯しているようなものだと言えます。拡大解釈すれば、他者との摩擦もそうです。身体を維持して生きていることが、他の生命に対する罪を重ねることだとしたら、**生来《アプリオリな》の自分として生き続けられなかった他者から引き受けた生命エネルギーへの鎮魂**をこめて、暴力の連鎖を最低限におさえ、生来《アプリオリな》の自分への愛を発動させる必要があります。世代を超えた暴力の連鎖をとめることを決意して、生来《アプリオリな》の自らにかえっていこうとする人は、とても勇敢なチャレンジャーだとわたしは思います。

たりしてしまうのです。そんな習慣が身についてしまうと、欲求があるということを素直に認めることすら難しくなってしまうのです。

前にも触れたように、欲求は、社会のなかであまり歓迎されない文脈で扱われています。そのため、大人になると、欲求を素直に表現することを恥ずかしいと思ったり、子どもじみていると思ったりしがちで、隠すようになる人が多いという印象があります（あくまでわたしが生きてきた世界では）。ちなみに、わたしは「すぐ顔に出る」「わかりやすすぎる」とたしなめられることが多かったため、欲求らしきエネルギーが出てきたら、即刻、殺す方向に力を注いでいました。**他人の欲求充足には協力するくせに、自分の欲求はもみ消そうとしてきた**わけです。

けれど、欲求は生きるために備わった人間の力ですから、本来、殺ぐ対象ではありません。とはいえ、生来《アプリオリな》の自己実現の欲求を満たし一自分一を創発させるにあたって、身体を獲得したことによって生じた欲求が邪魔になることがしばしばあります。そのため、**人間という動物が持っている欲求を御す**（制すのではなく御す）ことは、**生来《アプリオリな》の自分を解放して自由に生きていく上でとても大切なこと**だと思われます。

＊

「人間って、**欲求充足のためにハンティングして暮らしてる**ようなものだなって思う」

——あからさまに狩りをする人なんていないよ～

「ほとんどの場合は、目に見えないはなし！　欲求を満たすために、満たしてくれそうな状況を求めて、探すじゃない？」

――あぁ、意識を向けるってこと？

「そうそう。意識の射程に入れて、観察するでしょ？　あれ、獲物を狙う狩りの基本だと思う。誰も、獲物を狙ってるなんて思ってないだろうけど（笑）」

――職場もそうかもね。あの仕事がほしい、あのポジションがほしい、あの人からの評価がほしい……。

「いや、とりあえずカネが欲しい（笑）」

――ハンティングかぁ～（笑）。

「対象を獲得するためにどのような行動をとるかはさておき、生物として生きるということの現実は、欲求充足のためのハンティングの連続なんだと思うわけ」

――どのような行動をとるか……ってところが「御す」ってやつなんでしょ？

「そうなの。ここが**道徳に絡んでくるところ**でもあるし、何事も、どんな行動を選択するかを決める過程が問われるわけだよね」

――あ、美美さんが好きなヘア先生[131]の道徳的思考法のはなしだな、それは。

131）英国出身の道徳哲学者Richard Mervyn Hare（1919 - 2002）：R・M・ヘアの理論は、倫理学の世界では、普遍的

「まぁね。でも、堅いはなしは置いておいていいと思う。**御し方を獲得するプロセスはその人の人生そのものだ**と思うし、知識を参考にするかどうかもその人の選択。答えは人生の数だけあるんだから、好きにしたらいいよ」

——そうだね。

*

人間は、他者の欲求が渦を巻くこの地上に生まれ落ちた瞬間から、欲求充足を全面的に他者に頼り、同時に、自らの素直な欲求が常時満たされることなどないということを身体で記憶していきます。記憶にとどまらない乳幼児の頃から、自らの欲求がいつも心地よく満たしてもらえるわけではないということを知り、**欲求の表出が社会との摩擦の経験であることも肌で覚えていく**わけです。社会関係（とくに欲求のコントロールをはじめて学ぶ幼少期に体験した社会関係）の経験から、周囲との摩擦を避けたいという強い防衛（社会的欲求）がはたらいて、**痛い習慣を身につけてしまうことがある**のだとわたしは思います。

例えば、ごく一般の社会生活において、湧いてきた欲求（要求）を表出しても安全か、場違いではないかなど、心配することがあります。そんなときは、まず、相手や周囲の様子を注意深く観察し、安全な範囲で無難に欲求（要求）を表出してみよう……などと考えます。けれど、経験則から自己防衛が強くなりすぎて、生じた欲求にとりあえずフタをし、**何食わぬ顔をした都合のいい仮面**をかぶっておくことが習慣になってしまうと、自らを傷めてしまうのです。抑圧した欲求は、マグマのような生のエネルギー（未分化な欲求）に岩盤でフタをしたような状態になってしまうことも……。それが、いつまでもマグマのような未分化でフレッシュな生命エネルギーでいてくれたら、自分の人生を創るための生産的なエネルギーに変換できる可能性があるのかもしれませんが、どうやら、そう都合よくはいかないようなのです。

習慣的に欲求を抑圧しながら暮らしていると、単にわけのわからない欲求不満がたまるだけでなく、不満を解消するかのごとく拗けた対処の経験を重ねてしまうことがあるのです。腹を立てる必要のな

指令主義と言われています。倫理理論のなかでは功利主義の一つに分類されますが、思考（判断）のレベルを二段階に分けたところに特徴があります。ヘアの理論では、道徳的判断を伴う選択のうち、一見自明な選択（例：人を殺してはならない）に関しては、社会から与えられた道徳的規範にならうことを許容します（一段階目の思考・判断）。しかし、人間は、成熟すると、生活の様々な場面で自律的な道徳的判断（熟考が必要な判断）を迫られることがあります。ヘアは、このような道徳的判断に際して、外的な基準に拠らずに（自律的に）、人間の「思考」を、日常言語の文法の範囲内でどのように整えていけば、普遍化可能な道徳的規範の選択にたどり着けるのかを説きました（二段階目の思考・判断）。人間の思考は日常言語で紡がれているため（心理学的には内言と言います）、ヘアの理論は、自然な人間の認知機能に近づいた倫理理論と言えます。ヘアの理論は、表面的に読むと形式的で、厳しさや難しさを感じると思いますが、主著を紐解いていくと、人を特定の価値の枠組みで縛らないよう十分配慮された素晴らしい理論だと感じられます。その人の能力や自由な決定と生き方（選択）を、最大限認めているヘアの理論には、隠された（主張しない）深い愛（万人を生かそうとする力）があると思います。

いことに腹をたててみたり、[132]自分が優位に立てる人の傍らでなければ落ち着いていられなかったり、あるいは、わけのわからない不安にさいなまれて他人を操作してみたり……と、抑圧したエネルギーが別なところに顔を出したりするわけです。それらは大概、単独のエピソードでは終わりません。他者との照り返しの連鎖によって、新たな同質の経験を招き、その記憶がさらに自分を創っていきます。つまり、痛いこころの習慣は、同質の経験を何度も繰り返すフォーマットのようになってしまうので、時間の効果で価値の器が創られてしまうわけです。すると、ほんとうは望んでいないにもかかわらず、痛い世界（映画Ｍｙ人生）の住人になってしまい、そこが安住の地のようになってしまうわけです。[133]

欲求を抑圧して閉じ込める習慣が普通になってしまうと、表面的には達観した物わかりのよい大人に見えてしまう場合もあり、それを期待されることもしばしばです。あの人ならきっとゆるしてくれる、あの人なら何があっても受け容れてくれる、といった具合です。そうなってしまっては、時すでに遅し……「本当はそうじゃないんだよ!!」といくらこころのなかで叫んでも、誰も気づかず、かといって、安定したものわかりのいい自分をぶち壊して周囲の評判を落とすわけにもいかず……。結果、いらないストレスをため込んでしまったりするのです。

ほとんど行動化しない状態でフタをしている場合は、内的な欲求処理のためにエネルギーを使ってしまうことも……。例えば、合理化のための思考経験や、あぁでもないこうでもないというシミュレーション的な思考経験をどんどん重ねてエネルギーを消費してしまうといった具合です。これはとても疲れます。実際に行動するエネルギーがなくなってしまったり、逆に、キレてしまって考えた割にはいい加減な行動に出てしまったり……。いつも笑いばなしで済めばいいのですが、残念ながらそうならないのが世の常です。

いずれにせよ、様々な抑圧の経験が、膠着した堆積物のようになって自分という記憶の総体（自己）にしっかりとくっついてしまうわけです。すると、価値の器が強い制限になって行動を縛り、抑

132）怒りは、動物が生きるか死ぬかの戦いをするときのエネルギーの出し方として必要な身体反応です。本当に自らの生命が脅かされたとき（正当防衛を発動させるときを想定しています）には、怒りのエネルギーをスパークさせることも大事だとわたしは思います。けれど、そんなときは、そもそも自分が出力する反応をあらかじめ考えられる状態ではないので（フリーズして仮死状態になる場合もあり、逃げられるときは逃げる場合もあります）、自分で自分を生かすことを意識できる日常生活のなかでは、ほぼ、怒りを手放すことができます。日常的に湧き上がってくる怒りの感情の根底は、悲しみや、愛（自らを生かしてくれるエネルギー）が去る苦しみにつながっています。後者は、寂しさ、嫉妬など、いくつかに分類されるのではないかと思います。いずれにせよ、自らの生が脅かされると感じるときに、怒りの感情が出てきます。わたしは、怒りは手放せるときがきたら、自然に手放せるものだと思います。無理に手放そうとせず、自らに愛を与え続けると、それが現実の世界に還ってきて、本当に満たされるのだという確信が持てるようになってきます。そのような生のエネルギーの循環ができてくると、怒りは不要になります（無理に怒りの感情を手放そうとすると、逆にしがみつくエネルギーが強くなり、生のエネルギーに傷がついて、怒りの感情は放れていってくれません）。

133）本当は安全ではなく嫌なのに、そこから出られなくなるという意味です。とくに、ものごころついたときから、安全に生きるための抑圧が習慣化してしまった場合は、そのような社会関係しか知らないわけです。そのため、そこから出ていくチャンスが訪れたとしても、チャンスをチャンスだと信じること自体が難しい（災厄なのではないかと感じてしまう）ために、離れたい世界を安住の地にしてしまうという現象が起きるのです。

圧するパターンで自分を構築してしまう……。それは、新たな経験や、自らが成したいことの具現化に対して、最初の一歩を踏み出しにくくさせてしまうのではないかと思われます。

　結局のところ、欲求を抑圧するこころの習慣は、**のびのびと生きることを諦めてしまう要因**になるのだとわたしは思います。**抑圧は自分に対する暴力**と同じ。時に厄介だとは言え、欲求は人間として生きる原動力であることに違いないからです。暴れ馬のように暴れるままにしてしまえば、他者の人生や自分の人生までも壊して（著しく傷つけて）しまうことがある欲求という力《エネルギー》……。欲求は必要だけれど、**単に欲求にのまれてしまっていては、生来の《アプリオリな》自己実現は難しい**……そんな現実が人生に面白み（ちょっとしたやりがい）を与えてくれているのです。

　では、欲求を半ば暴力的に制するのではなく、御すためには、どうしたらいいのか……。わたしは、サナギ前に抑圧系暴力を続けてきた経験と、完全変態の経験から、**欲求と対話しながら御す術を生み出すことが大切**だという思いに至りました。

　自らの欲求と折り合いをつける（対話して和解する）には、まず、**欲求があるということを素直に認めるところからスタート**[134]するしかありません。対話の相手の存在すら認めずに対話など不可能だからです。いざ実践してみると、わたしの場合、欲求の自覚は、想像するほど簡単ではありませんでした。生理的欲求は、ひどく物理的なものなので自覚がしやすいのですが、問題はその他の欲求（社会的欲求）の自覚なのです。社会的欲求はとても厄介で、本当は社会的欲求なのに、生理的欲求になって強く出てしまう場合[135]もあります。振り返ってみると、そのサインは、プラスにせよマイナスにせよ感情が強く振れるとき、何かに囚われてしまうときのように思われます。自らの潜在的欲求を満たす何かを備えているように見えるから、その対象が意識の中心に入ってきて気になってしまう、感情が動く、身体のどこかに違和感を覚える……という具合です。つまり執着（後述）と密接な関連があるのです。

そのような自分が現れたとき、**自分に対して裁きの姿勢（審判する態度、評価の枠を押し付ける態度）で向き合うことをやめ、内なる声に耳を傾ける**のが、もっとも効果的に思われます。そうして自らの内なる声に真摯に対応すると、抑圧という暴力をふるわなくてもよくなり、もっとも大切な自分（生来《アプリオリな》の自分＋物理的な姿をつかさどり生来《アプリオリな》の自分を表現する媒体としての身体）を蔑ろにせずに済むのです。もちろん、誰しも、自分を蔑ろにする気持ちなど持ち合わせているはずはありません。それなのに、象られた自分の声（社会から引き受けた要求や期待）によって生来《アプリオリな》の自分を蔑ろにしてしまう……そんなことはよくあるのです。いつのまにか、生来《アプリオリな》の自分が人生の物語への出番を失ってい

134）認めるだけです。欲求の奴隷になって、欲望のままに行動するということとは違います。

135）単純な例を挙げれば、所属と愛の欲求にまつわる不満エピソードによって、イライラ（潜在的な怒り、悲しみなど）が募り、過食してしまう……。以前、淋しい女は太るというタイトルの本があったように思うのですが、まさしくそんなことが起こるわけです。その他、わたしによくあるのは、身体不調に出てしまうパターンです。頭痛、吐き気、胃腸の痛み、めまい、耳鳴りや難聴、発熱など、わたしの身体不調は実に多彩です。そうしたサインが出たときは、心身の声をしっかり聴くようにしています。

た……それが、慢性的に陥る社会的臨死状態でした。

生きたいという欲求ゆえに死んでくる……社会的臨死状態の背景にあるパラドックスは、「生きたい」という、生物として生まれ持った強い欲求とのつきあい方と深く関連しています。**欲求を御せるようになる過程は、執着（囚われ）を手放す過程と一緒に進んでいく**のです。生来《アプリオリな》の自分を取り戻し、純粋意識と身体の協調体制が整ってくる過程も、同時に進みます。自らに対する欲求充足のケアは、自らを生かす、つまり、自分を愛するという人生の営みとして、死の瞬間まで続いていきます。言わば生そのもの。いろいろな経験を重ねるとともに、加齢的な変化（肉体的成熟と老い）もあり、欲求の感じ方も欲求とのつきあい方も変化し、**長い時間をかけて御し方を覚えていく**のだと思います。一朝一夕で身につけられるものではなく、**うまくいかないから人生は面白い**……わたし自身は、そんなふうに思うようになりました。

5. 執着がもたらした二度目の原点回帰

自分の身体に棲みついていた**驕りという悪魔の面構え**を目の当たりにしたわたしは、もう一度サナギに戻れと言われたような気がして、何だか自分にがっかりしてしまいました。わけのわからない自分、できない自分になりたくない……だから待てなかった……何てなさけないんだろう……そんな思いでいっぱいになりました。自分が有能にならなくても、りぃおがのびのびとできればそれでいいだけなのに……。

「わたしにはわかっている、経験もあるからやり方も知ってる」いや、それは**いらないプライド**……。

「アイディアはいくらでもある、あとはカタチにするだけ」いや、それは、過去のやり方で未来を象ろうとしているだけ……。油断していると、不安と焦りが、**未来に向けた時間の早送り**をしかけたがるのです。

「りぃおを生かして生きていくために、わたしがいま選択できることは……？」わたしは、窓の外に視線をうつし、春を待つ凍った景色を眺めながら、ぼんやりと考えました。

りぃおは、まったく自由に飛び回ることを望んでいたのです。一方、社会関係に括られたわたしは、少し困っていました。大切にしてきた社会関係から離脱することになるからです。りぃおがそれを望むならば、それがもっともよい方向性……それなのに、素直にそう思うことができませんでした。それは何故か……？　単純に、今の居場所から離れがたい、新たに誰とつながったらいいかわからない……そんな心情もありました。が、深掘りすると、そこには、慣れ親しんだ世界（コミュニティ、ネットワーク）から離れることへの自信のなさや、成果主義的な懐疑（失敗を恐れる気持ち、不安）があったのです。

では、今後どうしたらいいのか……答えは一つしかありません。それは、**純粋意識の志向性に沿う選択をすること**です。そして、選択したあとは、**何が起こっても流れに抗わないこと**なのです。―自分―創発の流れを手繰り寄せるということは、そういうこと。―自分―の居場所を創るということは、この、たった一つの答えのとおりに選択を重ねるという単純にして自然なこと。そのシンプルさを困難や災厄に思ってしまうのなら、その現実的な困難感を自ら払拭することなのです。それは、とどのつまり、執着（囚われ）[136]を手放すということに行き着くのです。

*

——執着はどうやって手放すの？

「そんなことできないよ。**執着は人生の基本だもの♪**」

——あれ？　ちょっと待ってよ。執着を手放すってはなしだったんじゃないの??

「執着は悪いことだって思ってる人多いからね。**執着それ自体は別に悪いことでもいいことでもないんだよ**」

——どういうこと??

「**生きることへの執着がなくなったら死ぬ**からね。マズローのところで話したやつ[137]だよ。**人は生きたくて囚われる**」

——じゃ、手放すべき執着ってどんな執着？

「対象を間違った執着。執着の対象を間違うと、生のエネルギーと時間が、不要な方向に消費されて、生きにくくなってしまうの。だから、手放したほうがいいと思う。手放さないと、トラブルも起きがちで厄介だしね」

——執着の対象を間違うと厄介？　それじゃ、正しい執着の対象って何……？

「無いんだよね」

——それ、おかしい！　間違いがあるのに、正解がないのは変！

「正しい執着の対象が無いのってどうしてだと思う？」

——またまた、もったいぶっちゃって!!

「**生来《アプリオリな》の自分を生きる過程に執着**できてると、自然に囚われ（執着）から解放されて自由になるからなんだよ」

——あ!!　それ、時間と集中のはなしに似てる。あのはなし、好きだったな～♪　純粋意識の赴くままに生きられているときって、雑念が何もなくて、ただ、自分の人生の時間に集中しているだけなんだね！

「そうそう。**だから自動的に囚われから解放された状態になる**の。あえて言えば、生来《アプリオリな》の自分が生きようとする人生の経過に積極的に乗っているってこと。それを何も知らない誰かが見たら、何かに囚われてるとか、こだわってるとか、思うかもしれないなぁ……」

136）本書では、執着を、囚われと同義とみなしています。また、宗教的な教義を意識せずに、一般的な言葉として用いています。

137）p.83-85をご参照ください。

——自律の軸、**自分の人生のコンパスがぶれない状態**ってことだね。

＊

「ぐるぐるぐる……」のロマネスコのはなし（フラクタル）を思い出してください。真にブレない状態は、生のエネルギーのパターンも、考えや行為のパターンも、そして、その人物のどこをとっても、すべて同じ法則性をもったその人自身のパターンになっている状態でした。そんな、自律の軸がブレない状態（ノイズが無い状態）になると、生来《アプリオリな》の自分が生きにくくなるような照り返し（嫌なこと苦痛なこと）は受け取らずに、[138]つとめて、**生来《アプリオリな》の自分がありのまま生かされる照り返し**を求める生き方をするようになってくるのです。この場合の「求める」は、他者に求めるということではなく、**生来《アプリオリな》の自らで在り続けられるような居場所**[139]**を求めて自律的・能動的に動いていく**ということ。居心地が悪ければ、居心地のいいところをめざして探索的に動いていくのが、生き物として当たり前の行動ですから、それを自然にやればいいだけなのです。つまり、コンパスがブレない状態は**単純《シンプル》**。この単純さが、経験豊富で物分かりのいい大人にとっては一番難しいことだったりするのです。

＊

——あれ？　今のはなしでいくと、コンパスを取り戻していくうちに、執着（囚われ）から自由になるってことにならない？

「そうだよ。欲求を御せるようになるプロセスも、全部同時に進む。価値の器がはずれて、生のエネルギーの純度が高まっていく過程で、**生来《アプリオリな》の自分を生きる過程以外の何かに執着しまくっている自分に気づかされる**からね」

——あぁ、コンパスがブレて、違うほうを向いちゃうと執着になるのか!?

「そう言われてみたらそうかもね!!」

138）「「自分」の具現化に必要なことしか意識に入らなくなり、不要なことは意識にひっかからなくなる」という感じに近いです。「人生経験から多くのことを学んで許容範囲が大きくなり、以前嫌だったことが今は気にならなくなった」というのとは**違います**。

139）ここでの居場所は、単なる物理的な居場所のことを意味していません。物理的な居場所も重要ですが、ここでは、心理社会的な居場所を重視しています。**心理社会的な居場所のなかには、個人の精神世界ともいえる意識空間内の自らの位置づけも含んでいます**。わたしの場合は、物理的な居場所を変える必要はなく、精神世界・意識空間のなかで、自らの位置づけを変える必要がありました（これは変化の後に気づきました）。自らの位置づけが変わる前には「コンパスどおりの方向性で生来《アプリオリな》の自分を現して生きていくのなら、従来のやりかたではうまくいかない」という確かな経験と認識が必要でした。つまり、自らが内側から変化して成熟していくには、表面的にみる失敗、うまくいかない経験が必要なのです。が、その経験を、単に「失敗」として自らに烙印を押してしまうのなら、いつまでもその世界から出られません。何故なら、成功・失敗を判断するのは、何らかの価値の器だからです。生来《アプリオリな》の自分のとおりにありのまま、コンパスが向く方向に生きるうえでの生きやすさを「うまくいく」と表現するなら、うまくいかなかったときはどうすればよりスムーズに前に進めるのか（生きやすくなるのか）を考えるしかありません。その結果、自らの位置づけを変化させることが必要と判断したら、世界を見渡す目の高さや角度を変え、その時点で最善と思われる場所に自らの居場所を変えていけばいいのです。

――気づいてなかったの？（笑）。それじゃ、もう一回聞くけど、どうしたら、囚われ（執着）から離脱できると思う？

「とりあえず、**変に否定したり抑圧したりしないで認める**のが一番簡単な方法かな」

――やっぱ、とりあえずなんだ！（笑）

「だって、ちょっとずつ価値の器を壊してうすくしていくのと原理は一緒だもん。自分のことってあまり見たくないから、とりあえずでいいんだよ（笑）」

――そうだね、そのほうが気楽でいいや♪　で、**認める**って具体的にはどういうこと？

「認めるってのは、在るってことをしっかり認識するってこと」

――肯定するってこと……？

「**NO！**　肯定って否定と対になってるよね。これ、価値判断。**人間の存在それ自体に対してジャッジメントしない**。まず、自分自身に対して、中立的な自分であることからはじめる。これは徹底しなくちゃ」

――自分のありのままを見るのが怖いのは、価値判断するアタマがあるからなのかな？

「そうかもね。大事なことは、**価値判断せずに**、ただ現実を丁寧にみて、**在ることを認識するだけ**。欲求のはなしと基本同じだよ」

――抑圧しないってことだね？

「まぁそうなんだけど、欲求を御すのと同じで、抑えないからといって、執着エネルギー大放出のやりたい放題ってことではないわけだよ。自分や他人を害するような行動化はご法度だからね。これも、人の倫につながる端っこ問題がある」

――う～ん、なんかわかりにくいな。要するに、**ありのまま認める**ってことでしょ？　離脱することが目的なのに、ありのまま認めるって、なんか遠い感じがするんだけど……。

「あっ、目的間違えてる!!　目的は生きることだよ!!」

――そうだった!!（汗）

*

うっかりすると、目的と手段がころっと入れ替わるのは、これだけではありません。単なる遊びや日常生活から事業所の経営まで、**目的と手段は気づかないうちに入れ替わってしまいます**。油断もスキもありません。

*

――そうか～♪　生きることにストイックになればいいんだ。

「そうそう。執着から離脱することを目的にしたら、離脱しようとばかり思うでしょ？　意識するのをやめろ、思うことをやめろって、自分に言い聞かせて簡単にやめられると思う？」

――無理だね。それをやった時点で、既に意識してるし、思ってるもんね。

「でしょ？　やめろって言い聞かせてやめられるなら誰も苦労しないわけよ。やめろって言い聞かせるのは、**ますます囚われる道を選択してるのと同じ**」

——**押すのも引くのも無効**だということは、**他の軸を選択するしかない**ってことだね。

「その、他の軸ってやつは？」

——純粋意識の赴くままに生来《アプリオリ》な自らを生きることだね♪

「そう。自律の軸！」

＊

目に見える様々なことを分類し、対処をマニュアル化しようとすると、この世界はかえって複雑化するばかり。それぞれの本質を見ていけば、「生きる」という自然に到達する……**自らが生来《アプリオリ》な自らであるように生きる**……どんなことが起こっても、この大切な目的を忘れずに自らの内に問うていくだけで答えはみつかってくるものなのです。まずは観察。自分の内側で何が起こっているのかをいったん冷静にみつめ、自分が執着している対象（何に囚われているのか）とその背景（理由）を自らに問い、ありのまま素直に認める……それしかありません。

＊

「囚われの根底にある欲求と満たされない想いの背景をちゃんと認めてあげたら、どうでもよくなって案外スッと抜けてしまったりするものだよ。まぁ……根が深いとそう簡単にいかないけど、何度か繰り返しているうちに軽くなって、スッと抜けていくのは確か（付録2-1）」

——前に言ってた成仏だね。

「そうそう、成仏ってやつね。感情的な水っぽさが抜けるの」

——根が深いっていうのは、生まれ落ちたとき最初に発動する生理的欲求と所属と愛の欲求あたりに絡む社会関係だよね。

「そう。それって、大人になると、恋愛のパターンや生活のパートナーとの関係性に出る傾向があるし、親になったら、子どもとの関係性にも出やすいんじゃないかなぁ……」

——人間と人間の愛着関係って、身体的な欲求と強く結びついているからね。情（身体反応）が絡むから厄介だな……。

「愛着関係に絡む欲求不満というか、自分は愛されていないという欠乏感というか、しがみつかないと愛が逃げていくんじゃないかという不安というか……そんなのをクリアランス[140]できてはじめて、

140）大概、子どもを持つときにはクリアランス（clearance：不要なものを手放し一掃すること）できていないと思います。そのため、世代間継承されてしまうわけです。これは既に本文で触れたとおりです。毒親と言って、いくら養育者を責めたとしても、決して解決しません。結局、自分自身も、その関係性に囚われることで引き継いでしまった価値観を次世代に継承してしまうわけです。自分の世代で世代間継承をやめる、と覚悟し、前世代から引き受けた呪縛をすべて整理して解いていくことができれば、社会にとっては大きな遺産を遺すことになります。心理社会的な負

身体的欲求を超えられるんだと思う」

――超えるとどうなるのかな……？　成仏するから情が抜けるってこと??

「抜けるっていうと感情が無くなっちゃうみたいだけど、そうではなくて、情に囚われない感じって言ったらいいかな……。情という身体的な絆で括りつけずに、**信頼で結ばれる関係性**になっていくイメージ」

――執着とのつきあい方って、簡単じゃないけど……これまでの総括っぽい感じだね。

「人間として経験する**自分自身の現象**って、内側で複数のことが絡みあってるからね。内側をみつめて生来《アプリオリな》の自分を救済するなんて、言うは易く行うは難しで、かなりしんどい……とりあえず、あまり先を見ないで、**自他の人生を破壊しない範囲で飽きるまで執着させてあげる**（自分に許可を出す）のが自然かも」

――自分で無益な苦しさに気づいて離脱するまで見守るってことね？

「そう。執着し続けてると、大概は、時間の効果で疲れてくるし、眼に見えて損失も大きくなる。お金や時間の損失、社会関係の損失や喪失……自分のエネルギーが執着に喰われて、本来大切にすべき時間（自分の人生）を生きられなくなってしまう。強い感情的な経験もするから心身のダメージが大きくなって余計にしんどくなる。**生きたくて執着するがゆえに生きられなくなってしまう**（死んでくる）っていう本末転倒な状態に自分で気づくときが来る」

――そのときがいつ来るかは、その人しだいってことか……（ため息）……厳しいねぇ……。

「もし通常の社会生活が送れる範囲内（いわゆる健康範囲内）の執着なら、飽きてばかばかしくなるか、時間やエネルギーが枯渇するかして、自然に離脱できることが多いと思う。目が覚めるって感じね（笑）」

——なんだか痛いね（苦笑）。

*

執着は、コンパスが狂ってしまった状態（あらぬ方向を向いてしまった状態）のまま、生のエネルギー（生きるエネルギー＋生かすエネルギー）を突進させるようなもの……。エネルギーが向かっていく対象が人や物質的なものの場合は、傷つけあったり損失を出したり……と、**いわゆる実害**[141]を伴うことがあります。同時に、自分自身も消耗する（死んでくる）ことが少なくありません。

の遺産を継承しないということは、ただそれだけで、とても大きなライフワーク（志事）です。同様に、心理社会的な負の遺産を抱える苦しみと、それを解消していく過程や喜びを次世代に伝えていくこと（言語で伝えるのみならず、生き様を身近な人に見せていく、感じ取らせていくことも含みます）は、次世代に残された負の遺産をも浄化する取り組みです。周囲にエネルギーのパターンとして引き継がれるため、次世代に波及効果を持つ目に見えない遺産になるのです。

141）たとえ、**実害が出てしまったとしても**、**成敗（裁き）の対象は行為だけ**です。**行為の主体（人）に対して成敗しない（裁かない、審判しない）こと**。根本は、人間になら誰にでもある執着なのですから。

＊

――囚われの対象って、目に見えないものもあるの？

「あるある。一番気づきにくいのは、**固定観念に囚われる**ってやつだな……」

――あぁ……それ、**価値の器に気づかないってのと同じ**だね。

「そうなの。一般的に〝執着してる〟って言ったら、目に見える対象とか、それに伴っている性質（価値）に囚われている状態をさすと思うけど……」

――得意の、もっと深いところでは……ってやつね？

「うん。表面的には眼に見える対象に囚われているんだけど、より本質的な、**真の囚われの対象**は、こころの奥にある固定観念とか、価値判断の枠みたいなものだと思うわけ……」

――深く掘るとそこにたどり着くってことか……。

「そういうこと。価値づけは、欲求充足と分かち難く結びついてるから、執着するときのエネルギーって強いんだと思う」

――人間の根っこが出生時のしがみつきと環境適応だからなぁ……根が深いね。

「……ということで、**象られた自分の欲求不満が強いと執着の対象を間違えやすい**気がするわけ……」

――どういうこと？

「欲求不満を抱えてるってことは、慢性的に満たされてない、足りてないって思ってる状態で、常時、**満たされたい思いに駆りたてられている**……ってことだよね」

――それで？

「自分の欲求が、自分を照り返す他者に映り込むことが多々あるわけよ……」

――あぁ、**本来なら自分自身が生きる過程に執着すべきところを、まちがえて相手のそれに執着してしまう**ってことね。

「そうそう！　相手が意識の中心に入ってきて、すごく入れ込んじゃったりするけど、**潜在的には自分の欲求に囚われていて、自分のなかでぐるぐる空回りしている**だけだったりする。結局それは自分を観てただけなんだよね、自分の価値の器のなかで相手を観ているだけだから。これ、結構、ケアを伴う関係にありがちだと思う……わたしの経験ではね……」

――まさに、惹かれてやまず傍らから去りがたく……。痛いなぁ……。

「どうしても意識の中心に入ってきて気になって仕方がないとか、そういうのって囚われのサイン。自分の欲求に気づくだけじゃなく、偏光フィルタや価値の器に気づくチャンスだと思って、立ち止まって自分につきあってみたらいいと思うな」

――囚われ（執着）って、欲求とすごく近いところにあるし、生のエネルギーって角度からみれば愛とも近いところにあるんだな～。ちょっとずつ被ってる！

ところで、この執着のおはなし、舞台のカーテンコールのように、主たるキーワードがぞろぞろとつながって出てきます。これは一体……？

＊

——ふと思ったんだけど……このはなし、**社会的臨死状態からの離脱とめっちゃ被る。**

「あぁ、ほんとだ。社会的臨死状態は、生きたくて囚われてる状態だもんね」

——**象られるって囚われと限りなく近いね。価値で括られる**わけだから。

「ほんとだ。いま気づいた……ということは……」

——社会的臨死状態って……

「生来《アプリオリな》の自分の生以外のものに執着してる状態だね……」

——それが始まったのは……？

「生まれたときのしがみつきから……かな？」

——やばい、ひとまわりした……

＊

わたしは、「あの光」を追いかけて摑んだ「答え」を思い出しました。答えを摑んで崩壊したあの日から、随分長いこと旅をして、結局また、原点に戻ったのです。急に可笑しさがこみあげてきて、わたしたちは笑いころげました。

＊

（ぎゃはははは〜♪）　　な〜んだ、結局しがみついてただけじゃん!!

　何回まわったら気が済むんだろ!!　wwww

あのさ、りぃお、これだけ理屈こねられたのも「執着」のせいだよ!!

　ウケる!!　　（ぎゃはははは〜♪）

　はぁ〜　笑い死ぬ〜!!

　あ〜苦し〜っ!!

＊

これは、原点回帰を繰り返す、終わりなき生の物語……。生を探求していると、時を経て原点に戻り、その瞬間に、生への理解が深まり、深まりの分だけ生をより俯瞰できるようになる……。それを、何度も何度も繰り返し、生のエネルギーの軌跡はらせんを描く……。生きているということは、らせんなのかもしれません。

第６章　｜わたし｜が居るということ

１．｜自分｜創発な生活を送るには？

日本が昭和という時代まっさかりだった頃、りぃおは、北海道の東にある小さな町で、ヒトという生物の姿をもらって、この地上に現れました。雪と氷に囲まれているだけでも寒いというのに、日照時間がもっとも短い時期を狙って生まれ出たのです。随分と大人びた顔つきにアルトで落ち着いた泣き声[142]……。受け取った助産師《サンバさん》は「ツワモノになりそうだな……」なんて思ったかもしれません。そんなＬＬサイズの態度で、両親や周りの大人たちをそそのかし、りぃおは、欲しいものを手に入れる人生をスタートさせました。生まれたときには、もう「みみ」という名前まで手に入れていたのですから、りぃおは自分が魔法使いなのだと信じていました。どうやって手に入れたか、ですって⁇　実

142）母から聞いた生後間もないわたしの様子です。なんとなく変わっていたのだそうです。

は、胎内から父の意識に働きかけて獲得したのです。もっとも、その音にあてられた漢字は、両親が考え、役場の戸籍課で半分なおされて「美美」になったのですけれど……。こんなふうに欲しかったモノがちょっと変質して手に入ることもありましたが、それは、人間界にいろいろな決め事があるから。そんなことを除けば、りぃおが望んだモノは、ほとんどがちゃんと与えられたのです。こうして、りぃおの狩人のような人生は、従順で一生懸命な両親に支えられて順調にはこんでいきました。ところが……

＊

——ねぇ、次は？　次は～⁇

「先はまた今度にしようよ」

——え～⁉　まだほんの入り口だよ⁉　もうちょっと話してよ～♪

「わかった、わかった。じゃあ、りぃおも手伝いなよ。りぃおの自伝なんだからさ」

——は～い♪

「次は、どんな展開になる？」

——ところが‼　りぃおが大好きな自由だけは手に入らなかったのです‼　だな～♪

「ねぇ、なんでまた、美美さんじゃなくてりぃおの自伝なのさ？」

——故郷《くに》に〝地球レポート　日本人編〟を提出しなくちゃならないいんだよぉ。

「なんだそれ!?」

——ボスと約束してるの～♪　今度こそ、地球でお宝をゲットしてくるんだって。

「ちょっと、からかわないでよ……え……？　今度こそって、まさか……」

——もちろん、地球に来たことあるよん[143]♪　前回も、前々回も、お宝ゲットに失敗して、ボスから〝まじめにやりなさい!!〟って叱られたの。あははは～♪

「り、輪廻転生……??　め……めまいする……マジか……なんだよボスって……（冷汗）」

——ボス？　りぃおの源の宇宙エネルギーだよ。m33銀河[144]にあるんだ～♪

「えぇっ??　え、SFみたいだな……（汗）それじゃ、お宝って??」

——お宝は、純度を高める「エネルギー精製の記憶」なの♪

「……それのどこがお宝なんだよ……」

143）以前も人間をやっていた記憶というものがなんとなく蘇ることがあり、自然に「前世ってあるんだな」と思うようになりました。そして、最近は、人間の身体死が生の終わりだとは思わなくなりました。

144）りぃおの「くに」のおはなしは、mimiという音から連想した完全なる創作です。以前、SFファンタジーを書いてみたくて宇宙のことをにわか学習していた時期があるのですが、その際にm33銀河が実在することを知りました。望遠鏡があれば、気象条件しだいで観測することができる天体だそうです。わたしは望遠鏡を持っていないので天文台に出かけていきましたが、気象条件が悪く見ることができませんでした。地味な銀河ですが、いつか見てみたいものです。

——お宝だよ！　純度を高められる生き方のパターンをレポる!!

「わからんわ～……どうやってレポるのさ……（悩）」

——大丈夫！　ちゃんと〝おはなし〟にして語れば、エネルギーが宇宙に通じるの♪　コトダマ、コトダマ～♪

＊

りぃおは、とにかく大喜びで「おはなし」の語りを求めるのです。まるで、子どもが絵本を読んで欲しがるように……。りぃおが「お宝」と言っているのは、人生を生きてみた経験から学び取ったこと。わたしは、りぃおにつきあって、約半世紀で学んだことを頭のなかで総括してみました。自己崩壊してまで学んだんだからカッコよくまとまるかな？　と思いきや、気恥ずかしくなるばかり……。図像的な物語の記憶が言語に置き換わり、明確になればなるほど、当たり前のことしか出てこないのですから！

まず、ここまで人生を生きられたことが有難いことで、自らを生かすことにつながっているこの地上の何もかもが、**善悪を超えて稀有**[145]であること。そして、精一杯、自らを生きる一つ一つの生命エネルギーが、愛おしい存在[146]だということ。自らの人生をただ自らであるように慈しんで生かし、他者は他者で在れるように祈り、まっすぐ照り返す……それが感謝をもって生きるということ……結局、行き着くところはそれだけなのです。

「こんな当たり前のこともわからずに生きてきたのか……」まったくお宝感が無いどころか、かつて大人面《オトナづら》をしていた自分は、**大人のものまね**をやっていただけのようだと気づき、余計に恥ずかしくなるわけです。

いまのわたしは、世代を超えた継承の流れに組み込まれてヒトという動物の個体を生きています。御年54歳。サナギ前は、肉体に括られた生が全てであるかのように思っていたため、人生は、出生から身体死までの、緩急入り交じる曲がりくねった線分の上を進むようなものだと捉えていました。が、最近のわたしときたら、すっかり世界観が変わってしまい（付録1-1,2）、人生という時間には、どのように出発しても戻ってきてしまう原点のような領域[147]があるように思えるのです。そんな不思議なサイクルをたどりながら徐々に変化していく不確かな流れが、人生であり時間だと感じられます。

こんな自分自身も、ここに至る経過も、経験する前には、まったく想像の及ばないところにありました。様々な経験を振り返ると、どれが欠けても、いまのわたしは無かったと思います。遭遇しなくてもいいことは、結果的に何一つなかったのだと自然に思うようになるのです。たとえ、過去に不要だと思ったことでも、無かったことにしたい出来事でも、通り過ぎて完全変態が終われば、良くも悪

145）いまこの一瞬に現れる幻のようなもの、奇跡、に近い意味で使っています。
146）尊いという言葉と近い意味で使っています。人間の愛情とは違った、身体を離れた視座から捉えた、愛おしさです。
147）点に一定の面積があるというイメージです。遠くから見れば点であるような……。

くもなく、ただそれだけが在ったという記憶（中性の出来事）になってしまうのですから不思議です。それならば、最初から、「何事もただそれがあるだけで何の意味も価値もないんだよ」と達観していたら楽なのでは……？　つい、そんな風に思ってしまうのも人間。けれど、最初からそうなってしまうと、生きようと思えなくなってしまうのです。価値や意味を見出せるということは、欲求という生の原動力があるからこそ、なのですから。

物事に意味や価値を見出す人間の認知機能が無ければ、現代の社会生活が成り立たないのは確かなこと。先人の認知機能と愛（生のエネルギー）の恩恵があったからこそ、わたしたちの「物理的な生」の前提が整っていた……それは疑う余地のない事実です。けれど、この認知機能によって、本来わかるはずのない未来を象ってしまうと、自分で自分の首を絞めるという副作用もあるのです。**これから来る時間を早送り**して結果を先取りしようとしたり、まだ見ぬ未来を象った**「期待」と悪魔の契約**を結んでしまったりすると、純粋意識が持つ志向性（自然）が損なわれるリスクを高めてしまうのです。

＊

「いまを生きる上で何よりも大切なのは、**価値自由（value -free）**[148]だな」

――それ、時間と関係なさそうに見えるけど、どういう意味？

「意味的には、価値づけの囚われから解放されるってことなんだけどさ……」

――出た～♪　執着しない宣言（笑）。

「面白かったよね～、執着（笑）。縛られてるって言いながら、自分でしがみついてるだけなんだな～って（笑）」

――人間って自分の外側から入ってくるものに敏感だからね♪

「そうそう。他者から象られない、周囲から着せられる価値に合わせないってことも、外側から入ってくるものへの対処。だけど、実はそれだけじゃなく、**自ら未来の自分を象らない**ってことも大事。これが**時間**と関係することだよ」

――あぁ、悪魔がささやく驕りの声みたいなやつね！

「そうなの。些細な人生経験も含めて、過去に学習してきたあらゆることは、必ずしも将来の―自分―創発に適用できるものばかりではないしね」

148）これは、もともと科学哲学で使われる言葉です。科学は、観察事実という証拠に基づいて、この世界のしくみ（現象）を解明する学問です。ここで重要なのが、「観察事実が、いかに、人間が認識する価値から自由で在り得るか」という問題です。人間は、観察対象に意味を見出したり価値を見出したりしてしまう認知機能を持っているため、全く純粋に価値から切り離された観察をするということは、そう簡単なことではありません。人間は「そう思って観ればそう見える」生き物だからです。こうしたことを議論する科学哲学領域では、科学（特に自然科学）が、価値から自由であることをもっとも重視し、value-freeという言葉が使われています。この言葉を、わたしは、人間として経験されること（人生）に応用して使っています。

――あのさ〜、人間って不安になると占いなんかに頼ることもあるよね。

「それ、昔あった（笑）。合理的な知識じゃなくても何でもいいから、まことしやかな雰囲気をもった何かに象られて安心したい的なのがあるわけよ」

――人間の弱さだよね〜♪

「人間として生きている以上、弱いのは仕方ない……でも、せっかく価値の器から自由になったんだし、自分で自分の未来を括らないことにするよ。強がらずにね」

――冒険、冒険♪　とりあえずの勇気で行こ〜♪

*

強がらない、とか何とか言ってみたところで、現実は結構生易しくないのです。人間の認知機能というヤツは意味や価値を見出さずにはいられないのですから。油断すると、あっというまに価値による囚われが忍び寄ってくるし、うっかりすると自分を縛ってしまうこともあるわけです。だからと言って、認知機能と戦ってはいけません。なぜなら、生きて居ること自体、認知機能の恩恵にあずかっているわけですから、**戦って否定すれば自分自身を殺してしまう**ことに……。人生における唯一の乗り物の肉体を大切にしなければ、―自分―を現すこともできないのです[149]。ではどうしたらいいのか……。それは、これまでにも触れた法則と同じで、枠ではなく軸を持つことに尽きます。つまり、**不安にならずに安心して居られるよう、自分自身で自分を支えること。**そのため、わたしは自分が自分で居られるように、**瞑想や浄化**など、サナギのなかでしていたことのいくつかを、現在も実践しています（付録2-0、1、3、4）。

生きていれば、どんな人でも、自分に合いそうな魅力的な価値の衣を着て寒さをしのぎたくなったり、他者が自らを象ってくれない（評価されない）ことを寂しく思ったり不安に思ったりするものです。そんなとき（つい自らを象りたくなったとき）は、それをSOSのサインと捉え、やさしく自らの内側をみつめて内なる声を聴いてみる……。すると、大概、物理的に（肉体が）**疲れていたり**、身体を獲得したことで生じた**四つの欲求**[150]**の充足が蔑ろにされていたり**して、価値自由《value-free》の状態を「生きにくい（ストレスだ）」と感じています。わたしの場合、このような状態に陥るパターンは二つあります。

149）価値判断のための知識やセンスは、一自分一の具現化の際に、適切に使える状態にしておくことが大切です。**何もかもピンとくるか来ないかではこの世の中を渡っていくことができない**からです。一自分一の人生を目に見える形で構築していくにあたって、**物事や行為の選択に伴う価値判断ができるように自らを整えることは、どんな宇宙人にも必要な能力**だと思います。日常生活は選択の連続……この物質的な社会で生きている限り、**価値判断に関わる枠は自らの生活の道具として欠かせない**のです。選択の道具であったはずの枠のなかに自ら入り「価値の鎧」を着込む（象られる）選択を**しない**こと、この、道具の使い方のわずかな差が、生来の《アプリオリな》自分として生きられるか否かの差なのだと思います。

150）生理的欲求、安全の欲求、所属と愛の欲求、承認欲求の四つをさしています。なお、象られた自分が主張する自己実現の欲求も承認欲求の仲間です。これについてはp.239をご参照ください。

一つは、純粋意識が意に反して突っ走ったり、身体反応が強く出て感情的になったりして、いまここでのわたし（理性）が両者を調整できずバランスを崩してしまうという状態です。このパターンは、純粋意識と象られた自分が葛藤関係にあった頃に何度か経験しました。このような形でバランスを崩すと、感情の奴隷のようになってしまい、**冷静な判断ができずに四つの欲求に翻弄されてしまいます。**結果的に**純粋意識の声が聞こえない状態**に陥ります。

もう一つのパターンは、わたし（理性）が純粋意識と仲良くなりすぎて、**身体がある人間としての現実を忘れて**しまい、身体に無理をさせて**体調を崩し、動けなくなってしまう**という状態です。これは今もよくやる失敗です。このようなときは、身体的な不調（疾病の発症も含む）に陥り、動きたくても動けなくなります。どちらのパターンも、―自分―の具現化をストップさせたり、要らぬ回り道（過去の失敗の繰り返し）をしてしまったりする要因になるので、注意が必要なのです。

*

「コツは、動物として安心して居られる場と時間を持つことだね」

――冒険を続けるにはベースキャンプが必要ってことか～♪

「身体を休めたり暮らしを楽しんだりする家のなかは、ぷちミステリーを楽しむくらいで安定していると二重丸だな～」

――あ、やっぱりミステリー要素ありなんだね♪

「そうだよ。だって、そうしないと、りぃおが死んでくるでしょ（笑）。それって安心できる場じゃないよね」

――そうだね（笑）。全体のバランスをとるのが大事ってことか……。

*

心的冒険を続けるためには、人間の自分を丁寧に扱い、自らに愛を注いで小さな「喜びと満足」を積み重ねられる**生活基盤が大切**。そのポイントは**「喜びと満足」を乳幼児期に戻して捉えなおしておくこと**です。

純粋意識が選択する喜びがまっすぐに出ているのは、乳児のときです。まず、こころに留めるべきことは、人間が生きる喜びは内側から発生するということ。[151] 本来の生きる喜びは、**内側から発するエネルギーが外側から跳ね返ってくることで湧いてくるもの**なのです。それは、無邪気な子どもを見るとわかります。子どもは、誰かに言われなくても、自らエネルギーを発し、それが跳ね返ってくることを喜びます。その典型が、**まっすぐでたわいない（意図も意味もない）養育者と乳幼児のコミュ**

151）大人になると、「何かいいことないかなぁ」などと、満足させてくれる喜ばしい出来事が、外側からやってくることを期待しがちです。しかし、外側からやってくるエネルギーを取り込むことに慣れてしまうと、自分自身の内なるエネルギーの状態（定常状態）がわからなくなってしまいます。それでは、生来の自分の声（純粋意識の志向性）は、捉えにくくなるばかりです。外側から象られる方向へ傾いてしまいます。

ニケーションです。これは、意味が無いように見えても、**生きて存在している喜びと、自らがありのまま照り返されることの満足を覚える基礎体験**として、とても大切です。

人間という生物は自己をどのように構成するのか、生活史のなかで「自分」という存在がどのようにできてきたのか……それを研ぎ澄ましていくと、どんどん原点に戻っていきます。―自分―の創発は、生きる上でもっとも基本的な食事・排泄・睡眠といった当たり前の日常生活のなかで、**生来《アプリオリな》の自分が無条件で喜ぶ些細なこと**を探すことからはじまります。生来《アプリオリな》の自分が無条件で喜ぶことを発見したら、その充足を外側に求めず、**自分の力で与え（自ら自分に満足を体験させ）、具体的で単純な喜びを重ねる**のです。例えば、疲れている自分に消化吸収のいい食事を与える、お風呂でのんびりする時間を与える、あるいは、寝具やトイレを清潔にして心地よさを高める……そんな素朴なことを、他者に求めたり、お金で購入したり、お酒やその他の嗜好品などでごまかしたりせずに、まずは、**自力で具現化する**ことからはじめます[152]。

自分で自分に与える実践を本気でしてみたら、どうしても（チャレンジしても）自分自身ではできないことが多々生じるものです。そうしたときに、どうすれば自力でそれができるようになるか、立ち止まって考えてみるのです。すると、自分ができないことを与えてくれる他者の存在の尊さが身に染みて実感できます。なぜなら、**他者から提供されることのすべてに数多の人生（生のエネルギー×時間）が隠れている**からなのです。自他の尊重というものは、まったく素朴な日常に根を張り、自然に立ち上がってくるものなのだと、いまのわたしは実感しています。

こうしたこころの働きがあると、他者に支援を依頼したり支援を受けたりするときに発信するエネルギーの質が変わるように思います。わかりやすい例で言えば、御礼や報酬（対価）として金品を気持ちよく手放せる、自然に報酬以外の価値がにじみ出る（例：御礼の言葉や態度にホンモノの謝意を感じさせる性質が伴う）といったことなのです。内側からまっすぐに生のエネルギーが出る（意図して出すのではなく自然に出る）ことが大切で、その結果として、人が自律的に動く（他者の生のエネルギーが出る）という現象がくっついてくるわけです。[153]

あらためて表現してみると、生来《アプリオリな》の自分（純粋意識）というものをみつめ、その自然を大切にして

152）障碍があって自力でできませんという方は、自力が及ぶ限りでいいのです。日常ルーティーンになっている介助を受けるなかで、介助者と、自分を満足させられる些細なことを手に入れるための対話をしてみるのも自力で具現化することの一歩です。要は、自らのエネルギーをまっすぐ放つことが大切なのです（ただし道徳のゆるす範囲で）。たとえば、全身が動かず他者の介助なしに好きなところに行けない状態の人が、自分自身が何を体験したいのか周囲に伝え続け、動くことを支援してくれる人たちを動かしていく（動いてくれる人を引き寄せる）のも、自力を使うことです。

153）こうして文章にすると、理想論的に表現するしかなくなるので、もう少し解説します。大人の場合は、生のエネルギー（愛）に傷が含まれることが多々あるわけです。自らの内側からまっすぐエネルギーを出しているつもりでも、生来性のエネルギーが曲がって出ているということがあるわけです。そのようなときには、大概、他者から得られる生のエネルギー（愛）にも似たような傷の成分（こちらの傷に同調する性質）が含まれていて、結局、あまり居心地がよくないという結果になることがあるのです。そのようなときは、相手と距離を置き、自分自身の傷を浄化［付録２－０、１）］することが必要です。

―自分―を創発させる暮らしの営みは、自分自身に素朴な子育てを実践することなのだと気づかされます。自分に対して理想の子育てをするように、自分自身を癒すのです。無条件で喜びを感じられ満たされる自分を自分自身で創造する……この原理こそが、**生来《アプリオリな》の自らとして生きることの本質**だと思われるのです。

完全変態してもっともよかったとわたしが感じることは、この、日常的で些細な喜びを自らに与える営みを、自ら愚直に実行することが、―自分―創発の基礎として必要十分なのだと気づいたこと。いまここを生来《アプリオリな》の自分のまま生きようとし続けるだけで、自然な時間の経過が自らで在ることを創ってくれる……それさえ知っていれば、基本的に安心して生きられるのです。

*

「単純だけど、これってすごいことなんだよね。**自分で自分に無償の愛を与える営み**」

――他人に与えるのでもなく、他人から受け取るのでもなく、自分に与えて自分が満たされるわけだから、生のエネルギーの流れる向きがよくあるケアと逆だよね♪

「そうなの。最初は本当にこれで大丈夫かな？　って思うんだけど……」

――ちょくちょくやってるうちに、生のエネルギーの流れが完全に逆転する瞬間がちゃんと来るから面白いよね～♪

「本当に生のエネルギーの流れる方向が変わったなって思う瞬間が来る。しばらくすると、それに慣れて、頭で考えずに楽しんで自分で自分に与えられるようになったなぁって実感するんだよね……」

――面白いよね。自分のために楽しんでやってると、傍らに居る人に、自然と与えてしまってい た……なんていう現象が起こるもん♪

「あぁ、わかる。自分で自分のために楽しんでるときのほうが、夫が楽しそうにしてたりするわ（笑）」

――そうそう。志事《しこと》でもそうだよね～♪

「たしかに、わたしがわたしとして居るだけというか、楽しいと思うような在りかたを自分に許可するだけで、相手が元気になる。効果を狙うんじゃなくて、むしろ脱力しているほうがうまくいくというか……それは正直驚き！」

――万人に好かれるか？　って言われるとそうじゃないけどね（笑）。

「そうそう、好かれるってことではないよね。そういうのと次元が違ってて、お互いに楽だっていう感じに近いかもしれない。相手に感謝されるかどうかを気にする前に、わたしに素でいさせてくれた相手に感謝する感じね」

――どう思われるのかはまったく気にならないというか、**気にする暇もなくこっちから「ありがと～」の世界**（笑）。

＊

無条件で「ありがとう」と感謝のこころとともに居られる社会関係があれば、それだけで、人は―自分―で居られるのだと思います。けれど、サナギ前のわたし自身が居た世界も、わたし自身が接点を持ち続けている対人支援の世界も、**「条件付きのありがとう」の社会関係で構成されているように見える**のです。I・カントの言葉を借りて表現するなら、仮言命法的（報酬を得るために支援する、いい支援者になるための経験が欲しいから支援する等）とでも言いましょうか……。もちろん、別の目的を達成するための手段として支援者役割を選択するのが悪いというわけではないし、現実問題、入り口は「食べていくため」だったりするのです。

「あの光をくれたナースと、それ以外の医療スタッフとの違いは、ひょっとしたら……」わたしの脳裏には、再び、遠くなってしまった高2のエピソードと、わたしを自己崩壊に至らしめた「ただまっすぐ照り返すだけ」という答えが蘇ってきました。

2. あの光が生み出される至高のケアと無償の愛を与えるケア

自己崩壊の引き金となった最後の研究が終わりに近づくにつれ、わたしは、あることに気づいていました。それは、以前から、関係者の間で「空気のドーム」などと表現しているものの正体でした[154]。空気のドームは、目に見えない不確かなものでありながら、**その現象の少し外側からなら捉えられるもの**なのです。そして、その空気を生み出しているのは、まさに、あの光を生み出す社会関係。そこには**単なる「反射」（まっすぐな照り返し）**があるだけなのだということを、わたしはうすうす摑んでいたのです。

「あの現象のなかには、純粋に人が居るだけ……」互いに居ることで場が生まれ、そこに時間経過があることで、一種独特な「反射」が起こり、しだいに空気のドームが醸し出される……。その独特な「反射」も、空気のドームと同様に、少し離れた視座から捉えられるものなのです。

では、その「反射」は誰が仕掛けているのか……？　**仕掛けている人などいない**のです。けれど、**確かに存在しているのは、一つの意志。**その意志がおよぶ範囲に人が入り、とどまり、[155]瞬間《とき》の連なりがあり、そして「始まる」のです。自然現象と言えば自然現象なのですが、**意図して創られた場であるにもかかわらず、あまりに自然であることが稀有**なのです。この現象に、ケアとして再現性のある技能や方法論があるのか……？　どう考えても、答えは〝ＮＯ〟でした。強いて言うなら、**ただ生**

154）これについては、他の研究者や臨床家と学会でも話し合いました。空気のドームと称するものは、グループ支援を経験したことのある他の臨床家が感じることとよく似ているというはなしになりましたが、その実態は捉えられないものだと結論されました。（新納美美・望月和代・佐藤園美『深刻な心理社会的外傷と孤立の状態にある人への回復支援から生じた共有価値を捉える試み―医療観察制度下の家族支援を支えた支援者の体験的世界から』日本家族療法学会　第36回北海道大会　自主シンポジウムS‐02、２０１９年６月28日。開催地：札幌）

155）その「ひとつの意志」に沿っていけない人は、声をかけても参加を拒んだり、途中で離脱したりしたと聞いています。もちろん、沿えない理由は人それぞれで、気持ちは賛同できても物理的に難しい人もいたようです。いずれにせよ、あくまで自由意志によって創られた場だったことは確かです。

命現象が在った……それだけなのです。

自ら収集したデータの分析結果、過去の調査結果、そして、既存の理論知を陶冶し、そこで展開されていた支援（ケア）が何だったのかを議論するなど、わたし自身も、手掛けたことが無く、他に見たこともない研究方法でした。[156] けれど、それしかない……それしかないから、それを選択した……わたしが進む道は、他にまったく選択の余地がなく、決して後戻りもできない一本道でした。

「在野[157]でやることに意義がある、絶対にやり遂げてみせる」一つの研究のなかで、社会科学と哲学の二刀流など、正統な流れのなかにある学問にはありえません。[158] 客観的に見れば、研究者としての常識[159]を知らない狂気の沙汰……。けれど、どうしても答えを摑みたかったのです。あの頃のわたしは、まるで、何かにとりつかれたようでした。

「わたしはこのために人生を捧げてきたのだから、もう引き返せない……」自分の選択が、一体何を意味するのか、わたしは、答えの姿が見えてくるまで気づいていませんでした。が、議論が進むにつれ、摑もうとしている対象が**無色透明なもの**であることが確実になっていきました。つまり、わたしは、**空[160]を摑みにかかっている**……。

「そうか……自ら対象[161]のなかに入ってしまったら、見えなくなるんだ……」わたしは、自滅の道に向かっていることを悟ったのです。ゾッとして、誰かに頼りたくなりました。自滅する前に、わたしがしてきたことが無価値だったのか、それとも、いくらかの価値があることだったのか、客観的に評価できる人の判断力が欲しいと思ったのです。

「少し離れた立場に居る誰かの眼があれば、まだ何とかなるかもしれない」答えを摑んだら、わたしは研究者生命を絶たれる……。せっかく答えを摑んでも、消えてしまえば世に出すことすらできなく

156）科学と哲学は歴史的に相容れない学問領域です。そのため、一つの研究課題のなかで、二つの方法論を同時に使うことは推奨されません（たぶん、タブーに近いと思います）。

157）大学等の研究機関に身を置いて研究を生業とする研究者に対し、フィールドに身を置く研究者を、しばしばこのように「在野の研究者」と呼びます。猫にたとえるなら、前者が飼い猫、後者は野良猫といったところだと思います。つまり、わたしは、博士課程を出たあと、野良学者をしていたわけです。

158）ありえない反則ですが、わたしの学問的出自である看護学は、基礎が実践にあるため、基礎学問領域の知識や研究方法論を用いるときに、社会科学と哲学の折衷を許容する傾向があります。

159）ここでの常識は、伝統的な（基礎系の）学問領域での常識です。応用系の学問領域とは少し認識が違うかもしれません。応用系の学問領域は、例えば、応用倫理学、臨床心理学、社会福祉学などが挙げられます（いずれも、わたしが接点を持ってきた学問領域です）。看護学も応用系の学問領域ですが、知識の系統樹を整理していくと、伝統的な学問の応用と考えるよりは、実践（F・ナイチンゲールの思想）に基礎づいた学問領域と考えるほうが妥当だと思います。（新納美美『ケアの科学と価値――応用科学哲学による看護学の再編と価値中立化を図る思考法の検討』博士学位論文、北海道大学理学院、２０１６）

160）わたしの記憶に残っているイメージにもっともフィットするのが「空」でした。ここでは、人と人の間や流れのようなもので、何も無い、実体が無いという意味で使っています（仏教用語の空については、十分な知識が無いので、それと同義なのか否かはわかりません）。

161）この場合の対象は、個人の心のなかではなく、集団支援のなかで生成されていた現象と共有価値のことをさしています。

なる……。

嫌だ!! だ、誰か……誰か、助けて!!

嫌だ、死にたくない……助けて……た、助けてよ……どうして……どうして……(滅)。

＊

「やっと、思い出しても落ち着いていられるようになったよ……」

——強くなったね♪

「そうならざるを得なかったわけだよ。助けてくれる人間なんて、一人も居やしなかったんだから……」

——りぃおは、やっと出番が来るって思ってた♪

「あぁ、そうだったね。自己崩壊は織り込み済みだったわけだから(苦笑)」

——いや、そうじゃなくて、美美さんが呼んでた誰かって、りぃおのことだよ〜ん!

「だよ〜んって、まさか!! 頼りなさすぎ!! あんた、あたしを笑い殺す気??(笑)」

——宇宙エネルギーに何を申すか、無礼者!!(笑) おぬし、結局、こうして無色透明を書いているわけではあるまいか?

「まぁ、そうだね。因果関係はわからないけど、結果オーライだわ(笑)」

——りぃおが出てきたから、ちゃんと叶ったんだってば〜♪

*

わたしが出会った場で、あの光が生み出され続けたのは、**そこに居るそれぞれの「自分」というものが生み出されていたから**なのです。つまり、そこに流れる時間を、それぞれの紡ぎ方で、それぞれが確実に「自ら」として生きていた……。複数のありのままの存在が一つの場を共有し、まっすぐ照り返しあっていたわけです。それは、立場を超えた人対人のもので、支援者かそうでないかは、関係ありませんでした。支援者は支援者で、その場を必死に生きていました。[162] その生き様は、社会的役割を超越していて、あらゆることが陶冶された人間としてそこに居続けていると言う以外に、表現のしようがないのです。

そして、そこに、特別なケアがあったのか？　という問いに対しては、無かったと答えるしかありません。詩的に表現するなら、乾いて死にかけたこころも生き返るような、天然水のようなケア……。支援者が、様々な経験や能力や立場を抱えたひとりの人間として、対象の傍らを定言命法的[163]に生き

162）支援者の実践については、次の研究報告書で詳述しました。新納美美『深刻な社会関係の損傷に伴うカタストロフィ後を生きる人への支援：オートポイエーシス・システムを基礎とする実存再構成支援の試論』（上廣倫理財団研究報告書、2020）

163）定言命法の説明は、傍注58をご参照ください。

て居た、つまり、その居方《いかた》（生き方）には、その場を生きること以外に何らの条件も意図もなかった[164]のです。だからこそ、そこには何もなかった。けれど、少し離れたところからみれば、そこには確かに**ケアが在るように見える**のです。それは、**ケアを探しているわたしが観るから見えた**にすぎない……それだけのことでした。それでもなお、わたしは、あの光を生み出し続けた場にみられる社会関係を、**至高のケア**だと認識しています。

何もなかったからこそ体現できたケアの過程には、純粋な生のエネルギーの循環と輝きがある……。**他者が他の誰でもない他者自身として居られることを後押しできるケアこそ、無償の愛を与えるケア**だと思われるのです。けれど、それは結果論です。当事者である支援者自身には、無償の愛を与えるとか、そのようなケアをすべきだとか、そんな意図も目的も自覚されていません。むしろ、そんなことは、頭からふっとんでいたと言ってもいいのです。少し離れたところから、ケアを探しているわたしにだから、そのように見えただけ。実は、**無償の愛を、現実の社会関係のなかで意図して与えることは不可能**だからこのようなことが起こるのです。

無償の愛を与えているかのように見えるケアの場面では、**ケア提供者自身が、支援の対象者の傍らで、自律的に自らの人生を生きて居ます。**言い換えれば、ケア提供者は、対象者の傍らで、自らの人生に無償の愛を注いでいるのであって、ケアの対象に注いでいるのではないわけです。それゆえに、照り返される対象者は、時間経過とともに、「この人（支援者）の前では、ありのまま《アプリオリ》で生きていいんだな」と信頼を覚えるのです。この状態に達すると、支援される人は、支援者から**非言語的かつ無**

条件に｜自分｜の存在をゆるされている（そうあることを後押しされている）と感じるようになるのです。そこには、絶対的な強さと安心感があります。第三者がそれに感動し、見様見真似で創ろうとしてできるものではありません。

　これまで何度も見てきたように、人間は、誰しも、他者に照り返されながら、自らの存在を創り、同時に、自らも他者を照り返し、他者の存在を創っています。いま一度その自然に立脚して、人を生かすことのできる社会関係を考えるなら、**自らに対して無償の愛を注ぎ続けることは**[165]**、他者に対する無償の愛の体現でもある**と言えるのです。自らに対して無償の愛を注ぎ続け、良いでも悪いでもなく、**自らのありのままの姿をもって、相手のありのままの姿をまっすぐ照り返し、時間と場を共有して居る**……そんな人から照り返される他者は、良いでも悪いでもなく、**無条件で自分として居ることがゆるされていると感じるようになる**のです。自分はありのままの自分で生きてよいのだなと無条件で信じられ、少しずつ生来《アプリオリな》の自分がまっすぐに出力されるようになる……そのような社会関係が、無償の愛の関係性なのだと、わたしには思われるのです。

164）行為以外の目的（仮言命法的に設定される条件）が無かったということです。即ち、行為すること、ただそれだけが目的だった（定言命法的に生きて居た）ということです。

165）これは、カントの定言命法（傍注58）を自分の人生に適用する生き方と重なります。自らが無条件に自らであることを目的とするように行為せよ……それは、生来《アプリオリな》の自らを無条件で生かしてあげなさい、言い換えれば、**生来《アプリオリな》の自らに対して無償の愛を注ぎなさいという意味になる**のです。

＊

——だけど、従来の無償の愛のイメージって、そういう感じじゃないなぁ……

「ケアの業界で共有されているイメージは**献身**《devotion》だよね」

＊

無償の愛は、これまで、理想的なケアの象徴として描かれてきました。母親が子どもに、ナースが傷病者にといったモチーフで、**無償の愛を注ぐ献身的なケアが繰り返し説かれて**きたのです。それは、洋の東西を問わず人間を魅了してきました。人間が自分自身を超越して他者を生かそうと献身することは現実にあり、わたしたちは、そのような姿から神聖な生のエネルギー（愛）を感じとります。けれど、それが現象から切り離され、ある種の期待や価値を伴ったかたちで与えられると、たちまち、超越的な理想論になってしまうのです。現実の社会生活のなかで経験された出来事であっても、**知識になると人間が超えられないものに変質してしまう**ということなのです。これは、観察される自然と、知識（思考）の間に生じてしまう、一種のパラドックスなのではないかと思われます。

＊

「これも**時間や囚われと関係がある**んだと思う」

――モデルとして期待される結果を与えられるって、時間の早送りみたいなものだもんね♪

「そうなの。そして、囚われてしまうと、枠を超えられなくなるんだよね。ものまねで終わっちゃうわけ」

――なるほど～♪　**いったん忘れて自分の時間に埋め込まれないとホンモノにならないんだな、きっと！**

「すごいな、りぃお！　いつのまに賢くなったんだ⁈」

――一緒に冒険してるうちに、美美さんの知識が使えるようになったんだよ～♪

＊

無償の愛は、しばしば、親（とくに母親）や対人支援者（とくに専門職、聖職と言われる職業人）のあるべき姿や徳として描かれてきました。他者に無償の愛を与える姿は、善なる人間の象徴[166]として、社会のなかで共有されてきたのだと思います。このような知識が、教え授けるという教育的社会関係の過程を経て提供されると、かえって、無償の愛と言われるような素晴らしいケアは、生み出さ

166）病者に対するケアは、古くは聖職者が担っていたと言われています。中世初期のキリスト教では、病者に仕えることが、神に仕えることと同じだと捉えられていたのだそうです。（参考書：佐藤典子著『看護職の社会学』専修大学出版局、２００７）

れにくくなると考えられるのです。その理由は、大きく二つあると考えられます。

一つ目の理由は、無償の愛が、人の生の固有の文脈《ものがたり》で現れる現象だからです。無償の愛は、人間の生のエネルギーがスパークして肉体を超え、他者の生に献身する感動的な場面として現実の世界に現れます。ここで大切なのは、それを単にモデル（模範）として受け取るのではなく、**何故、その人がそのような行為に至ったのか**を、当事者の視座で深く考えることなのです。いろいろな考えがあるでしょうが、わたし自身は、その人（献身した当事者）が無条件でそのように生きたから、即ち、自律的にそうしたから、肉体を超えて献身できたのだという考えに至りました[167]。無条件に自らの生を生きたから肉体を超えられた……それは、**生来性の自己実現の過程**でもあり、他律的なエネルギーの出し方では実現し難いと考えられます。

二つ目の理由は、教え授けることで正しい行動を選択させようとしても、自律的な行動が引き出せないからです。教え授けるという社会関係の構造それ自体が他律的なだけでなく、社会からの要求、期待といった形で与えられる「人物像」は、それを受ける側の**承認欲求（肉体に結びついた生のエネルギー）と結びつきやすい**のです。とくに、専門性などの権威的な価値をおびた社会的要求は、それに応えて生きていこうとする人たちに**概念的な囚われを植えつけやすい**ものなのです。無償の愛を他者に与えるという超越的な支援者像が、有能さの評価、人格的な評価、さらに、承認欲求と結びついてしまうと、象られることでケア提供者は苦しくなります。**承認欲求と結びついた形で理想像への囚われが長期化すると、支援者が社会的臨死状態に陥りやすくなる**と考えられます。これでは、ケアの質を高めることは難しいと言わざるを得ません。支援者が象られたプロの役者[168]なら、それに照り返される支援対象者も、支援者が「象られた支援者」で居られるよう照り返さざるを得ない（象られることを選択せざるを得ない）[169]からです。

理想論を含む様々な知識は、世界中で、日々膨大に生産されています。それがいまの社会です。専門性が高く、多くの人が欲しがる知識を所有する人が、社会的に強い立場にあるのです。そのような

167）例えば、看護学でよく知られている、ベナー看護論の達人ナースの様に、直感で最適解にたどり着ける超越的なイメージです。もちろん、理論に登場する達人のように、たくさんの下積みを持つ専門職ではなくても、一般的な社会関係のなかで肉体を超えた無償の愛が観察されることはあると思います。同様に、達人ナースがいつも無償の愛を提供できるわけではありません。いずれにせよ、ケアをする人（行為の主体）の生命の輝きが、観察者に神を思わせるから、無償の愛と言われるのではないかと思います。

168）少々乱暴な表現で支援者の皆さんには申し訳なく思います。が、よく看護師の世界では「女優になりなさい」などと教えられてきたのです。わたしは、産業精神保健の研究者として、それが看護師の健康によくないことだと思ってきました。が、同時に、演技が一種の防衛なのではないかと考えてきたため、真っ向から否定できずにいました。そのような背景があり、支援者のペルソナが支援対象者にとっても不利益であることをどのように言語化したらいいのか、長い間、考え続けてきました。

169）支援者と支援を受ける側（支援対象者、被支援者）では、支援者の方にソーシャルパワーが偏りがちだからです。少なくとも、現代の社会のしくみのなかでは……。なお、素直に象られる道を選択せず、要求にしたがわない人は、問題○○（問題患者、問題利用者、問題ケース等々）と、みられることが少なくありません。もちろん道徳の問題がありますから、そのなかには本当に社会問題になる方もいるわけなのですが……。

立場の人たちから提供される知識は、たちまち、人を象る社会的要求・期待になってしまいます。専門職のみならず、子育て（養育）や介護の担い手まで、他者を支援する立場（役割）にある人達は、社会から認められるよい自分でありたい、よい自分を見せたい、評価されたい（承認欲求）と思うもの。何故なら、専門家が説いた**高評価に値するケアの実践が、ケアの対象にとってよい効果をもたらすと信じる**からです。それゆえに、理想どおりにできなければ、承認欲求が満たされない以上に不全感や罪悪感を覚えるようにもなりがちです。このような心理に支えられた対人支援（象られることを選択している行為）は、自分自身を超えられませんから、どんなに努力しても理想的なケア（超越的な素晴らしいケア）は生じにくくなるわけです。逆説的ですが、**与えられた知識による囚われを手放さなければ（いったん忘れなければ）**[170]、**理想のケアに到達するための道を歩むことができない**というしかけなのです。

いまのところ、わたしは、このような答えに到達しています。そのため、**人間の社会関係（人と人の間）のなかで、他者に向けて提供される無償の愛は基本的に成立しない**（少なくとも相手に与えることを意図して実践し続けることは不可能）と考えているのです。[171]けれど、この節の冒頭で触れたように、支援者自身が、ありのままの自らを愛し、自らに無償の愛を注いで、自律的に支援対象者の傍らで生きられたなら、それによってまっすぐに照り返された支援対象者は、ありのままで生きることをゆるされたと感じ、自らに無償の愛を注ぎはじめる可能性を高めます。確実にそうさせることは不可能……そこには**常に不確実性が伴う**のです。

──忍耐だね。確実にそうさせたいっていうのは、ケア提供者側の欲求だもんなぁ……。

「確実な結果を求めるのは、時間の早送りだからね……」

──相手の人生に囚われずに、自らを生きろ……そこにかえるってことだね♪

＊

＊

どのような言語や文化から描いても、人を生かす善いケアが無償の愛という超越した真理（この地上的な幻想）に到達してしまうのは、不思議なこと。人間という生物が、まっすぐに生かしてくれるエネルギー（愛）を志向していることの現れのように思われてなりません。誰もがありのままに生《アプリオリ》きられるまっすぐな照り返しを求めているのに、この地上で、他者からそれを与えられることは極めて稀……いや、限りなく無いに等しい……。もしも、眼の前に居る人が真に（生来の自らとして《アプリオリな》）生き

170）**手放すのは囚われだけ**です。知識は忘れなくていいのです。知識がいらないと言っているわけではありません。知識も技能（技術）も、確かなものをより多く持っているに越したことはないのです。
171）生きている限り探求は続いていくので、途中で考えが変わるかもしれません。したがって、他者に押し付けるつもりもありません。大切なのは、それぞれが、人生を通して深く考え、自ら解答を手に入れることだと思います。

られるよう手助けすることをケアというのなら、ケアする人は、ケアの対象者が自ら生来性のエネルギーを解放する方向に変化できるよう、自律を後押しすべきなのです。では、どうやって？　それが、わたしが摑んでしまった**無色透明な答え**なのです。

3.「居る」ということ

「あなたの研究で言っていることは、**居る**ということだと思いますよ」無色透明な答えを摑む数か月前、わたしは、助成金をくださった財団が主催する研究報告会で、このようなコメントをいただきました。[172] このときは、まだ、いただいた言葉の意味をのみ込めてはいませんでした。ただぼんやりと、脳裏に焼き付いた居る姿が思い浮かぶばかりで、居るということをどのように説くのか、それすら、わからなかったのです。その方は、さらに、このように話されました。「専門職には、居られない人が多いんですよ」そして、わたしが手にしている知識は、人間が生きる上で必要な、とても大切なことだと話されたのです。そのときにうかがった本[173]は、かなり後になってから読みました。確かに、専門職が居られなかったエピソードや居方《いかた》について、親しみやすいタッチで描かれていました。けれど、居るということそれ自体（本質）についての解答は得られませんでした。

わたしは、いただいたコメントが忘れられず、折に触れて思い出しました。あの光が生まれる場で、支援者がしていたことは「居る」ということだった……。そこに集う人は誰もがそれぞれの居方で

「居た」……とても真摯に「居た」……。そして、わたし自身も、その傍らに「居た」のだという思いを強くしていったのです。それは、はじめて「あの光」を見たときと共通しているようにも思えました。

では、居られない人は、何故、居られないのでしょうか。さらに、どのような**「居方《いかた》」**をすることがケアになるというのでしょうか。物理的にただ居るだけの人が人を癒せるわけではないことも事実なのです。**本当にただ居るだけの人と、ただ居るだけを本気でやっている人との違い**は、どこにあるのでしょうか……。

*

――違うのは精神だよ～♪　目に見えないものが違います♪

「いや……ぱっと見、わからないじゃない？」

172）コメントをくださったのは、実践宗教学がご専門で、グリーフケア等でよく知られている方です。休憩時間に声をかけてくださり、対話のなかでこのコメントをくださいました。このときの対話が無かったら、わたしはこの本が書けなかったかもしれません。とても感謝しています。

173）東畑開人著『居るのはつらいよ：ケアとセラピーについての覚書』（医学書院、２０１９）。実は、コメントをいただいたときには既に手元にありましたが、読むタイミングが来ていないと思い、積んでありました。このときは、自分で答えを出してから読んでみようと思いました。結局、サナギから出かかったくらいのタイミングで読みました。

――わかってくるんだよ。創発されてくる、自然に。だから時間が大事なんでしょ～？

「まぁ……そう言われたらそうなんだけどさ……」

――けど、何？

「物理的にただ居るだけの人って、ず～っと価値の器のなかに引きこもっているから、人間対人間のコンタクトが取れない感じがするんだよね……**役割に象られた照り返しあいが起こるだけ**というか……ある意味無難だったりするんだけど、つまらないというか……」

――じゃ、ただ居るだけを本気でやってる人は？

「価値の器が開いてるというか、役割とか関係なく、**その人として居る**って感じ。だから、別にその人の何かを知らなくても、何かをしてもらわなくても、その人を感じるし、**関われてる**って感じがするんだよ」

――おぉ!!　そういう人と居られたら、**まったく象られない安心感**があるね!!

「そうなの。本当にそう。そういう意味で、支援者側は**意図して何もしていない状態**[174]なんだけど……ただ、認知機能はものすごく働いてるんだよなぁ……」

――あ！　あの人達（あの光を生み出す場を創った二人）のこと言ってるでしょ？

「うん。二人の経験[175]を聴いたら、人間ってすごいなって思うよ。それこそ、**全身全霊でその場にただ居た**……って感じ……。**ただ居ることだけをたった一つの方法とした覚悟**みたいなものがある」

――ものすごい認知機能の働きって？

「カタストロフィのさなかにある人達[176]が生き続けられるように支えようとしていたから、とにかく**エネルギーの摩擦が起きないように細心の注意を払っていた**んだよ……」

――たとえば、どんな感じ？

「誰かの発言とか反応とかを、絶妙に流しながらも、絶対に落とさないって感じ……あのね、ちゃんとホールドしてるけど、受け取りましたよ的な支援者独特の摩擦がないんだよ。喩えて言うなら……生のエネルギーを無摩擦で拾い続けるアクロバット的円陣パス[177]……だけど、表面的には、自然にそ

174）これは、わたしが伴走していた家族支援のことで、支援者は、平素の社会的役割をはずれて、ただの人間として居ることに徹していた、という意味です。支援者と、支援対象のご家族とは、法的な制度のなかで出会っているので、会えば自動的に象りが生じてしまいます。それをやめるために、社会関係の前提をはずしていく作業をし続けたということなのです。その結果、ご家族一人ひとりのパーソナルな部分に対して無侵襲、かつ、それぞれをありのまま認める（ゆるす）場が生み出されていったのです。

175）最後の研究の調査で語られた内容のことです（生データは非公開とさせていただいています）。

176）単にカタストロフィのさなかにあったというだけではありませんでした。カタストロフィの契機となった問題によって家族として担わねばならない社会的役割も様々あり、さらに、ネガティブな評価とともに社会から象られざるを得ない状況にあったため、非常に深刻でした。

177）支援者は、当初、創始者の二人、その後ひとり増えて、三人でした。三人目の方は若手で、支援の場に加わるときに「居ればいい」としか言われなかったと語っていました。創始者二人の個性ある動きをみながら、何を大切にしているのかを読み取り、自らの持ち味で居方《いかた》を確立していったのだそうです。

の人が居るな~って感じだけ」

——すごいね~♪

「本当にすごい。調査で聴いただけじゃなくて、わたしの場合は、その場に入って観察してきた経験があるからすごさがわかる。あれは誰にも真似できないと思う」

——すごい人見ると真似したくなるけど……そうじゃないってことなんだよね?

「真似してるうちは、上手にやりたいとか、成果をあげたいとか、あるじゃない?」

——そうだね。

「それ、一種の囚われだよね。調査のときにたまたま出たはなしなんだけれど、その支援の場を運営していた支援者(チーム)は、治療的によかったかとか、うまくいったかとか、そういう評価的なはなしを一度もしなかったって[178]言うからすごいんだよ」

——そりゃすごいな……。

「一つの意志だけがあったの。そこにはともに生きるという意志しかなかった……分析してたときは気づかなかったけど、それって、まさに**自律**の精神。生かすじゃなくて、生きるだった[179]」

——そこに至るまでの奥行というか、**生き方が居方《いかた》に現れる**ってことか……。

「うん。言葉にすると、なんとなく軽々しい感じになるからうまく言えないけど、そんな感じ。りぃおが最初に言ってた精神って、そこだよね……」

＊

報告会でいただいたコメントのように、カタストロフィに陥った人への回復ケアが語っていることは、本当に「居る」ということに違いありませんでした。それは、**対象の特性や支援者の専門性とはまったく別次元**のもの。**人が生きるということの根本に届くこと**だったのです。

では、**わたしが摑んだ「空」は何だったのか……**。あの光を生み出す至高のケアは、**「ひらいて居られる感覚」**と**「内なる時間」**、そして、**「反射（まっすぐな照り返し）」**……それらが、支援する・されるに関係なく生じていたのです。これら（まとめて三要素と呼ぶことにします）が、わたしが摑んだ「空」であり、人間が一その人自身一として「居る」ということの本質です。もちろん、物理的に肉体が在るということも大切なことではあるのですが、一貫して、社会的臨死状態をキーワードに

178）調査（グループインタビュー）では、「そういえば、プログラム評価的なはなしをしたことって無かったね」というかたちで語られました。わたしがまだ研究者だった頃に、プログラム評価の依頼を受けて、記録の分析をさせていただきましたが、その背景が、何年も経ってからやっとわかったのです。

179）この支援活動の創始者は、行政職としての役割を超え、ひとりの支援者として事業をたちあげています。そのときにキーワードとしたのがResilience（日本語で回復力と訳されています）。カタストロフィにあるご家族が生きられるよう支えるにはどうしたらいいか逡巡するなかで、Resilienceという言葉に出会い、ご家族も支援者自身も、生きるために必要な言葉（概念）だと思われたそうです。偶然ですが、Resilienceという概念はわたしの大好きな概念（産業精神保健の研究において大切にしてきた概念）でもあり、はじめてこの支援活動に触れたときにご縁を感じました。

心理社会的な生と死をみつめてきた立場で、このような本質に至ったわけです。

結局のところ、上記の三要素は、誰かが誰かに与えられるものではありません。そのため、これらを与えることがケアだということはできないのです。けれど、人が人として生きるということそれ自体を支える生き方、あるいは、人の精神の健やかさを支えていく生き方を選択すると決めたのなら、意図して、**これらが他者の内に生まれる機会を創ることができる**のだと思います。その方法は、大筋で言うなら、それを必要としている人の傍らで自らが「ひらいて居られる感覚」と「内なる時間」が生まれるよう自律して生き、まっすぐ照り返しあう関わりを持つ（「反射」が生じる機会を持つ）ことなのです。それにより、もしも、助けることに成功したなら、双方に「ひらいて居られる感覚」と「内なる時間」が生まれている状態[180]になっているはずです。

ケアとは、「結果的に人を癒すに至った関係性で生じていた相互作用」なのだと思います。時間を先取りして期待される結果から支援関係を動かしていくと、象りが生じることによって関係性を誤り、対象のありのままの姿が捉えられなくなったり、傷つけたりすることがあるのです[181]。至高のケアが無色透明だったのは、**「人の生を先に描く罪を手放しなさい」というメッセージ**だと思われてなりません。ケアしようとするあまり、他者の生に執着し、他者に変化を要求する[182]のではなく、その人の傍らで、あなた自身があなたの生をあなたの居方《いかた》で懸命に生き、まっすぐ相手を照り返し続けなさいと教えられたのです。

様々な役割期待のなかで象りが生じることを避けられない社会関係のなかに身を置くわたしした

ち……だからこそ、**人として自然に居られる力**が必要だと思うのは、わたしだけでしょうか。自然に居られる自分になるということは、象られ続けるパターン（社会的臨死状態に近づいていくパターン）から離脱して、生来の自らで生き続けるということを意味しています。象りあうことのない社会関係のなかで、ゆるりと素になり、自然な自分を思い出し、とりあえずの勇気で象りの衣をはずしても居られる人が増えていったら、きっと社会は生きやすくなる……。いつも生まれたてのこころでいられたら、どんなに素敵なことでしょう……。

180）ありのままで居ていい、ありのままの自らとして生きても大丈夫といった、共有価値（無償の愛が生み出すあたたかさ）が生まれている状態です。

181）こうした象りは、支援者（とくに専門職や経験豊富な指導者）が、ついしてしまいがちです。必ず傷つけるというわけではありませんが、**見えない暴力になることが少なからずある**とわたしは思います。支援者側は支援者側の正当性をもって判断しているため、自らが相手を傷つけているとは思わず、支援を受ける側も傷つけられているという認識を持たないことがあるのです。**正当性と、優しさをまとった脅威（支配、暴力）とならないように気をつける必要がある**と思います。

182）暗にそのようなエネルギーを注ぐこともここに含まれます。それは、社会的圧力（一般的に言う「圧」）をかけるのと似ていますが、それほど強いものでは無い場合もあります。多くは、促すという行為のなかに含まれていると思います。

4．社会関係で起こる生命現象と居方《いかた》

最近、わたしは、宇宙人としてはじめて、自分に肩書を与えてみました。「何してるんですか？」と尋ねられたときに「宇宙人」と答えても、対話が流れなかったり、独特の宇宙人解釈で象られてしまったり……と、結局、象られないただの人としてこの社会で生きることが難しかったからなのです。もちろん、他人の宇宙人解釈のパターン（価値の器）を楽しむのも悪くないのですが、わたしが生きて居る目的はそこではなく、こころの遺伝子を遺していくことなのです。そこで、りぃおが大好きな言葉[183]で、肩書っぽいものを創作してみました。

コミュニティ共創アーティスト

りぃおとわたしは「なかなかイカしてるね♪」と自画自賛の盛り上がり。とはいえ、この肩書が示す意味は、それっぽさにもかかわらず、誰にも理解できません。この肩書が暗に発しているメッセージは……

わたしは象られません（象らないでね！）

なのです。大体、本人にも象れないのです。「わたしはこういう者です」などと、くどくど説明して理解してもらおうという気も起きません。にもかかわらず、コミュニティも共創もなんとなくイメージがつくし、アーティストだから創作活動をする人ということもわかってもらえる……。わかったようで、まったくわからない肩書……♪　象られなくて済む肩書をつくることに成功したのです！

「よし！　**これから関わった人たちと育てていける肩書ができた♪**　これからは枠じゃなくて軸だよ、じく～♪」最近は独りごとも、りぃおに似て、お花畑化してきたような……。

さらにわたしは、名前を「みみRyio《りぃお》」としました。本名がじつに変わっているので、webで検索すると、これまでの専門分野やキャリアがわかってしまい、象られるリスクが高まるからです。隠すつもりもないけれど、見えにくくしておけば、個人としての姿をみせてから必要なところを中心に開示できます。いつも、この地球《ほし》に降りてきた頃の、ただのわたしで居たい……それは、わたしが最後の研究で摑んだ答えと自らの経験から教わった**「居方《いかた》」の実践**でもあるのです。

＊

──居方《いかた》の実践って、さっきまでのはなしだと、ケアになる生き方ってことだね♪

「ＹＥＳ♪」

183）純粋意識のストライクゾーンに入ってくる言葉です。

――ということは、空の三要素と対応してるということだね～♪

「そうだよ♪　それじゃ、早速、一つ目、行ってみよ～♪」

相手を象らずにひらいて居る

「これは、今まで再三話してきたことの復習みたいなものです♪」

――ひらいて居るとは？

「そのときの精一杯でいいから、ありのまま《アプリオリ》の自分で生きるってこと。できるだけ価値の器をひらいて相手の傍らに居るだけでいいの♪」

――あのさぁ、価値の器が全部解除されちゃった宇宙人は、相手を象ることがないだろうし、ひらいて居るのが普通だから、ただ居るだけでいいってことだよね？

「まぁ、そうだね。だけど、象ることがないなんて、絶対的なことは言えない。内側にサナギ前の知識や経験をたくさん抱えているし、象ることを覚えている肉体[184]をそのまま使って、自分の生き方に必要な物事を日々取捨選択して生きてるわけだからね。言ってみれば、**人を象るリスクがとても低くなっただけ**なのよ～♪」

――そっか～……それじゃ、素に戻る（宇宙人化する）前の人はどうやって居たらいいの？

「とりあえず、できる範囲でひらいて居ればいいの♪　これは、価値の器をはずしていく方法を実践すればいいだけ！　とりあえずの法則♪」

――それじゃ、相手に対して価値の器による象りが起こっちゃうのはどうしたらいい？

「象りって、呼吸するように浮かんでくるから、自分で自分をちゃんと観察して、出てきたらいったんそれを脇に置いたらいいわけ。つい象ってたっていうこともあるけど、それはそれで気づけたら御の字。[185]いずれにしても、独りの時間をとって、じっくり、内なる自分と対話したらいいよ。[付録2-0、1]どうしてその価値の器ができちゃったのか、いつそれができたのか……」

――そうやって、**少しずつ経験積みながら価値の器を解除していけばいい**ってことね♪

「そのとおり♪　頑張らずにゆる～く続けることが大事♪」

＊

ここで、対人支援職によくある素朴な疑問は、支援者がありのままの自分（素）で居るなんて、社会的にゆるされるのか？　ということです。こう思ってしまう場合は、「ありのまま（素）」のイメージをとり違えていることが多いのです。「ありのまま（素）」だからといって、言いたい放題、やりた

184）言わずもがな、脳も含みます。

185）必要なときは、相手に謝罪するなど、関係の修復を試みます。それが難しければ、同じことを繰り返さないようにしたらいいだけです。こうしたことは気づかなければ実践できません。**気づくことは、自律にとって最高の宝物です♪**

い放題でいいというわけではない……常にこれまで触れてきた「**端っこ問題**（道徳の問題）」があるわけです。

わたしがここで言う「素（ありのまま）」は「生来の自分《アプリオリな》」です。特に対人支援の専門職の多くは、役割や専門性を着込んで、自ら進んで象られる状態で専門職人生を生きて居ます。現代的な基礎教育課程の多くがそのような人材育成をしているので、[186]従順で優等生であるほど進んで象られる傾向があるのです。

もしも、「人間として居る力を育てたいな」と思うのであれば、まず自分を認めるところから始めるといいと思います。「よくぞ頑張って象られてきた！　今日から少しずつ、学んだ道具を内側に落とし込もうね！」という感じです。そうやって、自分と対話しながら、少しずつ**中表**《ナカオモテ》になればいいわけです。生来の自分、つまり、ありのままの人間を表に出して、社会的役割とか、それを担うための様々な道具（知識や技術）は、全部自分の腑に落としていけばいい。[187]**人間として支援対象者の傍らを生きる際に、知性や技能が自然ににじわーっとにじみ出てくるくらいにしておけばいい**のです。

＊

――それが一番難しいよね～♪　頑張って中表《ナカオモテ》にしても、まだ価値の器をたくさん被った状態だってこともあるわけじゃない？

「そうだよ！　だから、とりあえず、それでいいの♪　ケアの仕事をしてると、相手の生きざまに照り返されて、自分の価値の器に気づいて、**支援職自身が生来《アプリオリな》の自分に還っていくチャンスをたくさんもらえる**んだから、楽しいでしょ？　生活支援をとおして自分自身も少しずつ価値の器を溶かしながら生きればいいじゃない!!」

――わ～♪　なんか気楽でいいかんじ～♪

「人生楽しいのが一番♪　ケアしてあげてるんじゃなくて、**あなたの人生に接点を持たせていただいてありがとう**[188]ってことだよ♪」

186）いまの教育が悪いと言っているわけではありません。資格を与えるための専門職養成（基礎教育課程）は、カリキュラム自体が他律的に創られているので、教育が他律的にならざるを得ないわけです。そもそも、専門職の基礎教育課程は、**専門職として立つための前提を創るためのもの**で、他律的にならざるを得ないわけですし、それをとやかく言うのはお門違いです。習う教育は危機管理上必要だと思って、しっかり学ぶべし、けれど、それでよい支援ができるわけではないということなのです。学校教育が他律的であっても**自律的に居られる自分になる**には、**自ら支援の道を選択する**こと、そして、**価値の器を自分のペースでやさしく（徐々に）はずしていくことのできる社会関係と出会っていく**ことが必要です。

187）知識と経験を陶冶して、自分のものにしていくということです。

188）自然にこのような心持ちでお仕事をされている方（いずれもナース）に、出会ったことがあります。知識として教えられたとか自らに言い聞かせているというレベルではなく、心底そのように思われているのです。本当に頭が下がりました。が、そのような方だって、人間ですから、時には感謝の気持ちを持てないことがあるのではないかと推察します。人への献身を大切にしていたF・ナイチンゲールでさえも、気持ちがささくれてしまうことがあった様ですし……（E・クック著、中村妙子訳『ナイチンゲール　その生涯と思想』（時空出版、１９９３）やC・ウーダム＝

――そっか～♪　これで、自律して生きることが無償の愛になるっていうのが詭弁じゃないって、信じられるね♪

「おぉ！　さすが相棒!!　わたしも知識を摑んだ当初は詭弁じゃないかと疑ってたよ（笑）。代弁してくれてありがと～♪　それじゃ、二つ目に入りましょ～♪」

内なる時間が動くのを待つ

――これも、今まで話してきた「時間」のこと言ってるね～。でもこうやって「待つ」って言われると、すごくしんどいわ～（汗）。

「そうね。他律的に待とうと思うとしんどいし、待ってる間、相手の人生に囚われてしまう（執着してしまう）としんどいね」

――え？　他律的に待とうと思うってどういうこと??

「自分の内側に動機がないのに、誰かに言われるとか……腑に落ちてないのに待とうと思うって感じかな。でも、それが悪いってことじゃないの。しんどいけど、やってみて気づくこともあるわけだから……」

――他律的に動くことそれ自体に良いも悪いもないけど、端っこ問題（道徳の問題）はあるわけだよね？

「そうそう♪　端っこは自律的に考えるべし。[189]りぃお、端っこ問題好きだね〜♪」

スミス著、武山満智子・小南吉彦訳『フロレンス・ナイチンゲールの生涯』（現代社、１９８１）といった伝記をはじめ、複数の資料を参考にしたわたしの認識です）。人間として生きるということは、綺麗ごとではないので、いつも正しかったりいい顔をしたりなどできません。そんな、人として当たり前の理解も必要だとわたしは思います。自律的な感謝の姿勢は、支援者であるなしにかかわらず誰にでも適用され得るもので、それを自らの人生に容れるか否かは、**個人の自由意志による**のです。他者はもちろん、自分自身にも、綺麗ごと（理想的な在り方）を押し付けることのないようにと**自戒**しています。このような考えに基づいて、わたしは、**支援者が人として未熟でもそれ自体を責めるべきではない**と思っています。これは、支援を受ける側から支援者へもさることながら、とくに支援者どうしにも言えることだと思います。近年、**支援者に課す「べき論」**（支援者のなかには、介護者や親も入ります）が、**行きすぎて凶器のようになってしまうケース**があり、胸が痛む思いです。わたし自身も、本書で、ある意味での理想論を書いているのだと思いますが、決して、**そうすべきだとは言っていません**。あくまで、「**自律的にそうできたら、至高のケアに一歩近づける**」と言っているだけなのです。無色透明な答えは、確たるものがなく弱いように見えて、実は大変強い威力を持っています。これを根拠に「そうすべきだ」と相手を責めるようなことをしたら、存在そのものへの否定になりかねません（直接相手に言えないからうっぷん晴らしにネット上に書き込んでバッシングする、などという行為も大変危険です）。わたしが摑んだ無色透明な答えを根拠に人を責めると、**相手を居られなくしてしまう**（**社会的臨死状態に陥れる**）**可能性**があります。責めた結果、相手に「帰属コミュニティに居られない」と思わせ、追い詰めてしまえば**自死リスクを高める**ことにもなります。万が一でも、そのようなことが起こらないよう、祈るばかりです。

189）道徳的思考法を本格的に学びたい方は、Ｒ・Ｍ・ヘアの主著（三部作）を読まれることをお勧めします。Ｒ・Ｍ・ヘア著、小泉仰・大久保正健訳『道徳の言語』（勁草書房、２００３）／Ｒ・Ｍ・ヘア著、山内友三郎訳『自由と理性』（理想社、１９８２）／Ｒ・Ｍ・ヘア著、内井惣七・山内友三郎訳『道徳的に考えること』（勁草書房、１９９４）。

――だいすき～♪　だって、人間に生まれたからこそってヤツだも～ん♪

＊

時間の経過は、意味や価値を創発させます。相手を象らずにひらいて居るあいだに、その居方《いかた》が、相手（その他の周囲の人を含む）の認知機能で捉えられ、そこから意味や価値が読み取られるわけです。つまり、**創発された意味や価値を読み取るのは他者**です。そもそも、この場合の時間経過も他者の認知機能のなかの出来事です。相手の認知機能が、こちらを捉えているかどうかは、わかりません。仮に、捉えていたとしても、相手の世界に居られる状態になるかどうかは、わかりません。それは、まったくうかがい知ることも、操作することもできない事なのです。だから……

待つ

……わけです。タイミングが来るまで待つという言い方もできるし、相手の世界のなかの適当な場所に自分が配置されるまで待つという言い方もできます。相手は、相手の生活史で築いた価値の器のなかに居るか、カタストロフィの状態で誰かに自分を与えてもらいたいと思っているか……もしくは肉体を維持しているだけでやっとの状態かもしれません。どんな状態であっても、**象らずにひらいて居る**。ひょっとしたら、相手がこちらを象りたがるかもしれませんが[190]、こちらも**自律して居る**わけですから、象られることに安易に応じる必要はありません。そもそも、安易に象られることは、相手を象るきっかけにもなるわけですから要注意なのです。このあたりの押したり引いたりの関わりは、真摯に実践してみる以外にありません。**「居方《いかた》」は自らの内側との対話で自ら決める。**自律にマニュアルはないのです。

＊

「メガさんくす《Thanks》♪　そもそも生きることは、何かにしがみつきたくなるものなんだから、マニュアル

——職人気質は顕在なようだね～♪　りぃお的には助かる！

「**〝ゆるい≠なまぬるい〟**《ゆるいはなまぬるいにあらず》枠はゆるく、軸をしっかり、ストイックにね～♪」

——おぉ、厳しいね～♪

倫理学の本に慣れない方は、解説書から入ると比較的理解しやすいと思います。わたしは、佐藤岳詩著『Ｒ・Ｍ・ヘアの道徳哲学』（勁草書房、２０１２）から入りました。

190）このはなしは、『居るのはつらいよ』という本に詳しく紹介されています（出典は傍注173をご覧ください）。関心がある方は是非お読みください。面白いです。身に覚えがあって笑いました。なお、対人支援をしていると、暴力的な象りに遭遇することも少なくありません。その場合、可能な限り距離を置くなど、互いのエネルギーの摩擦を少なくする対処（工夫）が必要だと思います。相手の**欲求（要求）**《エネルギー》に、自らの生のエネルギーが奪われてしまわないよう、自らを整えることはもちろん、周囲がサポートに入ること（サポート側も、傍らで自らを生きながら人間としてまっすぐ照り返し続けること）がとても大切です。

とかにしがみつこうとしないで、とりあえずの勇気で、自分で考えて、判断して、進んでみる[191]」

——これ、言うのは簡単だけど、結構な冒険だね♪

「あぁ、そういえば、わたしにも師匠って思ってる人がいてね……枠に囚われていたらいい臨床[192]できないって言ってたなぁ……。誰かが言ってる方法論を使うにしても、**自律的に判断して使うってことが大事**なのよ」

——ふ〜ん……端っこ問題（道徳）は？

「そこは直接は教わらなかったけれど……でも、いつも絶妙な距離感を保とうとする姿勢を感じる人だったな……。それがたぶん、師匠なりの端っこ問題の捉え方だったんだろうね……」

＊

居方《いかた》を決めるときに大切なのは、**待ち方＝時間の動かし方**です。相手の内なる時間を操作することができないのに、何故、内なる時間を動かすことが可能なのか……？　これは、三つ目の……

……と関連します。

対話

内なる時間が動くということは、違う表現で言えば、**相手の内側に変化が起こる**ということ。これは、その人の内なる世界に、それまでとは違う何かが入ってくるか、もともと内なる世界にあったことが違った姿を見せるようになる……ということだと思います。これまで「待つ」と言ったことは、**相手の世界のことをどうにかしようとしない**ということ。けれど、相手の時間が動いていくことを祈りながら、こちらは、相手の傍らで生きるわけです。つまり、**「居方《いかた》」の選択が、相手の内なる時間を動かすことのできる、ほとんど唯一のアクション**になるわけです。

「居方《いかた》」の一つとして大切なのは、相手の意識のなかに、安全な（象ろうとしない）照り返しができる他者（自分も含めて）が入る可能性が高まるように、環境や流れ（文脈）をつくることだと思いま

191）マニュアルがダメだとかいらないとか、そういうことではありません。つまり、**勝手にやっていいってことではありません!!**　判断に自信がないなら徹底的に勉強したり、先輩に相談したり、自分で責任を負えるように準備する、自分で責任を負える立場にないならきちんと上司に相談しておく……いろいろ準備をして、相手の傍らに立つときは、言われたことや収集した知識などに囚われず「準備したんだから、あるがままの自分に委ねて向き合ってみよう」と腹をくくる……その繰り返しなのです。だから、**できること、些細なことから実践する**……これ鉄則です！　継続は力なり。ファイト!!

192）学部時代の恩師（故人）で、ブリーフサイコセラピー（とくにソリューション・フォーカスト・アプローチ）を専門にされていました。ここでの「いい臨床」とは、セラピーを受ける側が自ら解決に向かって変わっていけることをさしています（と、わたしは理解しています）。この恩師の影響で、M・エリクソンの精神療法や、それらに関連する精神療法を理論として学び、自身の教育活動に応用してきました。また、G・ベイトソンの思想（世界観）も、これらの精神療法との関連で学びました。

す。コンタクトの機会を「そっと置いてみる」ということ。[193] 自らの意識のなかに誰を入れるのかは相手自身が決めます。さらに、それによって時間を動かしていくのも相手自身です。ここは期待をかけないことが肝要。**相手に向けた期待は、相手を象るのと同じこと**だからです。

＊

——これさぁ、もし、相手がカタストロフィのさなかにあったら、手も足も出ないよね……。

「う〜ん……環境や流れをつくることはできることが多いんじゃないかな……」

——たとえば??

「……支援職の支援ではないんだけど……例えば、[194] お友達が、食べたいときに口にできるような日持ちがする食品を玄関に置いていってくれた……とか……。折に触れて〝わたし○○に行くんだけど一緒に行かない？〟みたいな感じで、軽い感じの声かけをしてくれた……とか……」

——とりたてて御礼をしなくちゃならないような大げさなものじゃないとか、断っても大丈夫な感じとか、軽いってそんな感じなんだね。

「そうなの。だけど……支援者的な直接的関わりっていう意味で言うと、カ、タ、ス、ト、ロ、フ、ィのさ、な、か、に、あ、る人には、手も足も出さないくらいがちょうどいい感じがするのよ……」

——ん？　どういうこと??

「何とかする必要がある大変な事態ではあるんだけど、何とかしようとして働きかけすぎると侵襲になっちゃうのよ……**見えない手を差し伸べ続ける**感じ」

——見えない手？　りぃおみたいな見えない存在が登場するなんて、意外だな〜♪

「りぃおは純粋意識だけど、この場合は、安全なエネルギーを放っている感じかなぁ」

——あぁ、それって美美さんの特技だ！　りぃおにしてくれた関わりを、他人にむけてするってことだね♪　だけど、そういうのが不得意な人が、無理やり安全な空気出そう出そうとしたら、めっちゃ怖い空気になりそうなんだけど（笑）。

「そりゃそうだ！　そうなったら、相手を操作しよう（象ろう）としてるようなものだもの（笑）。ひらいて居ればいいんだよ、**生来**《アプリオリな》**の自分にしっくり来る象らない居方**を選んで」

——いやぁ……気が長いはなしだね。ベッポ方式じゃないと気が遠くなっちゃう〜（笑）。

「ベッポ方式でいいんだよ。全部これまでのはなしと同じ法則で生きたらいい。すべては自分が生きるってことなんだから♪」

193）相手を操作するためのトラップ的な環境・文脈づくりはＮＧです。ここにも端っこ問題があります（道徳は常に大切）。それほどまでに何かを選択してほしいのなら、直接コンタクトをとり、相手の意向を確認するべきだと、個人的には思います。もちろん、その「してほしい」という欲求がどこからくるものなのか、「それほどまでに」というエネルギーの強さも含めて熟考が必要だと思いますが……。

194）事例で紹介した方法を、とってつけたように真似しない方がいいと思います。それまでの関係性の延長で、自然な流れでそうされることをお勧めします。相手の反応に期待しないこともお忘れなく……。

*

自らの立場、相手の状態など、状況によって方法は数えきれないほどあるわけですが、基本（法則性）は一緒。とくに、相手がカタストロフィのさなかにある場合は、極力、摩擦が起こらないよう、静かな接点を持ちながら、**時間が動きだす瞬間を待つ**……それは、**生命現象が顕在化してくるのを待つ**ということでもあります。

*

――美美さんのパートナー（夫）は実に摩擦が無いというか、まったく無侵襲だったね♪

「あぁ、昔っから、わたしを象るってことをしなかったからね。崩壊からサナギあたりを過ごしてたときは、わたしが変だってことには気づいてたけど、わたしが全世界から見放された状態[195]だったことには気づいてなかったのよ（笑）」

――そうだそうだ、美美さんったら「エビデンス[196]になるデータ取らなきゃ」とかいって、30年以上前の約束のことを質問してたよね（笑）。

「わたしが全世界から見放されたときのたった一人の隣人になるってやつでしょ？　あれ、覚えてたのよ。それでね……」

――彼、「覚えてはいたけど、そういう状況になってないから、約束をまもったという自覚はない

よね」なんて言ってたよね♪　あれは、地味に美美さんの反応のほうが面白かった〜♪（笑）

「そ〜なの!!（笑）〝キコエル《幻聴がする》って言い出したら精神科だな〟とか言ってたから、気にはしてたのよ、間違いなく。無関心ではなかった。でも、どうにかしようとは思ってなかったんだと思う。彼は、わたしと接点を持ちながら、彼の人生を送ってただけなんだよねぇ……」

——究極だよ。宇宙人すぎる！（笑）

＊

人間が大好きな「情」という点では、ちょっと冷たく見えるかもしれませんが、結局それが楽（縛らない、自由）なのです。基本的に、相手の傍らで、生来の《アプリオリな》自らとして生きようとし続ける……相手が自分の世界にちゃんと配置されていて、象らず安定的にコンタクトを取り続けている……それが大事です。もしも、組織に所属する専門職のように、相手との関係性を支える場所や立場が与えられているならば、そこに身を置きながら、出来得る限りをつくして、ただ愚直に「自律の生」を実践す

195）全世界とは、個人が捉えている世界の全体、即ち、内的世界のことをさしています。内的世界は、人生によって紡がれるものなので、自己崩壊して人生に見放されたと感じたということは、全世界から見放されたと感じたのと同じです。

196）科学的根拠的なニュアンスで使っています（エビデンスの意味については傍注53参照）。

る[197]……。その過程で、同時に起こってくるのが、**照り返しあい（反射）と対話**です。これをイメージで表現するなら、人と人の間で、生のエネルギーが行き交っているような感じなのです。そのため、対話といっても、言語的なやりとりを伴うものばかりではありません。

わたしが**最後の研究でみつめていた「反射」**は、照り返しあいのなかでも、もっとも侵襲が少なく、生のエネルギーの純度が高いものだったのではないかと思われます。純度が高い照り返しほど、互いに自らのありのままが捉えられるだけで、余計な意味や勘ぐりを生じさせるノイズが発生しません。そのため、無条件で、受け取ってもらえた（ありのまま居ていい）という**安心の自覚**が生まれます。これが、**ただまっすぐ照り返す**ということ（わたしが掴んだ答え）なのです[198]。これは、相手の自律的な生き方を支えます。自律による無償の愛を体現していく上で共通の対人姿勢なのです。

そして、**対話**は、照り返し（反射）を伴ったかたちで自然に発生するもので、個人の精神と社会関係にとっての**生命現象**だと言えます。対話を**呼吸**と表現する人もあるようで、それには「本当にそうだな！」と感嘆しながら同意しています。人は、生まれ落ちたときに、他者の手と価値の器によって受け取られ、第一啼泣とともに自力で肺をひらいて呼吸をはじめます。その瞬間から、身体接触と啼泣で社会関係を紡ぎ、生命を維持しているのです。それを思うと、人は、この地上に姿を現してから、片時も休まず対話を続けていると言ってもいいのだと思います。他から照り返されないと自らを捉えることのできない人間にとって、**対話は自分を具現化する生命現象そのもの**なのです。

ここで気になるのは**対話の質**です。対話は生のエネルギー（愛）の現れ……ここに通常「傷」が含まれることは、既にお話ししました。これに関連して、もう一度思い出すべきことは、「相手を象らずにひらいて居る」ということ。**相手を象ることなくまっすぐに照り返す対話**を紡ぐことが、ありのまま（生来性の志向性）を認めながら関わるうえで、とても大切なのです。

＊

197）決して無理なことではありません。組織のなかにいても、自らの裁量の範囲で自律して生きることは可能です。裁量が増えるとその範囲も大きくなります（裁量が全く認められない組織は難しいかもしれませんが……）。人間は多面的な生き物なので、その特性をうまく使って、自律して生きられる場と時間を創り、わずかずつ拡大していくのが一番現実的です。

198）注意が必要なのは、**どうしても避けられない人的なノイズ（エネルギー的な摩擦）を限りなく少なくするにはどうすればよいか**です。健康度の高い者どうしなら摩擦が起こっても「当たり前のことだ」で済みますが、相手の状態など状況によっては、人的なノイズ（エネルギー的な摩擦）を最大限にカットできる方法を選択する（あるいは工夫する）ことが必要です。このあたりは、専門職にとって、とても大切な部分だと思います（そのため、方法論や、その根拠になる理論的な背景を、知識として十分持ち、トレーニングを積んでいることが大切です）。どんな方法でも万能ということは無いと思いますが、象りのサインを含め、人的なノイズを最大限にカットできる照り返し（反射）の方法は、精神療法で用いられているリフレクティングという方法なのではないかとわたしは考えています。リフレクティングに関する参考書に、トム・アンデルセン著、鈴木浩二監訳『リフレクティング・プロセス［新装版］会話における会話と会話』（金剛出版、２０１５）があります。このほか、日本の著者によって書かれたものに、矢原隆行氏の著書（矢原隆行『リフレクティング：会話についての会話という方法』ナカニシヤ出版、２０１６）などがあります。

――そんな対話を真に実践するには？

「自らの愛（生のエネルギー）に含まれる傷をありのまま認め、浄化していくことなの。まっすぐ照り返すって、自律して居るってこと。価値の衣で装うのはやめたらいい」

――相手に傷があるから癒してあげなくちゃ……ではないんだよね……無償の愛は……。

「そう。自らの愛に含まれる傷を認めて、負の記憶やそこにくっついた感情を浄化して、自らが前をむいてありのままで生きていこうとする……相手の傍らで……」

――そういう自分を、あえて相手に見せる必要はないって理解していいんだよね？

「必要に応じて（自分で判断して）話していいけど、そうする必要はないよ！」

――そういう自分で、ひらいて相手に対面するってことだね。

「そう。癒さないと中表《ナカオモテ》にはなれないよね……痛くて……。それが身に染みて理解できて、はじめて相手の自由な生き様を見守る強さが身についてくるのかなぁ……って今は思ってる」

――相変わらずだけど、答えは出ないいんだね♪

「一生探求～♪　冒険、冒険♪」

*

象らずにまっすぐ照り返す対話は、**価値にひらかれた対話**[199]と言い換えられます。価値にひらかれた対話は、人の存在に対して価値判断の枠をあてがったり、人の特性を何等かのカテゴリー（枠）で括ろうとしたりしません。相手の居方《いかた》（どのように在るか）を、他者（相手以外の人）が決めたり要求したりしないのです。相手が自由に自己実現していくことを保障するということは、**未来に開かれている**（時間を早送りして価値で括らない）ということでもあります。

価値にひらかれた対話は、相手を自分に引き寄せて（自分の価値の器のなかに容れられるか否かという観点で）関係性を創ったり、方向づけようとしたりしません。そうした象りあわない対話は、**互**

199）近年の日本で、対話と言えば、J・セイックラ氏がひらいた精神療法オープン・ダイアローグです。精神医療・福祉系の専門職の多くは、ご存知（少なくとも名称くらいは聞いたことがあるの）ではないでしょうか。わたしは、実践できるほど詳しくありませんが、以前から、自身の研究との接点で知識は持っていました（参考書：ヤーコ・セイックラ、トム・エーリク・アーンキル著、高木俊介・岡田愛訳『オープンダイアローグ』日本評論社、2016）。また、J・セイックラ氏とB・アラカレ氏が2017年に来日した際の講演会（於、東京大学）に参加し、実際の語りも聴きました。そのときのノート（講演のメモ）を見返すと、（患者本人・家族と複数、かつ、いつも同じスタッフが）「何がどうなるかわからないが、決められないなかで、安心できる状況をつくりあげていく」「一緒に考えていく」「ともに答えをつくりあげること、そのプロセスでしかない」「全員で話し合う」といった記述がみられます。オープン・ダイアローグの**オープンの意味**について、わたしが参照した資料には詳しい解説はなかったと思いますが、わたし自身は、**価値と未来に対して開かれている**ということなのだと理解しています。わたしが本書で言う対話を実践する方法として、オープン・ダイアローグはよい方法だと感じています。オープン・ダイアローグのエッセンスを学ぶための和書は多数出版されていますが、初めて触れる方は、森川すいめい著『感じるオープンダイアローグ』（講談社、2021）がわかりやすいのではないかと思います。

いに自分自身に気づき、自分自身を生成しあう「自由を保障する規範」[200]**によって成り立つ**のです。それぞれの存在も関係性も、いまここで創り続け、あとから創発されるのです。それに伴い、意味や価値も自然についてくるわけです。

未来に開かれて（それぞれの未来の姿を決めずに、期待せずに、求めずに、つまり、象ろうとせずに）互いにいまここを生きあい、まっすぐに照り返しあい、それぞれが―自分―を現そうとし、自由に人生を創造しあえる……そんな、**それぞれの存在が等価となるような対話**をしていくと、**その場を囲むそれぞれの―自分―が創発される時間が動いていく**のだと思います。もちろん、―自分―に戻るための価値の器への気づきも含めて……。―自分―を現すことは、いきなりは無理なのですから、やはり、単純なことを地道に続けるのみ。けれどそれは、とても力づよい人生をくれるのだと思います。

5. いまここにある冒険の物語

いま、わたしは、一年前には想像もしなかった世界のなかで、時折、記憶の世界の自分を癒しながら暮らしています。万年お花畑状態で浮世離れしたわたしに、過去のわたしが、様々な忠告をしてくれ、わたしを不安にさせることがあるからです。そんなときは、大概、どこかに残ってしまった古傷が疼いているので、ケアのために独りの時間をつくります。（付録2−0、4、5、6、7）きちんと声を聴き、必要な経験知（叡智）を使って対処し、無理をせずに身体を大切にしていれば、それが悪魔になってわたしを支配しようとすることはありません。薄黒い声やつめたい声が自分の内側から聞こえてきたときは、それが大きくならないうちに対話して浄化する、過去の経験に御礼を言うのが一番です。

　サナギダンジョンを抜けてから少しずつ変化してきた、**純粋意識が創る地球**《ほし》では、いま、中央に大きな樹、満々と水をたたえた泉、その周囲には小さな植物たちが育ち、穏やかな風が吹いて、全体が金色に輝いています。宙には、発光するエネルギーが流れ星のように行き交い、それに応えるように樹の枝がゆらいで、葉の一枚一枚から光のようなエネルギーが放たれます。泉の水面は、宙を駆けるエネルギーのバイブレーションを受けて、さざめきます。そして、様々なエネルギーどうしの摩擦は、時折、ごく小さな隕石を降らせるように生命エネルギーを地上に降ろし、新たな植物を芽吹かせて世界を豊かにしてくれるのです。

　純粋意識が創る幻想的な世界は、わたしをコトダマ発信の世界へと導きました。人が肉体を超えてバイブレーションを発するには、いくつかの方法がありますが、なかでも、**うた、踊り、語りは、道具を使わずに肉体だけで発信できる**方法です。このうち、宇宙はわたしに**「語り」**を指南したのです。自らの言葉で声を発する……他者に象られずに、自らの意図だけでまっすぐに発する……それは、わ

200）ここでの規範も、暗黙の了解という意味合いで使っていますが（傍注89参照）、わたしは倫理学で扱う「普遍的な規範」があるのではないかと考えています。しかし、それは、論理的に議論してたどり着くものではなく、それぞれが自律的に探求していくなかで発見したり、自然にコミュニティのなかに創発されたりするものだと考えています。

たしにとって思ってもみなかった活動[201]でしたが、自己崩壊に至らしめた「答え」を実践するには適していました。

わたしは、崩壊の契機となった**無色透明な答えを実践する**ために、サナギ前に積んだキャリアをゼロに戻し、宇宙人、つまり、ただの人（地球人）としてこの社会に**ただ居ることを選択**しました。新しい肩書も、新しい名前も、その宣言なのです。特別な何かを施すのではなく、人間として傍らに居てまっすぐに照り返す……それを真に伝えようとするなら、わたし自身が何も持たない、何も身につけない状態で大地に立つのが一番です。発信する言葉と行為が、すべて同じ法則……ロマネスコのようにフラクタルな、真にブレない自分として立つためには、**自分を装飾する象りの衣装を手放す必要があった**のです。

それなのに、いざ何も身につけない状態になると、伝える場を持つことは容易じゃありません。時折、時間の早送りのクセが出てしまい、少々悲観的になったり、途方にくれたりすることもあるのです。そんなとき、わたしを励ましてくれるのは、人間ではなく、目に見えない高次の存在[付録1-1]とつながった、純粋意識が創る世界です。自分にできる小さなことをしながら過ごすうちに、純粋意識が情報を加え、ほんの少しずつ現実とリンクした幻想的世界を描いていくからなのです。この目に見えない相互作用と変化の軌跡によって、「きっと、わたしの人生にしかない道がひらけてくる」そんな確信を持てるようになりました。

偶然みつけた小石を拾い集めるように、小さな選択を重ねた結果、頭では考えたことのなかった新しい道がひらけ、少しずつ、つながる人が変わってきました。それが、ただ楽しいだけでなく、自らにとってもチャレンジしがいのある経験なのです。わたしは、自らの人生に対して、無条件の信頼を置けるようになりました。それは、自らに対して無償の愛を注ぐことができるようになったということでもあるのです。


「こころの遺伝子を遺すって、結局どういうことなんだろう……？」ハイビスカスのお茶の深い赤色が、人の体内を思わせるようで……その味わいが、人生の暗みについた涙のようで……。

すると、足元にちょっとチクッと来るひんやりとしたお肉の感触。めぇ～お～お～と太い鳴き声。

思考の世界に割りこんでくる珍客の登場です。

「な～に、見てほしいの⁇」彼女は、ンニャ……と返事のような声で、デスクにとび乗ると、ノートや書類の上をみしみし練り歩き、ごろんと横になる……。「あ～ぁ……。あさひ……それ大事なノートなんだけどなぁ……」ゴ～ロゴロゴ～ロゴロ♪「寂しくなったの？」黒い巨体で隠されて見えなくなった文字のかわりに、愛猫の手足をつついたり、たっぷりしたおなかを撫でたり……。

「まっすぐ照り返す……」そう、これも照り返し……。互いにありのままで……。

「居る……か……。空を摑んだってことは、こころの遺伝子なんてどこにも無いんだよ」そのとお

201）インターネットラジオで番組を持っています。全く興味がなかったのですが、導かれて始めました。

り！　と言わんばかりに、ノートはあさひの体動で毛だらけの皺だらけ……。
「そう、ノートはあの世に持っていけない……実体の無いものを遺すってことは……」　在るのは、いまここでの─わたし─、─わたし─は生来性のエネルギー……。─わたし─のエネルギーの化身を手に取る誰かが現れたり、─わたし─の声を受け取る誰かが現れたりして、こころとこころの照り返しあいが生まれていく……。波と波が、光と光が、干渉し、万華鏡のように不思議な文様が生まれ、光の開花が連鎖していく……そんな美しい景色を眺めながら宇宙に還る日を迎えられたら、どんなに幸せなことでしょう……。

象られることを恐れないで
鏡のなかのあなたは言った
陰と陽の抑揚は
象りがなければ生まれないのだと
象りは人の生き様

象りが罪ならば
人が生きて居ることは罪なのだと

それでもなお人として生きることに
大きな意味があるのだと

人を慈しむ　それは
傷みと哀しみを包摂すること

癒しとは
幾度となく流れる涙に洗われた
無垢な生命エネルギーの輝き

人が自らの姿を
見ることができないのは
象りの罪に気づくため

思い出がうつる鏡
それが縁というもの

あなたの隣に居る
あなたという光を映し出す誰かに
あなたを見ることを
恐れないで

鏡のなかのあなたは
そういって
わたしにわたしを遺してくれた

エピローグ

「!!」まだ書き終わらない原稿に、大量の「；」がタイプされているではありませんか。

「ぎょえ～……またやった……」何ページにもおよぶ「；」の海を消しながら、原稿が消えていなかったことに安堵するばかり……。

「それにしても……」時計をみると、午前1時をまわっていました。

「キーボード構えたまま眠るのは、そろそろやめたいね～♪」チームみみさんは独りごとが多い。それは、チームみみさんだからなのか、単なるオバサンだからなのか……？　あの光に魅せられた高2のわたしは、結局、居るだけオバサン的な宇宙人に仕上がったのです。ポリシー持ってせっかく創った肩書も、長くて一息で言えないもんだから、名刺に書くだけで大満足。一体誰がこの状態を想像できたというのか……人生というより、人間というのは面白いイキモノです。

「人は見かけによらないとは、わたしのことだよ～ん♪」冷えきったコーヒーの残りをあおって、ディスプレイの向こう側に視線をうつすと、昔読んだ専門書やらがぎっしりの書架。科学哲学入門、ケアリング、職場学習論、人はなぜ騙すのか、スピノザ、解決志向の言語学、監獄の誕生……etcetera、etcetera、etcetera……。

「本のタイトル見たら、一体どんな変人が棲んでんだろ？　って思うね（笑）」視線を少し左にうつすと、書類や道具が入ったキャビネット、さまざまな書類にノート……。「掃除しなきゃ……これじゃ、地震が来たら生き埋めだわ〜」まるで要塞のようなわたしの志事場《しごと》には、さらにスペースを狭くする猫たちの居場所まであり、なんだかんだ言ってちょっとした楽園でもあるのです。デスクの右側には、猫のあやめが、ちんまりとまるくなって眠っています。

「あ〜……疲れたなぁ……」　窓辺の植物は、そんなわたしをけだるそうに照り返し……

ヒトノココロガ、ヨクワカラナイノハ、ワレワレノイキザマト、オナジデアルヨ

なんて、不思議なことをつぶやくのです。わたしはそうやって身近な動物や植物に、そして、様々な著者の精神に照り返されて、たくさんの言葉を内にため込んで生きてきたのです。受け取ってくれる人がみつからなかったから、あえて話さなくなったわたしの世界。ずーっと周りの何かと照り返しあって、こころのなかで対話してきたから、こうして言葉を綴ることができたのです。

誰もいないはずのところから呼ばれたような気がして振り向くと、A４判でちょっと厚手の「なんでもノート」がありました。久しぶりに手にとって、最初のページをあけてみたら、２０１６年の10月の記録からはじまっていました。

「あぁ……博論の予備審査が終わった頃だ……」

最初に描いたマインドマップの真ん中あたりには小さな植物、土の下に「土台」と書いた根が描かれています。ＤＮＡ、精神、記憶……様々なキーワードとともに深く地中に張った根の先端には、人

の手と、本と、子どもが落書きしたようなぐるぐるのらせんに音符が描かれ、「残る何か」「ことばのメロディーが流れます」「普遍」などの文字が書き添えてありました。どうやらわたしは、7年前から、何かを書き残そうとしていたようです。なんとなく、子どもの落書きのようならせんの勢いにりぃおを認め、

「出番がなかったとか言って、ノートのなかに居るじゃん！」と笑うのです。

ページをめくっていくと、自己実現の探索のあしあとがみられます。会った人、そのとき感じたこと、着想したこと、かたちにしたいこと……どれもこれも、そう簡単にできそうにないことばかりで、書いては途方にくれてきた心情が思い出されます。そして、本当に死にたいと思ったあの日に書いた、人生の軌跡……。それ以降、少しずつ、本の構想へと記録内容が変化しています。

「あれ？」混沌としたメモのなかに、何だかひときわ楽しそうな絵入りの作文がありました。

「りぃおだ！」次のページをめくると、タイトルが……

あって当たり前だと思っている「わたし」は目に見えない大切なものでできている

水のあぶくのような羽がはえた女の子のイラストがあり、「うちゅうじんみみ」とあります。その下に、こんな作文がありました。

わたし、これまで何度も転生してきたの。人間の身体って古くなって死んでしまう。だから何度も生まれなおさないと、わたしが知りたかった青い星の美しさの理由がわからないでしょう？　今世は、総しあげの転生。今まで何度も人間をやってみてやっとわかったことを伝えるために生まれてきた。でもこれって、けっこう難しい。それは生まれたときに全部忘れてしまうから。

「ひゃ〜!!　こんなこと書いてあったんだ!!」本当《マジ》に忘れていたのです……。変な汗が出てきました。

わたし、今世は生活に苦労のない人生を選んだの。（中略）そのかわり、もう地球に転生しない覚悟で「こころの遺伝子」を遺そうって決めてきた。「こころの遺伝子」が何なのか、知ってたけど、生まれたとき忘れてしまって、答えがみつかって表現できるようになるまで50年もかかってしまった。人間の美美さんは、おばちゃんになった。遺伝子が肉眼ではみえないようにね、「こころの遺伝子」も肉眼ではみえなくて、直接ことばで表現したら、ゲノムの塩基配列みたいな宇宙語になってしまう。それじゃ誰にもわからないからＢＯＤＹをつくることにした。このご本がＢＯＤＹ。そしてね、あなたはこのＢＯＤＹにふれてこころで感じてみて。こころの遺伝子はね、ＢＯＤＹで感じる振動のパターンの変化なの。変化はあなたの時間でもあって、わたしの時間でもある。ＢＯＤＹをひらいて、前からすこしずつ感じとってみて。ＢＯＤＹの変化はわたしの時間の経過をあらわしてる。ＢＯＤＹをひらいて進んでいく、感じ取る時間は、あなたの時間。さいごまでいっしょに進めたら扉が待ってるの。自由の扉が待っている。こころのつばさをひろげて一緒に飛ぼう。どんなに制限されていてもこころは自由なの。

わたしは、りぃおの言葉を思い出しました。

＊

――宇宙エネルギーに何を申すか、無礼者!!（笑）おぬし、結局、こうして無色透明を書いているわけではあるまいか？　りぃおが出てきたから、ちゃんと叶ったんだってば～♪

＊

「ほんとだわ……りぃおの言うとおりだった……」

もしも、巷で囁かれている「魂が意図した出生」というものが本当にあるのなら、わたしはやっと、その意図を自由に叶えるスタートラインに立てたのかもしれません。崩壊からサナギ、そして完全変態……3年もかかって四苦八苦で書いてきたものも、結局、はじめからりぃおが知っていたことだったとは、驚きです。50年かかったのが、予定より長かったのか短かったのかわからないけれど、無駄なことは何一つ無かったのですから、わたしの人生は最高にうまくいっている……そう信じるしかありません。

「結局、最初に見たあの光は、自分が素だったから見えたってことなのか……」

人間は、どんなに象りの衣を着ていても、つい油断して本当の姿を見せてしまう生き物なのかもしれません。

「たぶん、あっちも一瞬素だったんだな♪　まさか外来に人がいると思ってなかったんだ、きっと♪」

はじめて、あのときの夜勤ナースが油断していたのだと思い、笑ってしまいました。そして、チームみさん（脳内）は大変な賑わいで、キャッキャとなるのです。

＊

——医療の専門職も油断したほうがいいんじゃないの～？

「ダメダメ！　油断して隙だらけなんて、危なくて!!　そんな専門職いらないわ（笑）。やっぱ、基礎教育での象りは、危機管理上必須なんだよ」

——油断して素になるんじゃなくて、やっぱ中表《ナカオモテ》だね～♪

「象られる経験がなくちゃ、中表《ナカオモテ》になることもできないんだから、すべてOKだな♪」

——ナカオモテか～♪　それってきっと最強だよ。居心地はいいし、みんなそれぞれに持ち味を発揮できるし……理想のコミュニティだぜぃ♪

「もしかして、コミュニティ共創アーティストって……ナカオモテな人をどんどん増やして……ナカオモテで世界征服をたくらむ宇宙人だったのか!?」

――いいねぇ～♪（笑）おもろい、おもろい♪　今度はそれ書こうよ!!

「SFはダメだよ。才がある宇宙人に頼みな！」

――えぇ～!?　やだやだ!!　冒険、冒険♪

＊

深夜の脳内パラダイスは、走り出すと止まりません。チームみみさんは、面白いことを思いつくと、いつも賑やか。

「久しぶりに面白かった。宇宙人の世界征服♪ラジオのトークのネタにでもするか？」

そんなわたしの足元では、かつてのわたしの世界を覆っていた社会的臨死状態の暗みが、ひっそりと暮らしています。象られたわたしは、影法師になって、わたしの光を支えてくれているのです。闇は光を支える……それは、本当でした。

「だから、人生は大丈夫。何があっても、次がちゃんとひらけていく……」

東の空が薄明るくなってきました。ノートをみながら、空想しているあいだに、外はそろそろ朝の気配……。ふと気づくと、猫のあやめの姿がありません。どうやらパトロールに出かけたようです。窓をあけると、動きかけた街の音と、鳥たちのうた声が、風とともに流れ込み、沈んだ夜の空気を掃き清めてくれました。

「ありがとう」

今日もまた、生きて一日がはじまりました。

「明けない夜はない！」

い、い、い、
とりあえず、今日も生きよう!!

い、い、い、い、
とりあえずの勇気を集めたら……

人生も、世界も、もっと明るくなる!!


これでも、わたし……

社会的臨死状態でした。

おしまい

あとがき

本書は、主に二つの研究がもとになっています。本文中の傍注にも記しましたが、再掲いたします。

・新納美美『ケアの科学と価値――応用科学哲学による看護学の再編と価値中立化を図る思考法の検討』 博士学位論文、北海道大学理学院、2016

・新納美美『深刻な社会関係の損傷に伴うカタストロフィ後を生きる人への支援：オートポイエーシス・システムを基礎とする実存再構成支援の試論』 上廣倫理財団 研究報告書、2020

研究成果を多くの人に還元したいという思いから、少しでも楽しんで読んでいただけるよう表現を工夫し、できるだけ平易な言葉で本書を書かせていただきました。また、少し深く学びたい方の思考のヒントになるよう、傍注での解説も積極的に加えました。こころが照り返される鏡のような存在として、傍らに置いていただけたら大変嬉しく思います。

わたしには、研究者という立場で、働く人のこころの健康を見つめてきた生活史があります。そんなわたしにとって、「対人支援者が潰れずに輝いて生き続けるために何が必要か」という問いは、「あの光」と重なる重要な問いの一つでした。様々な現場で、日夜、生活支援に携わる対人支援職の皆様にも、本書を手に取っていただき、こころ磨きや癒しのお供をさせていただけましたら望外の喜びです。

本文中にも記しましたが、研究活動では発見の喜びと同じくらい困難もありました。「社会的臨死状態」という言葉に関しては、学会での使用を認められず苦い経験をしました。しかし、過ぎてみれば、そのような経験のすべてが、探究を支える気づきや内的対話の糧になっていただけでなく、新たな生き方への道しるべでもあったのだと気づかされます。

「こころの遺伝子を遺す」というわたしの人生の目的は、わたしに「あなたが説いたように生きよ」と命じます。それは、「象らずにひらいて居られる」わたしになることを意味していました。これまでのキャリアや肩書、専門性や役割などの社会からいただいた枠をはずし、単なる人（宇宙人）になる必要があったのです。本書の出版形態も、ありのままひらいて居られる自費出版がもっとも適していました。

偶然の導きで文芸社さんと出会いましたが、そのとき、抱えていた草稿はまだ、内容の全体を素描できていない状態でした。にもかかわらず、出版企画部の砂川正臣さんによって、出版の道がひらかれました。このとき、内容に価値を認めていただけたことは、あてもなく書き続ける日々に訪れた奇跡で、何よりの救いになりました。大変感謝しております。最後に、読みにくい草稿にあたたかく接していただき、わかりやすく丁寧に改稿を導いてくださいました編集部の片山航さんに心より感謝申し上げます。

２０２３年10月

筆者

【付　録】

1．目に見えないものへの経験的理解と思想的背景について

1）目に見えないもの（不思議体験）とスピリチュアルとの接点

生来《アプリオリな》の自分をきちんと受けとめられるようになると、純粋意識の志向性が働いた直感（ピンとくる感覚）が研ぎ澄まされ、その影響で、さらに純粋意識の志向性が捉えやすくなる……という循環が起こって、**コンパスの精度**があがっていきます。それが、ある一定以上のところまで行くと、**目に見えない次元にある情報とつながってしまう**ようだということに、自身の経験を通して気づかされました。わたしの場合は、時折、天（高次元）からメッセージが降りてくる[202]ようになりました。これは、崩壊よりも前から始まっていましたが、崩壊後はそれが加速し、精度があがっていったように思います（あくまで個人の感覚です）。

そうした変化のなかで、**はじめはピンとこなかったことや「わたしには関係ない」と排除していたものが、しだいにわかるようになっていきました。**例えば、近年流行しているスピリチュアルの世界でチャネリングと言われている技能は、身についてはいないものの、わかるようになりました。また、テレパシー[203]に関しても、エネルギー的なつながりを思うと「あってもおかしくないな」と思うようになりました。その他、グラウンディング、次元上昇、魂[204]、霊格、ソウルメイト等、スピリチュア

ルの世界で使われる言葉の意味は、わたしなりに大体理解できるようになりました。それらのうち、自分にとってしっくりくる言葉（概念）に関しては、そちら方面に詳しい他者との間で使うこともあります（例えば、次元上昇は他の言葉で説明するのが難しいのでたまに使います）。

202）わたしには、特定の存在（偉人や星など）からのメッセージをおろす能力はありません。わたしの場合、高次のメッセージが言語だけで降ってくることは稀で、ほとんどがイメージとか感覚です。多くは、額の前にイメージがうつったり、頭頂部あたりからエネルギーが入ってきたりして、わたしの身体を駆け抜けながら、わたしに言葉を出力させるのです。いまの、りぃおとわたしの関係によく似ています。このような状態ゆえ、不要なエネルギーの影響を受けないよう自衛（結界をはる・境界を整える）したり、自身のエネルギーを浄化したりしています。

203）崩壊前に「テレパシーで通じている」というはなしを聞いたときには「なんじゃそりゃ？？？」と内心バカにしていました。りぃおは関心を持ち（たぶん信じてた）、美美さんは馬鹿にした（くだらないと思った）……そんな感じです。当時、こういうことはよくありました。つまり、当時わたしを括っていた堅牢な価値の器が、情報をシャットアウトしたわけです。しかし、崩壊後、テレパシーのはなしを思い出し「自分が知らない（知ろうとしない）だけなのかもしれない」と思い、よく読まれている本、S・ロウマンの『リヴィング・ウィズ・ジョイ―光の存在オリンが語る愛と喜びのメッセージ』（マホロバアート、１９９１）を読みました。ある程度理解でき、内容も興味深かったので、彼女のテレパシーの本『パーソナル・パワー―光の存在オリン、人間関係とテレパシーを語る』（マホロバアート、１９９２）にもあたってみました。これは、途中で手に負えなくなり（苦痛になり）断念しました。わたしには、そういう特殊能力はないし、そのような力を開きたいという思いも無いのだということがわかったのです。そういう世界の人はいてもいいけれど、わたしは違うのだと思いました。

204）以前、普通に「魂」という言葉を使っていましたが、最近はあまり使わなくなりました。わたしは、一般的に言う「魂」を、光を発するエネルギーととらえています。

端的に言えば、わたしは、**スピリチュアルの世界で共有されている不思議現象をいくつか経験していて**、今では、そのような**目に見えない世界との関わりが切り離せないものになってしまいました。**けれど、その割に、**スピリチュアルの知識体系（その業界で共有されているまとまった知識）に関しては、未だ半信半疑**です。例えば、波動が高い・低いという表現をよく聞きますが、量子力学に精通していないため、こうした表現が自然科学に照らして正しいと言えるのか、わたしには判断できません。「（スピリチュアルの世界が）量子力学で証明されている」と発言するライトワーカーもいるようですが、まだ一般的とは言えない（社会の多くの人が基礎を理解しているとは言えない）量子力学の知識を権威的に用いる姿勢には感心できません。少なくとも、わたし自身はそうした知識の使い方とは距離を置いています（これは、学問的知識に対するわたしなりの敬意でもあります）。

量子力学との接点と言えば、少し前に、田坂広志さんの『死は存在しない——最先端量子科学が示す新たな仮説』（光文社、２０２２）を読んでみました。[205] 著者自身の不思議な体験がいくつか記述されているほか、死がなぜ存在しないのかということも記述されていました。それらの記述に関して、違和感を持たずに読了しました。この本で紹介されているゼロポイントフィールド仮説に関しても、「（量子系の基礎がないからその仮説の確からしさはわからないけれど）エネルギー的な現象については感覚としてわかる」という態度で受けとめています。けれど、田坂氏の世界観とわたしのそれは、**直感的には遠い**感じがしました。

いまのわたしの世界観は、物質世界（３次元の世界）を超えてしまっているのだと思いますが、あくまで感覚に基づいてそのように表現しているだけで、現時点では、それを自分の頭で理解できるレベルに達していないのです。これが、もっとも誠実な現状の説明だと思います。人間として持っている頭は、ロジカルな理解を得意としていますし、わたしと親和性のある知識を概観すると、未だに、現実の社会関係をみつめてきた頭が喜ぶものばかりで、偏りがあります。そのようなわたしなので、「スピリチュアル系ですか？」「スターシードですか？」などときかれたら（実際きかれます）、「わたしはわたしです」としか答えられません。

では「わたし」は何なのか？　と問われたら、この地上に棲む地球人というたぐいの「宇宙人」、つまり、たまたまこの時代のこの国の片隅に人間という生物の姿をして生きている生命体の一つであって、それ以下でもそれ以上でもないわけです。いまのわたしは、人が生来《アプリオリな》の自らで生きるために必要なこころの遺伝子を遺すという人生の目的をもって生きています。わたし自身が喜びを感じられる居方《いかた》で生来《アプリオリな》の自らとして生き、生来性の自らを表に現して生きようとする人をまっすぐ照り返す……それがわたしの志事《しごと》です。これをスピリチュアル的な言葉で表現するなら、わたしはライトワーカーの一種だと思われます。

205）「あなたならわかるんじゃない？　読んでみて」と推しがきて、読んでみました。

2）新しい世界観と既存の知識との接点

人間として生きている以上、変化してしまった自らの世界観と近い他者に出会いたいという気持ちはあります。他者が、この地上の世界をどのように理解しているのか、ロジカルな情報に触れたくなり、タイトルに惹かれて、C・ロヴェッリの[206]『世界は「関係」でできている——美しくも過激な量子論』（NHK出版、2021）を読みました。量子系の基礎がないので、深い理解はできていないと思いながらも「この世界をあるがままに語っている!!」といたく感動しました。

素粒子や次元、宇宙のしくみについては関心があり、それらについて、ごく簡単な一般向けの解説に触れることもあります。いずれも、深い理解はできませんが、そのたびに、人間の眼と技術で観察可能なものはごく僅かだということや、目に見えないエネルギーのなかで生かされているということを、再認識しています。

3）信仰と思想的背景

わたしの発言や在り方（居方《いかた》）から、特定の信仰を持っていると誤解されることがよくあるので、わたしの信仰と思想的背景について書き留めておきたいと思います。

わたしは、完全変態を経て価値の器の外側に出たことによって、**ほぼ完全な自然信仰（宇宙を信頼する立場）になった**のだと思われます。日本人なので、八百万の神という捉え方はなんとなくしっくりくるのですが、神話にも神道にも疎いほうです（祝詞も覚えられませんでした）。折に触れて**神社**

に参拝し、自然に対して手を合わせ、願い事をするのではなく、天の声をいただいています。**信頼する上司に会いに行くような感覚で参拝**しているのです。

既存の宗教ともご縁がありません。ご先祖は仏教（浄土真宗、曹洞宗）ですが、わたし自身のそれとの接点は法事や葬儀のみ。般若心経ひとつ唱えられません（覚えられませんでした）。また、キリスト教に関しても、遠い昔に旧約聖書を読んだことがありますが、内容は忘れました（物語としては面白かったという記憶がありますが、内容を覚えられなかったのです）。その後、新約聖書を開いたことは何度かありますが、読んでも長続きせず断念しています（興味を持てず、すぐ眠くなるし、覚えられないのです）。

とはいえ、**キリスト教思想（細かい宗派は別として）に関しては、間接的に受け取ってきている**のだと思います。まず、看護理論は、キリスト教の思想からかなりの影響を受けていますから、それを学び、自らの人生に応用する過程で、影響を受けていないはずはありません。また、哲学研究で、F・ナイチンゲールの思想を調べている間に、彼女をとおしてキリスト教思想にかなり深く入り込んでいたようです。教授から「（キリスト教を）勉強していないのに何故理解できているのか？」と驚かれたことで、逆にわたし自身が驚きました。自らが関心のある人物の思想には素直に入っていけるため、その人物の信仰心を受け取ってしまうのだと自己理解しました。わたしが東洋の宗教学的知識

206）『時間は存在しない』（ＮＨＫ出版、２０１９）という本のほうが有名かもしれませんが、そちらは読んでいません。

に疎いのは、学んできた知識（理論）のほぼすべてが英米圏で生産されたものだからなのだろうと思います。

様々な知識を扱う自分とつきあってきた結果、たぶん、わたしの頭脳は**「思想を教えられること」が苦手**（嫌い？）なのだと思います。自らの思想を他人に教えたいとまったく思わないのも、そのせいだと思われます。本書も、**内的対話の鏡**として使っていただけたら幸いです。**人の生とケアに関する知識は、自ら悟るように学ぶことが大切**です。それが自律的な学び方だとわたしは思っています。

2. 実践したこと・実践していること――サナギ前から現在まで

本文で記述してきた**成仏**（負の記憶・感情の**浄化**）、**コンパスの精度を高める瞑想**など、わたし自身が実践してきたこと（一部継続していること）をご紹介します。**ご自身に合う方法を見つけるにあたり、ヒントが欲しい方むけの内容**です。その方法にたどり着いた背景も合わせて記述しましたので、ご自身にぴったりの方法にたどり着くための参考資料としてご活用いただけると幸いです。

〈「自分」を創発させるための実践：その目的と方法〉

目次

0）社会関係から離れる

目的：

サナギ前……自分を取り戻す、考える（整理する）ための環境を整える

サナギ中……生来《アプリオリな》の自分に出会う、過去に置き去りにしてきた生来《アプリオリな》の自分と対話するための環境を整える、エネルギー的な他者との境界を整える

完全変態～現在……エネルギー状態を整える

方法：

物理的に独りになる、メール・ＳＮＳ・刊行物などの媒体と距離をとる

概要：

他者のエネルギーの影響をゼロに近い状態にします。エネルギーは活字や動画などからも入ってくるので、社会関係から離れる際は、なるべくそのような媒体との関わりを持たないようにしています。が、以前（サナギ前）は、それができませんでした。社会関係から離れることを意識しはじめたのは、自己崩壊のあと、サナギに入ってからです。

サナギ中は、ほとんどの時間を物理的に独りで過ごしました。自宅のなかで独りのときもあれば、海や山、広い公園などに出かけていくこともしばしばで、愛車に乗って、あてもなくドライブすることもありました。サナギ中は、生きていること自体が辛苦を感じさせるもので、何もかもが不確かだったこともあり、少しでも心地よく居られる場所を切実に求めていました。現在はかつての切実さはありませんが、サナギ中と同様、自然のなかに出かけて独りの時間を過ごすと深い癒しが得られます。

エネルギー的な干渉や摩擦が無い状態に身を置いて独りになるということは、**生来の《アプリオリな》自分と安全に対話をするうえでとても大切なこと**です。これは、考えてみれば、幼少期から自然にしていた[207]ことでした。なお、独りになることは、**このあと挙げるほとんど**［2、7）以外］**の実践の前提**になっています。

1）社会関係（ご縁、出会い）を活用し、自らの内側をみつめる

目的：

サナギ前～完全変態……人生の清算（価値の器に気づく、自己分析、負のエネルギー・感情の浄化、価値の器の解除、生来《アプリオリな》の自分の発見と理解）

完全変態～現在……社会関係の再構築・新たなパターンの学習（―自分―の育てなおし）、―自分―創発の社会活動を紡ぐ

方法：

サナギ前～完全変態……他者から紹介された人に会ってみる、気になった本を読む、気になったことを調べる、身近な人との間で感じたこと（**とくに違和感**）を深く振り返る、毎日が人生

207）就学前のことですが、わたしの母は、夕方になっても家に戻らないわたしを捜し歩くことがあったようです。そんなときは、たった独り、公園でブランコに乗っていたりしたのだそうです。変わった子どもだったようです。誘拐されることもなく幸いでしたが、公園に独り残ってその日の遊びのなかであった出来事を整理している場面を思い出すことがあります。今も思い出せるのは、砂場で独り考えている場面です（砂場にいる自分の手・足と、その日の遊びの断片が思い出されます）。その日、わたしは、よく知らない年長の子ども（近所のおねえさん）に仕切られて、ままごとにつきあわされてしまったのです。一体これのどこがおもしろいのか？　と、不自由を感じずにはいられませんでした。そして、あの遊びにつきあわされた男の子（やはり楽しくなさそうだった）は、どうして一緒にいたんだろう……？　幼児とはいえ、自分の内側は違和感でいっぱいでしたが、それも、独りになれば落ち着く……そんな感覚が残っています。その後、大きくなってからも、独りで夕陽を眺めることや、独りで星空を眺めることが、自分自身で居られるよい時間でした。中学生のときにいじめられた経験もありますが、今も残っているその頃の心地よい記憶は、独りで見た自然の景色や陽の光ばかりです。いつも独りで居ることがわたしに癒しをくれていたのだと思います。

の最終日だと思って感謝の記録をつけてみる、マインドマップ[208]を描く、自己分析を書き出し時間をおいて読み返す

完全変態～現在……生来《アプリオリな》の自分で、身近な人（家族を含めサナギ前から関わりが続いている人たち）とたわいない対話をする、ピンときたキーワードから世界をひろげる、惹かれる場に参加してみる、入ってきたチャンスに乗ってみる（会合に参加する、説明会を聴いてみるなど）、思いついたこと・楽しいと思うことをやってみる、ピンときた人に連絡をとってみる

概要：

背景……サナギ前から、知り合いの紹介などがきっかけで、それまで関わることのなかったような属性・タイプの人と出会うことが増えました。それが始まったのは、引き算の人生を意図して、大学を辞めた後からです。大学を辞めてから自己崩壊の瞬間までに遭遇した、記憶に残る出会いを振り返ってみると、自己崩壊（答えを掴む瞬間）につながったものばかりです。そして、その出会いで経験したことのほとんどが、それまでの人生でじっくり見つめなおしたことのなかった事柄に気づかされるもの、完全変態前の人生でやり残したこと（未解決のままにしていたもの）を**清算するためのもの**だったと思います。

出会いと一言で表現しても、わたしの場合、相手が生身の人間とは限りませんでした。書籍等の作品だけというかたちも含めて、**他者の精神に出会う・接点が生まれる**という形で、わたしの精神世界に入ってきたご縁というものがありました（読書量も作品鑑賞量も

少ないわたしですが、無理をしなくても必要なご縁はちゃんと入ってきました）。そのつど、新たなパターンを持つ精神との摩擦を経験し、自分の内側をみつめなおし、自分の世界の彩りや陰影を豊かにし、人と社会を理解する経験を積んできました。

完全変態後の現在も新たな出会いは続いていますが、人との出会いというよりは、エネルギーとの出会いという認識が強くなりました。エネルギー的に不調和がある人とは、自然に離れる（親しくしている人でも距離があく）ようにもなりました。つながる人が徐々に変化していることを感じています。

方法との出会い……サナギ前は人生の清算のための方法とは思っていませんでした。新たな出会いに関しては、「これに何か意味があるのだろう」という程度の認識でした。目の前に居る対象に関心をむけ、相互作用のなかで自分の人生を必死かつ前向きに生きるのみでした。生身の人間との出会いに関してはコントロール不能で、自分が望んでいなくても入ってくるときは入ってきました。どのような出会いであっても、総じて、生来《アプリオリな》の自分を解放して生きるうえで必要な経験**（多くは葛藤、負のエネルギー・感情の浄化につながる経験）**

208）大学に勤務している頃から関心があり、書籍（トニー・ブザン、バリー・ブザン著、神田昌典訳『ザ・マインドマップ』ダイヤモンド社、２００８）を活用して実践していました。その後、博士課程に在学しているときにご縁があり、マインドマップの講習（2時間程度のもの）を受けた経験があります。書籍を活用して実施してみるだけでも有用だと思います。

が得られました。

実践……価値の器に気づくことと、負のエネルギー・感情の浄化がもっとも大切だと思います。浄化のゴールは、ありのまま《アプリオリな》の自分の声を聴き、それをそのまま受け取り、良いも悪いもなく（価値判断せず、象らず）、「そうか、そうか」「そうだったんだね」と認めることです。本当にありのまま認められた瞬間に楽になります（**成仏**）。この後の2）以降の方法も併用しながら、自分のペースで浄化を進めます。

内なる声の聴き方にマニュアルはありませんし、効率のいい方法もないと思ったほうがスムーズに進みます。一つ一つのご縁（とくに新たな出会い）にどのような意味があるのかは、**自ら気づく**以外にありません（考えるよりも気づくことが大切）。専門家などの他者から何らかの助言を得てもいいですが、**ものわかりよく聴くだけだと失敗します**。かといって、**懐疑的でいるばかりでも失敗します**。わたしはどちらのパーソナリティ（象られた自分）も持っていたので、両方のパターンで失敗しています。社会的臨死状態だという自覚がある場合は、**相手を価値の器で篩にかけたり、都合のいい解釈で関わったりすること（それまでのパターンで取捨選択すること）**をいったんやめてみるとよいと思います。

生来《アプリオリな》の自分を救済するのは、自分しかいません。もしも、さしたる理由もないのに、意識の中心に入ってくる（惹かれてやまず傍らから去りがたい）相手が現れたら、生来《アプリオリな》の自分を解放するためのご縁かもしれません。その場合は、**相手との接点を生かして、象られ**

た自分（自分を象った社会）との和解をすすめると、楽になる過程が加速するのではないかと思います。

なお、その都度遭遇する出来事の意味は、価値の器が解除される前の段階であれこれ考えたところで、あまり有用ではありません。価値の器に左右された防衛的な観点から、都合のいい解釈をしがちだからです。何をどう心掛けても、**価値の器の内側に居る限り、都合のいい解釈から自由になれません**。思考がオフになっている状態でピンとくる気づきがとても大切です。

苦しく辛いことが起こることも少なくありませんが、それ自体、過ぎてしまえばどうということはありません。そのようなことが起こったときに、自動的・習慣的な篩にかけて経験を捨てることなく、自らの内側と対話し和解することが、深い癒しにつながります。自らの価値の器に気づけたら、**何故、それが生じ、自分自身の一部として維持されてきたのか、自らの生活史を真摯にみつめていくと、生来《アプリオリな》の自分の声が聞こえてきます**。

はじめのうちは、**象られた自分が何人もいて、それらが集団をなして一つの自分というものを構成していることもある**ため、一体、**どれが生来《アプリオリな》の自分の声なのかがわからない**こともあります（わたしがそうでした）。様々な声（ほとんどが偽物の声）を聴き続けて嫌になることもありますが、急いで結論を出そうとせずに、**根気よく聴き続けていると生来《アプリオリな》の自分の声が聞こえてきます**。強い声を聴く姿勢ではなく、すべての声を同じ重みで扱い、すべての人に発言権を与えるつもりで声を聴き続けることが大切だと思います。

補足……純粋意識的に惹かれることと、人間として関心を向けること（意識の射程に入れること）との間には、違いがあります。完全変態を終えた後、過去に引っ張られにくくなると、その違いを捉えやすくなりますが、そうなるまでには時間がかかります。

とくに、傷つきが深く、生来《アプリオリな》の自分の出番がなくなってしまっている（社会的臨死状態にある）場合は、純粋意識の志向性と、象られた自分の意識の志向性に、乖離がありすぎて、**生来《アプリオリな》の自分の声を落ち着いて聴けるようになるまでに長い時間がかかることもある**と思います。身体死が来るまでの長い時間をかけて清算し、生涯を終える段階になってようやく楽になる人もいると思いますし、まだ若いうちから価値の器をこまめに解除して価値自由な人生を謳歌する人もあると思います。どのような人生も、それぞれにその人自身にとっての価値があるので、ご自身の選択で、ほんとうに望む人生を選び取られるといいと思います。**大切なのは他人と比べないこと**です。

また、完全変態後は、生来性のエネルギーがまっすぐに出力されるようになってくるため、**エネルギー的に合わない相手との関係の解消が加速**されました。一緒に活動していて重たい、動きにくいと感じる相手、対話が成立しない・楽しくない相手とは**自然なかたちで別離のタイミングが来ます**。完全変態後は、必要な別離が来たときに、感情的な反応とは別の次元でそれが必要でやってきたのだとわかります。そういうときは、**新しいご縁が**

入ってくるとき。世界が変わることを喜んだほうが前向きに生きられ、未来を明るくとらえることができます。

２）ご縁のあるライトワーカーと接点を持つ

目的：

サナギ前……単なる娯楽（他者からの紹介＋興味本位）、不思議な出来事の根拠を得るため、自分が思いつかないような助言を得て参考になることを取り入れてみるため

サナギ中……苦痛の軽減のために活用（占いかお酒のようなものとして）

完全変態～現在……エネルギー状態の調整

方法：

対面セッションの活用、YouTube視聴など

概要：

背景……「あの光」をみた高２のときには既に目に見えないものを感じる傾向がありました。親族にも、そのような感性を持っている人があり、もともと親和性があったのだと思います。

思い返してみると、人生の転機となる経験や出会いの前後には、よく当たる占い師[209]を紹介されるなど、自分から求めなくても、そのような人とつながる人生を歩んできました。占い師の助言の大半は忘れますが、記憶にひっかかっていることが後から思い出され、結果的に言われたとおりになっていた……と感じることも少なくありませんでした。ただし、良いことばかりではありません。不遇による苦悩が長く続いた頃には、占いに依存してしまった苦い経験も持っています。

方法との出会い……サナギ前の時期に、長年の知人から「会ってみて」と紹介を受けたライトワーカーが二人います。そのうちひとりは、高次元のメッセージをおろしたり、個人についている守護の存在や、幽界にいる霊からメッセージを受け取れる人で、不思議な経験をしたときにお世話になりました。が、サナギに入ると同時にご縁が切れました。もうひとりは、チャクラ調整をしてくださる方です。この方は、サナギ前に一度お世話になりました。完全変態後にも突然ピンときて（意識に入ってきて）、あらためて接点を持たせていただき、大変助けられました[210]。

また、YouTubeも知人から情報が入ってきて視聴するようになりました。サナギ中は気を紛らわせたくて多数みていました（一時は生きている時間がつらく、半ば依存状態だったと思います）。が、浄化が進むにつれてエネルギーが合わなくなり、自然に離脱できました。現在視聴しているのは自分とエネルギーが合う少数のチャンネルで、何かをしながら聞き、ピンとくるキーワードだけ拾っています。

実践……結論から言えば、斜に構えても、信じてしまっても（依存的になっても）、ライトワーカーとの接点をうまく活用できません。無理に活用する必要も無いと思いますが、現実の社会のなかでは話しにくいこと（**まず理解してもらえないだろうと思うような不思議なこと**）があったときには、若干、頼りになる（**腑に落ちるような手がかりをくれる**）と思います。

また、ライトワーカーとの対面は、**純粋意識と相性の合うアイテムと出会うきっかけ**にもなります。わたしは、ライトワーカーが使うアイテム（オラクルカード、ペンデュラム、ホワイトセージ、音叉、天然石など）との出会いのなかから、自分に合うものを取り入れました。**アイテムの使い方は関心を持てばわかるようになる**ので、ピンときたら手に取って仲良くするといいと思います。

対面セッションを活用する場合は、雰囲気に巻き込まれてしまわないように、あまり信

209）実際には、よく当たるというより、わたしに見えないものを見ているという感じの占い師さんばかりでした。いま振り返ってみると、わたしは、神道系の方にご縁があったように思います。

210）わたしは他者の負のエネルギーを吸収しやすい性質があるので、状況によっては、浄化のために専門家の力が必要です。平素から、自衛できるエネルギー状態を整え続けることが、わたしが一自分一として生きる上での課題です。

じすぎず、かといって、シャットアウトもせず、自分が経験していることの本質がどこにあるのかを探索する**鏡のつもりで活用**します。わたしの経験から言えば、**気分転換程度に活用してみるのが一番**だと思います。自分自身とはまったく異なる世界観に触れることで、象られた自分の特徴に気づけたり、生来《アプリオリな》の自分の声と象られた《アポステリオリな》自分の声の聞き分けの手がかりが得られたりします。

また、自分と関わりのある人とのご縁について意見をもらうこともできます。これについては、**相手を理解するのではなく自分を理解しているのだと心得たほうがいい**ようです。結局、**誰かと対面することで見えるのは価値の器だけで、自分が見えるだけ**なのです。同様に、ライトワーカーも人間なので、ライトワーカーと対面することで自分に気づかされるということが起こります。つまり、**見えない世界を見せてもらいに行っているようで、結局は、自分を見に行っているだけ**ということなのです（そういう意味では、心理カウンセリングと同じようなものです）。価値の器を解除しなければ、見通しがよくならないので、これは仕方のない現象だと思います。そして、価値の器が解除されたら、人生に対する信頼感が持てるようになり、自分自身を癒すこともできるようになってくるので、ライトワーカーのサービスは基本的に必要がなくなると思います。

なお、ライトワーカーを名乗る人達が流しているネット情報（YouTubeを含む）は、玉石混交という印象があります。とくにスピリチュアル思想や体験談のなかには、それはそれとして距離を置いたほうがいいなと思うものが多数あるように思いました（もちろん、選択するのは個人の自由で、わたしはそれをとやかく言うつもりはないのですが……）。

わたし自身が混迷のなかにあるとき、つい、ネット上に転がっている情報を掴んでしまったことがありますが（すがるものが欲しかったんだと思います）、それを吟味しているうちに結局は「違う」と気づき、手放してきました。また、掴んだ情報を活用しているあいだに、それがガイドとなって自ら真実と思えるものを掴み、最初に手にした情報が不要になったということもあります。そうした試行錯誤の繰り返しの結果、純粋意識が捉えるもの以外に信頼できるものはなくなりました。**自分に必要なことは、純粋意識が知っているという結論に至った**のです。そのため、**わたし自身が信じているものの正しさは自分にしか適用できない**と思っています。他者に知識（情報）を与えてケアしようという気持ちもなくなりました。[211]

3）言語から解放される時間を過ごす

目的：サナギ中……生来性のエネルギーをまっすぐに出力する

211）では、この本は何なのか？　内なる対話の相手としてご活用いただくための鏡のようなものです。

完全変態〜現在……邪気や思念など負のエネルギーを祓う、一自分一の具現化にとってプラスにならない思考を停止させる、天のメッセージを受け取る

方法：
宇宙語・宇宙のうた（即興）を出力する

概要：
背景……**価値の器を構成した概念や思考をすべてクリアランスする**必要があると気づいたとき、**言語を使うことをやめる**といいという確信を持ちました。また、幼少期の事故（お風呂に転落し残り湯で溺れたこと）以来、わたし自身の身体に強くとりついている「罪悪感」と「禁止（制限）」の感覚をはずして、生まれたときに近いエネルギー状態を取り戻すためにも、2歳より前の状態に戻ることが必要でした。

初語が出る時期にはかなり個人差がありますが大体1歳前後です。その後は独歩もできるようになるので急速に言葉を覚え外界を取り込んでいきます。それを考えると、2歳よりも前といっても、初語が出るよりも前の状態に戻る必要があると考えました。1歳よりも前の乳児のように、自分のエネルギーを素直に出力し、それが反射して戻ってくることを楽しむレベルの一人遊びのようなことをする必要があるという結論にたどり着きました。

方法との出会い……はじめて巷の宇宙語に触れたのはYouTubeでした。たまたま目にとまった動画で、不思議な言語のようなものを唱えている人が……。その音声がなぜか心地よく感じ

たわけです。その人はそれを宇宙語とよんでいました。そこで、ネット検索で宇宙語を調べ、主に動画で、他人が宇宙語を出力している状態をたくさん観察してみました（あまり時間をかけずに雑に調査した感じです）。その結果わかったことは「**エネルギーをただ音声にして出力しているだけ**」ということでした。なかでも、自分にとって心地よく聞こえるものは生来の自分《アプリオリな》（エネルギー）が持っているバイブレーションと相性のよい宇宙語（音）だということにも気づきました。そして、宇宙語とは言っているものの、言語でもなんでもなく、人間の言語で言うところの**意味はない**ということが理解できました。わたし自身は、「あーああーっ」という**ターザンの雄叫びに近いもの**だと思っています。

習得するまでの経過……生来の自分《アプリオリな》を現す（表に出す）ためにはどうしたらいいのか、合理的な方法を考えました。その結果、**自分が素の状態になれる環境で、内側にあるエネルギーをまっすぐ声に出す練習**を着想しました。海や公園など、広くて人目が気にならないところへ出かけていき、地面に座ったり寝転んだりして十分自然環境と同調してから、身体を通して感じるものをそのまま発声で表現する練習を繰り返したのです。

はじめはまったく声が出ず呼吸をするだけの状態でしたが、少しずつ慣れました。内なるエネルギーを呼気にのせ、声帯にぶつけるようにし、自然に口を動かして音声の変化を楽しみ……と自然に、言葉を獲得するプロセスのような過程を踏んでいきました。現在のような流暢さや豊かさはまったくありませんでしたが、何度か試みているあいだに、**それ**

までにはなかった回路ができたように思いました。
そんな段階から何か月も経ってからですが、突然、変化の瞬間がやってきました。冬に林のなかを散歩していたとき、空を見上げた瞬間に光が降り注ぐように言葉のようなものが降りてきたのです。そのときから、わたしは、言語のように流暢な宇宙語を出力することができるようになりました。同じ頃、**歌ったこともないようなメロディー**が出てくるようにもなりました。わたしはこれを宇宙のうたと呼んでいます。とくに、賛美歌に似たメロディーが出てくるときの声量は驚くほどのもので、エネルギーが身体を超えて広がっていくような感覚を覚えます。

実践……自然なタイミングで、環境のゆるす限り自由に出力します。家族はすっかり慣れているので、家のなかではとくに自由に出力しています。また、好きなメロディーを、口から出るままの宇宙語でうたうこともあります。既存の歌を、宇宙語でうたってみると、歌詞による脳への刺激がなく、解放感があるものです。

4）コンパスを整える、直感を磨き直観を得る

目的：
サナギ前～崩壊……自分自身を整える、嫌なことを思い出したときに落ち着きを取り戻す
サナギ中～現在……純粋意識の志向性をとらえる、生来《アプリオリな》の自分（純粋意識）の声を聴く

方法：
瞑想する、オラクルカードを使った内なる対話[212]、自然のなかでボーッとする、走る[213]、宇宙語・宇宙のうたを出力する

概要：
背景……もともと、**自然のなかで自分の境界がわからなくなるほどボーッとする**のが、人間として生まれたわたしの癒しでした。完全変態後に気づいたのですが、**これがわたしなりの瞑想法だった**ようです。ボーッとしていれば次に進む道がわかるというのは、わたしの人生のなかでは普通にありました。頭をからっぽにして（思考を停止して）対象のないものに集中する（感性を研ぎ澄ます）時間は、**人生の導きを手にするためにとても大切**なのだと思われます。

方法との出会い……瞑想は、特別誰かに習ったりせずに我流で実践しています。
オラクルカードは、ライトワーカーとの接点で、出会いました。知人から聞いてオラク

212）ここでお伝えするのは独りでカードを使って対話する方法ですが、二者間で対話をするときにカードを使うと、二・五人の対話になり、膠着しにくく自由な場を創りやすくなります。
213）サナギ前からしばらくの間、自分の体力で可能な範囲の軽いジョギングをしていました（もともと体力がないので走ったり歩いたりという感じで実施していました）。その後、身体的な不調などで、続けられなくなり自然にやめてしまいましたが、走ることができる方にはとても効果がある方法だと思います。

ルカードリーディングの動画サイトを見るようになってから、いろいろな読み方をしている人がいておもしろいと思うようになり、カードの購入と実践（後述）に至りました。

その他の方法は、自分の生活史を振り返って整理したときに気づきました。前述の宇宙語や宇宙のうたが出力できるようになってからは、それをしていると頭がからっぽになり、**瞑想に近い状態になれる**ことに気づきました。

実践……瞑想と、オラクルカードを使った内なる対話のみ概説します。

①瞑想→静かで落ち着ける環境で実施します。換気をし、必要なら空間を浄化[214]します。リラックスできる服装で、時計や眼鏡、アクセサリーなど、重たいものや身体を締めるもの（ベルトなど）は、はずします。椅子に浅く腰掛け、両足を肩幅程度に開き、足底をしっかり床につけます。姿勢をただし、両の手のひらを上に向けて、そのまま大腿の上に置き、中指と親指の先を軽く合わせて輪をつくるようなかたち[215]にします。軽く閉眼し、鼻呼吸で、深くゆっくり息を吸い、ゆっくり吐きます。呼吸していることに意識を向けていると思考が止まります。雑念がうかんだら、意識のなかで手放します。呼吸することに集中できたら、だんだん身体が静かになり、外界との境界を感じなくなってきます。調子が悪いとできないこともありますが、できないときはそういう状態なのだと思って自分を受け容れるだけでよいと思います。

②オラクルカードを使った内なる対話→準備として、カードを購入しておきます。ご縁

があったもの、惹かれるものがよく、他人の真似をしなくてよいです（プロになるつもりがないのなら、解説を読むなどの情報収集は、かえって邪魔になることがあります）。カードを開封したら、カードに挨拶し、一枚一枚絵柄をみてエネルギーを同調させます。仲良くなる、素直な気持ちで鑑賞するという感じでよいと思います。なお、カードのメンテナンスや浄化方法など、基本的な扱い方はインターネットでも調べられます。ご自身に合った方法を採用するとよいと思います。

カードを引くときに大切なことは、**雑念をはらい、こころを澄んだ状態にすること**です。そのため、自分のために、邪魔が入らない時間をしっかりとります（わたしは60分程度）。軽く①の瞑想をしておくとカードからのメッセージを受け取る精度が高まります。

カードを手に取り、質問します。慣れないうちは「今日わたしが最善の過ごし方を

214）わたしは、ホワイトセージを使うことが多いです。よい香りがして爽やかな気分になるので、お勧めです。空間浄化に関するスピリチュアル的な効果は、正直よくわかりません。が、オラクルカードをホワイトセージの煙にくぐらせると、カードが軽くなり精度が高まるという実感はあります。そのような理由から、効果があるのだろうと信じて使っています。

215）指のかたちはつくらなくてもいいですが、わたしは自然にこうなるので、そうしています。手のひらを上に向けて大腿の上に置くだけでもいいと思います。

するために必要なことは何ですか？」など単純な質問がよいです。こころのなかで質問を繰り返しながら、トランプをきるときと同じ要領でカードをシャッフルします。シャッフルは気が済むまででよいです。カードの山を横一列に崩してひろげ、左手でピンときたものを一枚ひきます。カードは正位置でじっくりみて、無条件で（思考を介さずに）意識のなかに入ってくるものに注意をむけます。カードの絵柄が気になる、あるいは、言葉が意識のなかに浮かぶなど、その時々、意識のなかに入ってくるものは違います。カードと自分の意識に集中し、入ってくるものをとらえながら、質問の答えをカードからもらいます。

なお、**これは、占いではありません**。身体を獲得したことで生じた四つの欲求を鎮めた状態で、**純粋意識の声（生来の《アプリオリな》自分の自己実現の欲求）に耳を傾ける作業**です。**慣れないうちはとても疲れます**。短時間からはじめたらよいと思います。

5）自分と遊ぶ時間をとる、好きなことをみつける（感性をひらく）

目的：

サナギ中～現在……生来の《アプリオリな》自分の性質を知る、癒し

方法：

惹かれることをやってみる（自分自身に新しい経験を与える）

概要：

背景……わたしは生活体験の幅が狭く、研究以外にしたいことがありませんでした。自由な時間があっても遊び方を知らないので、遊ぼうという気持ちにならず、崩壊後、過去の自分との対話一色の生活になり、生きることが辛くて仕方がありませんでした。

そのような時期に、サナギ前に接点があったライトワーカーから「好きなことをみつける経験が少ないから（自分に）いろいろ経験させてあげてって、（高次の存在が）言ってるよ」と言われたことを思い出しました。「何も説明していないのに、生活体験の幅が狭いのがどうしてわかるんだろう？」と不思議に思っていたので、記憶にひっかかっていました。

方法との出会い……自分で自分に経験させてみるという発想で、いくつかのことをやってみました。相性が合うものが自然に残っていく（継続される）ので、**幅広くいろいろやってみる**といいと思います。

実践……サナギ中は、音を鳴らす活動が癒しになりました。楽典にとらわれずに、**エネルギーをまっすぐ出すだけで音が鳴る楽器**（ボンゴ、ムックリ）を購入し、楽しんでみました。また、カリンバの音に惹かれて購入し、曲をひくのではなく、好きなように音を鳴らして楽しみました。子どもの頃には嫌いだったピアノの練習も、楽しんでやったらどうなるか、切り口を変えて実施してみました。例えば、嫌いだったハノン練習曲については、どうやって生まれたのか歴史を理解し、こなして上達するためではなく、**エネルギーを指から出すための運動**として取り組んでみました。

また、忙しさなどを理由に手放してきた趣味（銀塩写真、スケッチ、ＰＣの画面上にマウスで絵を描くことなど）を再開しました。好きなキャンプをソロでやってみる、好きだった登山は体力に合わせて近くの低い山でやってみる……と、**好きだったけれど忘れていたことを人生に呼び戻して**みました。これは、元気になれるのでお勧めです。

その他、ソムリエからヒントを得て、精油のサンプル（アロマテラピー試験のお勉強用キット）を購入し、香りを嗅いだときの心身の反応を記述し、その効能を推測し、本で答え合わせをするという遊びを思いつき、やってみました。そんなことをしているうちに、**五感がひらいた**のか、直感料理をするなど、料理が半ば遊びになりました。そうこうしているうちに、少しずつ生活が「しなければならないこと」というよりも、遊び（楽しみ）になっていきました。**遊びという概念が崩れる経験**によって「遊べない」「体験が少ない」という認識を手放すことができ、**生きることが遊びであると同時に志事《しごと》だという認識に変化**しました。

６）人間のこころから離れ自然と同調する

目的：

完全変態〜現在……コンパスの精度を高め気を整える、深い癒しを得る

方法：

意識に入ってきた場所に出かけてみる、大樹のメッセージをおろす、高次元メッセージをおろす（カードリーディング、神社参拝）、植物や動物と対話する（まっすぐ照り返しあう）

概要：

背景……第5章の冒頭でお話ししたように、自己崩壊から2年経った頃から、直感に導かれて、訪れたことのない場所に出かけていくことが増えました。本文中でも少し触れましたが、それらの場所には、**水・竜神という共通点**がありました。

また、家族とたまたま訪れた場所で、直感に導かれた場所と同じ竜神エネルギーと遭遇しました。それを機に、**大樹**（推定樹齢１５００年、８００年超など）と出会い、大樹のメッセージから、**水・竜神・樹・森の関係**を教わりました。

竜神様の神社に参拝したり、湧水や水脈のエネルギーにふれたりするたび、わたしは生命力を回復させ、**涸れてしまっていたチャレンジ精神が復活**しました。その都度いただく高次元メッセージによって、第三の眼がひらかれ、見通しが良くなり、後に、自らのエネルギーが完全に自律の循環に変わるときを迎えました。自らの生き方に迷いを感じることが少なくなりました。

方法との出会い……直感

実践……意識に入ってきた場所に出かけてみる、大樹のメッセージをおろす、の二つについて概説します。

①意識に入ってきた場所に出かけてみる↓　直感にすなおに従うだけです。**即断即決、かつ、単独で出かける**のが基本です。（スケジュールをぴちぴちに詰め込んでいると、このようなことができなくなりますから、**何も無い時間**、ゆるみのある生活を整えることが必要です）「そこへ行くついでに観光しよう」「誰かに会おう」とか、逆に、「お金が減ってしまうから我慢しておこう（倹約しよう）」とか、導き以外のことをあれこれ考えないことです。目的のことだけする（他は不要）くらいがよいです。

実際、サナギ前のわたしは、お金や時間の制約など、本来の目的にとってどうでもいいことをごちゃごちゃ思考するタイプでした。事前にごちゃごちゃ思考すると、意識に入ることが多すぎて散らかった部屋のような状態になり、本当に大切なことが埋もれてしまいます。そうなると、行動するエネルギーも弱まり、旅先で得るものも少なくなりがちです。**無条件で行きたいなら、どうやってそれを実現するかだけを考えればいい**わけです。わたしの経験だけでは断言できませんが、**本当にご縁があるなら道は用意されている**ものだと思います。一見無理そうに見えても実現可能なことが多いので、制約を考えるのではなく、実現させることだけに集中すること。[216] また、ついでにいろいろな予定を入れて忙しくしてしまうと、入ってくるもの（情報、エネルギー）を少なくしてしまうので注意が必要です。導きを信じてそれだけに集中し、**あまり計画はたてずに、間（何もない時間）をあけておく**ほうがよい[217]と思います。

わたしは、―自分―の人生を創造する（りぃおがしたいことを具現化する）ためのご縁も、このような導きでいただくようにしています。**素直にそこに行けば、次に自分が何をしたらいいのかがわかる**もので、―自分―創造のために必要な出会いも自然に入ってきます（気づく、ピンとくる）。

②大樹のメッセージをおろす↓　わたしが実践している方法は、その場で思いついたもの（直感）です。決まった方法は無いと思います。大切なのは、人間である自分にまとわりついた邪気を祓い清めて[218]から、大樹に敬意をもって挨拶することです。わたし

216）完全変態後は、コンパスの精度が上がっているので、見えなかった道に気づきやすくなります。完全変態前は、価値の器が邪魔をして、制約や失敗したときの損失ばかりを考え、動けない（機を逸してしまう）ことがあります。

217）あけておいた時間に、必要な経験（人と会うなど）が入ってくることもあります。また、ボーッと過ごすことで気づきやひらめきが得られることもあります。

218）それぞれが信じる方法でいいと思います。わたしは難しい方法（祝詞を唱えるなど）はとりません。水や塩を持っていないことも多いので、手や口をすすぐなどの特別なお清めもしないことが多いです。わたしがしていることは、自分も樹になり、自然の一部としてただ立つことです。方法↓両足をきちんと地面につけて立ち、大地に根を張るイメージで、姿勢を正し、はらに力をいれます。姿勢を安定させたら、自らの内にある生命エネルギーが地からまっすぐ上にのぼり、頭頂部を突き抜けて天につながるようなイメージで、一本の樹になったように気（エネルギー状態）

は神社に参拝するときのように二礼二拍手してから、大樹のエネルギー領域（気を感じるところ）に入ります。次に、軽く一礼して意識をひらき、大樹から教わりたいことを単純な言葉でまっすぐに質問し、雑念のない状態で集中します。

意識に直接入ってきたことが、大樹のメッセージです。メモを取る場合は、わたしは、こころのなかで「メモさせてください」と伝えてからにしています。メッセージをいただいたら、一礼して感謝を伝えてさがります。大樹は動物よりも長生きなだけでなく、**同じ場所に根を張って環境の変化をみつめながら生きている**ので、生について示唆に富むメッセージをくださいます。

7）身体の声を聴き、身体に必要なものを与える

目的：

完全変態～現在……生来性のエネルギーと心身全体を、統合された一つの状態に整える

方法：

ヨガ、料理等の生活全般

概要：

背景……完全変態を迎える前は、身体ケアに無頓着でした。鍛える目的で運動することはあっても、自分の身体の声を聴くという発想は皆無でした。けれど、崩壊から2年が経過した頃から、

加工食品や出来合いの食事（外食のみならず、コンビニ等で購入する食事など）をできるだけ避けたいと思うようになり、[219]食生活を見直したい、身体が重いと感じることが増えました。さらに、上記6）に似た導きで新たな出会いがあったのをきっかけに、自分が身体の声に耳を傾けられていないことに気づきました。

方法との出会い……直感と思考の合わせ技です。

①ヨガ→体調を崩して病院通いをしていた頃、過去に聞いた言葉（ヨガに関すること）を思い出すなど、繰り返しヨガが意識に入ってくるようになりました。ピンときて、自分に合いそうなヨガ教室・インストラクターを探しました。

探すときは、直感と思考の両方をバランスよく使いました。まず、**どんなエネルギーとつながりたいか**[220]**イメージ**し、ネットで探しました。ピンとくるウェブサイトに

を整えます。

219）以前から加工食品は苦手でしたが、それが強くなってきたという感じです。また、**この地上の生命を殺して自分の生命が成り立っていることをしみじみと感じるようになりました**。自分の身体にとり入れるものは、自らが発するエネルギーに変換されるものなので、できるだけ地球の自然なままの状態で取り入れたいと思うようになりました。

220）もちろん生来性の自分のエネルギーと同調するエネルギーなのですが、身体的な許容範囲というものもきちんと考慮する必要があると思います。わたしは、無理しないように、身体のエネルギー状態と調和的で心地よいイメージを持ちながら探しました。

アクセスし、運営で大切にされている精神を読み取りました。そこで現在通っているところにつながりました。コンタクトをとる前に、創業からどのくらい続いているか、人を育成・輩出して地域に貢献しているかなどもチェックし、レッスン料を自分で支払い続けられるか否かもよく検討しました。なお、インストラクターの画像やメッセージにも触れ、エネルギー的に合うと感じた人のレッスンを選択しました。

②料理等の生活全般→直感です。高次からメッセージがあったり、知人がヒントをくれたり……と断片的に気づきが重なり［上記5）とも関連］、生活を志事だと思うようになりました。

実践……①ヨガ→無理のない範囲で教室に通って、安全かつ素直に身体を動かすだけです。場に流れているエネルギーや空気が合うので、とても心地よく続けられています。この先長く続くかどうかはさておき、いまのところ、自分自身に必要な時間を過ごせています。

②料理等の生活全般→自分の身体に入れるもの（食事、空気、水、情報、モノが発するエネルギー）に関しては、気が進まないものを遠ざけ、惹かれるものや心地よいものを身近に置くようにしています。また、モノが発するエネルギーが合わない、モノがありすぎて気の通りが悪い（よどむ）と感じるときは、できるだけ手放すようにしています。**手放すときは「ありがとう」で見送り**ます。

食事は、できるだけ自然に近いものにするよう心掛け、加工食品や化学調味料などを極力少なくし、手で調理しています。また、自分でできる範囲で、地上の生命を無駄にしないよう心掛けています。無駄を出してしまったときは、謝罪しながら破棄します。食材の調達・調理・配膳・食事は、創造的な営みなので楽しみでもありますが、面倒なときは手を抜きながら、メリハリつけて楽しんでいます。いずれにせよ、**地上の生物や他者の生命エネルギーが費やされて食卓に届いているのだという実感**をもっていただいています。逆に、**そのような気持ちになれないときは注意サイン**だと思い、生活を見直し、ゆとりを持てるよう調整しています。

著者プロフィール

みみ Ryio（みみ りぃお）

1968年、北海道紋別郡（旧上湧別町）生まれ。保健師。

人を人として生かすケアの本質を探究し、複数の学問領域を渡り歩いてきた。未知の学問領域に生息するたび、学士（保健学）、修士（看護学）、博士（理学）と、昆虫のごとく脱皮。知識の確からしさや、知識で括ることのできない「人と社会の自然」を鋭いまなざしで見つめ続け、専門を超えて議論と対話を続けてきた。

自身の教育研究活動に関しては、「言語化のオニ」と自称するほど意欲的に言葉にしてきた。教育研修や講演は多数の実績があるほか、教育系の連載に「実習の経験知 育ちの支援で師は育つ」（看護教育 52(9)‐54(8), 2011.9‐2013.8）、「育てたいなら教えない 自分で学び育つ人！“自律した看護師”になれる支援」（看護人材育成 17(3)‐18(3), 2020.8‐2021.8）などがある。

現在は、心機一転し、人がありのままに生き合えるコミュニティづくりを開始。2023年4月、独りボランティアのプラットフォーム「対人支援者の共育の場 CoTan」を発足させた。互いに象り合わずひらいて居られる対話の場「こころの移動温泉」を、様々な泉質（テーマ、雰囲気）で開催している。グラフィックレコーディング（板書）を取り入れたグループミーティング型対話や、カードをひきながらの相談型対話が好評。また、価値自由なこころの時間を届けるため、インターネットラジオのパーソナリティにもチャレンジ。新たな世界を夢みる永遠の2.5歳として、価値自由な生き方を模索している。

カバー・本文挿絵／みみ Ryio

社会的臨死状態でした。

2024年３月15日　初版第１刷発行

著　者　みみ Ryio
発行者　瓜谷 綱延
発行所　株式会社文芸社
〒160-0022 東京都新宿区新宿1－10－1
電話 03-5369-3060（代表）
03-5369-2299（販売）

印刷所　株式会社フクイン

©MIMI Ryio 2024 Printed in Japan
乱丁本・落丁本はお手数ですが小社販売部宛にお送りください。

送料小社負担にてお取り替えいたします。

本書の一部、あるいは全部を無断で複写・複製・転載・放映、データ配信することは、法律で認められた場合を除き、著作権の侵害となります。

ISBN978-4-286-24915-5